编辑委员会

中国知网（CNKI）全文收录　维普期刊网全文收录

探索与批评

第十二辑

主编／王　欣　石　坚

四川大学出版社
SICHUAN UNIVERSITY PRESS

图书在版编目（CIP）数据

探索与批评 . 第十二辑 / 王欣，石坚主编 . -- 成都 ：
四川大学出版社，2025. 6. -- ISBN 978-7-5690-7866-4

Ⅰ . I106-53

中国国家版本馆 CIP 数据核字第 2025QU1332 号

书　　名：探索与批评　第十二辑
　　　　　Tansuo yu Piping Di-shi'er Ji
主　　编：王　欣　石　坚

选题策划：陈　蓉
责任编辑：陈　蓉
责任校对：刘一畅
装帧设计：墨创文化
责任印制：李金兰

出版发行：四川大学出版社有限责任公司
　　　　　地址：成都市一环路南一段 24 号（610065）
　　　　　电话：（028）85408311（发行部）、85400276（总编室）
　　　　　电子邮箱：scupress@vip.163.com
　　　　　网址：https://press.scu.edu.cn
印前制作：四川胜翔数码印务设计有限公司
印刷装订：成都市新都华兴印务有限公司

成品尺寸：170mm×240mm
印　　张：13.5
插　　页：2
字　　数：254 千字

版　　次：2025 年 7 月 第 1 版
印　　次：2025 年 7 月 第 1 次印刷
定　　价：68.00 元

扫码获取数字资源

四川大学出版社
微信公众号

目　录

跨学科研究

书评

Contents

General Narratology

Literary Genre Studies

Critical Theory and Practice

广义叙述学研究 ● ● ● ● ●

论"三度区隔"的不可能性

王 博 谭光辉

摘 要："三度区隔"推论不成立。"三度区隔"成立的依据是"内部真实",而非"纪实",混淆了"真实"与"纪实",不符合"二度区隔"原则的问题指向。"三度区隔"推论将叙述分层嫁接进了"二度区隔"原则。叙述分层和"二度区隔"虽有相似的理论架构,二者的功能却不同。虚构叙述和纪实叙述都可以进行叙述分层。过度延伸"二度区隔"原则会损害其效用,使虚构判定复杂化。

关键词："二度区隔" 虚构 叙述分层

On the Impossibility of the "Third-Degree Segregation" Proposition

Wang Bo Tan Guanghui

Abstract：The proposition of "third-degree segregation" proves invalid. The rationale of this proposition is based on " internal authenticity" rather than "documentary", thereby confusing "authenticity" with "documentary", which fundamentally misaligns with the theoretical orientation of the "second-degree segregation" principle. The "third-degree segregation" hypothesis improperly grafts "narrative levels" onto the "second-degree segregation" framework. Although they share analogous theoretical architectures, their functions diverge. Both fictional and documentary narratives permit narrative levels. The overextension of the "second-degree segregation" principle risks undermining its analytical efficacy while complicating the determination of fictionality.

Keywords："second-degree segregation"; fictionality; narrative level

虚构叙述的判定问题一直困扰着叙述学界。虚构和纪实有何不同？虚构的本质该如何锚定？百年来无数学者对这个问题展开争论，却又莫衷一是。同时，虚构是人类意义活动的重要一环。人类的谎言、艺术创作、想象和梦境都是虚构活动，它们几乎每天发生。从叙述学研究来说，虚构问题是符号叙述的底线问题之一。不了解虚构，便也无从了解符号世界的建构原理。从文化意义上说，虚构又是不同类属文本的区别标志，甚至一度成为文学的属性之一。斯达尔、福斯特和卡勒都曾将虚构看作文学的核心属性。无论从哪个层面说，厘清虚构都是叙述学界的任务和使命。"二度区隔"原则正是直击这一学术难题。同时，"二度区隔"原则也引发了颇多争议。在争议中，部分问题还未得到深入的讨论。回应这些问题，有助于完善"二度区隔"原则理论，增强其理论效用。

一、"二度区隔"引发的争议及"三度区隔"推论的提出

在汉语中，"区"有区分、划分的意思，"隔"则有阻拦、障隔的意思。"区隔"组合在一起，表示被划分的区域，有强调障隔的含义。英语的"segregation"可以表示这个含义。赵毅衡以"区隔"表示符号意义双重分节的范围。区隔是意义的前提，没有区隔，就没有稳定的意义，"靠了区隔，意识才得以认识世界"（赵毅衡，2017，p. 111）。赵毅衡（2013，p. 73）在《广义叙述学》中沿用了这个概念来划分纪实叙述和虚构，提出"二度区隔"原则（"二度区隔"也可称为"双层区隔"）："所有的纪实叙述，不管这个叙述是否讲述出'真实'，可以声称（也要求接受者认为）始终是在讲述'事实'。虚构叙述的文本并不指向外部'经验事实'，但它们不是如塞尔所说的'假作真实宣称'，而是用双层框架区隔切出一个内层，在区隔的边界内建立一个只具有'内部真实'的叙述世界。"在"二度区隔"原则中，虚构和纪实的区分一目了然："一度区隔"属于纪实叙述，是"再现区隔"，通过媒介化"把符号再现与经验世界区隔开来"。"二度区隔"属于虚构叙述，是"再现的再现"，"不再是一度媒介再现，而是二度媒介再现"。完成虚构需要经历一个过程："经验事实"被符号替换为"一度区隔"中的符号，这些符号被再现于

"二度区隔"中。两层区隔都要经过媒介化。没有媒介化，再现的世界就不存在，区隔便也不存在，区隔目的是要隔出一个再现世界，"再现的最大特征就是媒介化"（赵毅衡，2013，p.74）。

"二度区隔"原则的提出，建立在赵毅衡对以往虚构理论学术史的梳理与反思上。赵毅衡总结了用风格区分和用指称性区分两种虚构判定理论，并论证了它们的局限性。用风格区分是一种"制度论"，认为只要文本具有纪实的风格，则为纪实，反之为虚构。用指称性区分则体现出"实在论"的意味，以文本是否指向现实世界为判断标准。赵毅衡敏锐地发现了二者均无法摆脱读者（接收者）理解差异的问题。因为虚构不仅是作者的一种意向，更是读者的一种理解。换言之，在虚构判定中，读者以虚构的方式去接受比作者以虚构的方式去书写更为重要。因此，赵毅衡选择了"传播论"，将符号学的理论工具用于虚构判定，提出了"二度区隔"原则。"二度区隔"原则是以读者为核心，以"二次叙述为中心"的理论原则。赵毅衡（2013，p.72）指出："纪实叙述体裁的本质特点，不在文本形式，也不在指称性的强弱，而在于接收方式的社会文化的规定性。"

"二度区隔"原则为厘清虚构问题提供了一套对虚构判定行之有效的思路，引起了学界的关注。但也正是"二度区隔"原则抛弃了以往的虚构判定，这使不同理论背景的学者产生了一些困惑。加之"二度区隔"原则十分抽象，并不容易理解。谭光辉（2015，p.108）指出"'双层区隔'原则在辨识文本时可能面临难于操作的问题"。在谭光辉评论后不久，王长才（2015，pp.151-160）于《梳理与商榷——评赵毅衡〈广义叙述学〉》一文中提出了自己对《广义叙述学》的疑问。他的质疑切中了《广义叙述学》中的关键问题，引发了一次精彩的辩论。最为激烈的交锋点便是"二度区隔"原则。谭光辉（2017，pp.97-105）就王长才的质疑撰文回答，在《再论虚构叙述的"双层区隔"原理———对王长才与赵毅衡商榷的再理解》中具体回应了王长才的疑问。王长才（2020，pp.209-218）以《再论"双层区隔"：虚构、纪实性质与判断困境》回应。唐小林（2023，pp.78-87）认为，这次辩论涉及了虚构判定的几种不同视角。学者们的分歧实则是不同方法论的分歧。唐小林的判断很准确，两位学者论述的重点有差别。谭光辉主张理论简化，认为文本的某一区隔要么是虚构的，要么是纪实的，二者只能居其一。混淆两者的边界会导致概念上的不清晰和理论困境。王长才则从开放的角度出发，强调虚构与纪实之间的界限并非固定不变，文本的意义常常通过"多度区隔"体现出复杂的层次性。

　　至此，这场辩论落下帷幕。其中，"二度区隔"能否进一步分层的问题未得到学者们后续的深入讨论。王长才（2015，p. 156）就"二度区隔"的层次质疑："是否可能存在着多度区隔？还是只能将多度区隔标记简化为一度、二度区隔？"谭光辉（2017，p. 104）对此解释为："当然存在着多度区隔，但是讨论多度区隔对于认识区隔中的实在性问题没有意义，所以在讨论虚构问题的时候，只需要讨论一度、二度区隔。"谭光辉虽回应了问题，但未对此再深入阐述。王长才在后续的文章中也未继续讨论这个问题。

　　自"二度区隔"原则面世，学界就存在"二度区隔"可以再分层的声音。"二度区隔"划分了纪实叙述与虚构叙述，虚构叙述之中是否还能进一步划分出一个新的区隔？方小莉（2018，p. 21）认为奇幻文学存在"三度区隔"，"与一般的虚构叙述不同，由于奇幻文学的特殊性构成，笔者认为奇幻叙述在虚构二度区隔内，又隔出另一度奇幻化三度区隔，这样奇幻叙述的虚构区隔则由虚构二度区隔包裹着奇幻三度区隔"。宋凌宇、黄文虎、李文文（2020，p. 33）认为"新闻游戏"体现了"三度区隔"外显的戏剧化形式，"新闻游戏来源于对现实戏剧化的寻觅、戏剧的解构并携再建构性反映与三度区隔的戏剧化形式"。陈佳璐（2022，p. 25）引用了谭光辉和方小莉的观点，认为"戏中戏"电影存在"三度区隔"。"三度区隔"的推论仿佛非常自然。艺术作品中常有这样的例子：一个虚构作品中又存在一个虚构的世界，如《哈利·波特》系列中的"魔法学校"，《头号玩家》中的"绿洲"。这些世界相对于故事本身的世界来说是"虚构"的。这引出了一个问题：虚构再虚构后的世界是纪实还是虚构？这个问题很缠绕，有钻牛角尖的嫌疑，却蕴含着理解"二度区隔"原则的关键。讨论"三度区隔"推论依然需要回到王长才与谭光辉的辩论中去寻找经验。"三度区隔"推论实则也是陷入了"过度推论"的陷阱，模糊了"二度区隔"原则与核心问题指向，即虚构与纪实叙述之间的逻辑关系。

二、"真实""纪实"与"二度区隔"的问题指向

　　认同"多度区隔"存在的学者都将"内部真实"作为"多度区隔"存在的论据，如"两个区隔世界的构成元素彼此不融贯，但在各自区隔世界中却为真实并逻辑融贯"（方小莉，2018，p. 22），"三度的区隔让传播主体与信息的接收方都对真实的事件萌生出一种'虚拟魔幻'的色调"（宋凌宇，黄文虎，李文文，2020，p. 35）。这个推论有其道理。因为每一次叙述都在创造一个世界，这个世界相对独立。在没有现实世界作为参照物后，便不存在纪实

和虚构的差别。"在同一区隔的世界中，再现并不表现为再现，虚构也并不表现为虚构"（赵毅衡，2013，p.81）。虚构故事中的人物不会认为自己被虚构，不然就会突破区隔进入"一度区隔"。除非作者使用"元叙述"，有意暴露区隔痕迹。读者必须接受这种约定，否则虚构故事的逻辑就不存在。这种判断并不是"二度区隔"所指向的"纪实"与"虚构"的问题层面，而是"真实"。

"二度区隔"原则解决的是虚构判定的问题。与虚构相对的是纪实，而非真实。谭光辉（2017，p.98）指出了这一点："之所以出现这个疑问，可能是由'纪实''事实''真实'这一组概念的混用引起的。"很长一段时间，学界只从现实与虚构的二元系统讨论虚构问题。虚构往往呈现在文本和现实世界的对应关系中。但现实与虚构的二元系统常常使虚构判定陷入本质主义。现实和虚构之间并非直接对应的关系，而是存在一个含混的中间地带。伊瑟尔（Wolfgang Iser）提出了"现实""想象"与"虚构"的三元系统，以"想象"填补了这个中间地带。"三个要素各司其职，各尽其妙，共同承担起了文学文本的意义功能，但是虚构化行为是最为重要的，因为，它是超越现实（对现实的越界）和把握想象（转化为格式塔）的关键所在。"（伊瑟尔，2011，p.4）赵毅衡更细致地分析了这个中间地带，在"二度区隔"中呈现为"现实世界""经验事实""纪实"和"虚构"四个范畴。这启示我们，在虚构判定中，每一个范畴的定义都很细微，不能混淆。如"纪实""事实""真实"虽然内涵相似，但它们的具体指向完全不同。

"真实"的含义非常丰富，既可以指从主体感观出发的经验真实，又可以指超越表象的超验的真实。从"事实"来看，"真实"和"事实"是一种包含关系："事实"可以达到"真实"，但"真实"却不一定需要"事实"，尤其是"真实"往往包含了超越表象的部分。"纪实"则与"事实"强相关，是"有关事实"，直接关联现实世界。只要文本指称现实世界，"有关事实"便成立。也就是说，"纪实"叙述让读者以"事实"的导向去认识文本。"虚构"与"纪实"对立，表示叙述"无关事实"。而"真实"则是一种价值取向，与是否与"纪实"无关。无论是虚构叙述还是纪实叙述都能达到"真实"。

谭光辉（2019，p.19）的一个论断十分准确："真实判断存在于组合轴关系中，而纪实判断存在于聚合轴判断之中。因为'真实'是对文本内横向组合关系是否符合逻辑的判断，纪实是对该文本所述之世界与我们立足之实在世界之间纵向聚合关系的判断。""真实"是横向的，"纪实"是纵向的。这种"横向真实"早有术语，学者们称之为"内部真实"。塞尔（John Rogers

Searle）指出："我们应当将虚构性话语常规视为一系列横向常规，而这些横向常规打破了由纵向常规建立起来的关联。"（塞尔，2017，p. 88）在"内部真实"中，不存在"事实"作为参照物，只要叙述符合逻辑便可成立。逻辑合理是故事的基本要求。如果一个故事无法做到逻辑合理，它便难以让读者理解。如在《红楼梦》中，贾宝玉不可能突然爱上薛宝钗。不管是纪实型叙述还是虚构型叙述都要讲究逻辑合理。纪实型故事要求更加严格的逻辑真实，故事必须尽可能"有关事实"。在虚构型故事中，逻辑真实的展开形式较为复杂。虚构型故事与逻辑真实统一的背后是真实观念。在一定的真实观念下，虚构型故事也可以体现真实。帕慕克（Ferit Orhan Pamuk）的小说《我的名字叫红》，故事虽然是虚构的，但是故事里所展现的 14 世纪奥斯曼帝国的艺术观念和历史背景却是真实的。再比如马尔克斯（Gabriel García Márquez）的小说《百年孤独》叙述了布恩迪亚家族七代人在马孔多发生的光怪陆离的故事。虽然诸如雷梅苔丝飞天等情节违反了日常生活的逻辑，但读者仍会认为《百年孤独》很"真"。莫言的小说《丰乳肥臀》中有很多带有民间神话色彩的故事，哪怕当下，仍有不少老人会把这些故事看作真实的。这种"真实"并非"纪实"，而是一种以夸张、变形来反映抽象真理的真实观念。真实观念能分出很多种，每一种都能符合逻辑真实，这与故事是否虚构无关。因此，哪怕"三度区隔"中的故事再"真"，我们也不能将其理解为"二度区隔"的"纪实"。

　　"真实"和"纪实""虚构"是两套系统，不仅不冲突，还常常共存。如果一定要在"二度区隔"中给"真实"找一个位置，那它在任意一个区隔中都是合理的。如在电影中，演员便存在"纪实"和"真实"两个层面。从"纪实"来说，观众会认出扮演角色的演员；从"真实"来说，观众也会接受这个演员扮演的角色在故事中是"真实"的；甚至如果演员知名度太高，许多观众会将"纪实"的指示性代词放入"虚构"的故事中，而不影响故事的"内部真实"。如短视频平台的影视解说常常把演员吴彦祖扮演的角色统统称为"彦祖""阿祖"，而不称呼他扮演的虚构角色。如果内部真实可以使虚构层变成纪实层，那分层就能无限多。"三度区隔"的"真实"并不依赖于区隔成立，它是一种横向的语义关系，而非"区隔"的纵向的语义关系。这也回应了谭光辉的判断。如果"虚构的虚构"可以成立，那不仅有"三度区隔"，还可以有"五度区隔""七度区隔"，如俄罗斯套娃一般层层嵌套。这种做法对于虚构判定无益，还会过度延展理论，造成困惑。这正是谭光辉（2017，p. 104）认为讨论多度区隔对于认识区隔中的实在性问题没有意义的原因，因为"一个文本的某一区隔是纪实还是虚构，二者只能居其一"。文本的区隔要么是纪实的，要么是虚构的，不能虚构了再虚构。一方面这是无益之举，另一方面也不符合对虚构的理解。因此，"三度区隔"的推论混淆了"真实"与"纪实"，将"真实"判断放置于解决虚构和纪实判定的"二度区隔"之中。

三、"二度区隔"原则与叙述分层的混用

虽然"三度区隔"不成立，学者们不断提及"三度区隔"却表明这种思路有其原因。为何在"二度区隔"的思路上，学者们自然而然地继续扩展出"三多区隔"或"多度区隔"？这种推论来自另一个叙述学问题：叙述分层。"三度区隔"的推理思路混用了叙述分层与"二度区隔"原则。"二度区隔"原则解决的是虚构判定的问题，叙述分层解决的是叙述的层次问题。叙述存在层次，但将叙述分层思路嫁接于"二度区隔"并不合适。

学者们很早就开始研究叙述分层。热拉尔·热奈特（Gérard Genette）指出："叙事讲述的任何事都在同一故事层，下面紧接着产生该叙事的叙述行为所处的故事层。"（热奈特，1990，p. 158）第一层叙述为第一叙事，第二层叙述为第二叙事（原故事）。在热奈特之后，米克·巴尔（Mieke Bal）把叙述分层的表现形式概括为"插入的叙事文本"。第一层叙述为"主要叙事文本"，第二层叙述为"插入的叙事文本"。巴尔创造性地提出两者之间的层次关系可以"互渗"，"当存在着文本互渗时，叙述者文本与行为者文本如此密切地相联系，以至于无法再区分出叙事层次"（巴尔，2015，p. 52）。另外，巴尔将叙述分层作为一个普遍的叙述话语看待，认为"转述"也是一种叙述分层。里蒙-凯南（Shlomith Rimmon-Kenan）认为叙述分层的形成依赖叙述者："一个人物的行为是叙述的对象，他自己也可以参与叙述一个故事。当然，在他的故事中，可能会有另一个人物叙述另一个故事，如此无限倒推。这种'叙事中的叙事'形成了一种层次划分，每个内在叙事都从属于其所处的叙事内。"（Rimmon-Kenan，1983，p. 91）

赵毅衡对叙述分层的解释与里蒙-凯南有相似之处，两人都强调叙述者在叙述分层中的基础地位。赵毅衡（1998，p. 58）认为叙述分层中"高叙述层次的任务是为第一个层次提供叙述者"。一个叙述层必然有一个叙述者，一个层次的叙述者必然来自高一层次的叙述层，这个解释清晰明了。相比里蒙-凯南，赵毅衡（2012，p. 16）对叙述者的作用有更独特的认识，他认为叙述者是"人格-框架"的二象，"我们可以看到叙述者呈二象形态：有时候是具有人格性的个人或人物，有时候却呈现为框架。两种形态同时存在于叙

述之中，框架应当是基础的形态，而人格形态会经常'夺框而出'。什么时候呈现何种形态取决于体裁，也取决于文本风格"。因此，叙述分层也可称为叙述者框架。

叙述分层与"二度区隔"原则在理论搭建上具有一致性。二者均以层次为理论框架。赵毅衡将叙述分层与叙述者框架配合解释虚构问题。如纪实型叙述是"一度区隔"中的再现叙述，叙述者框架必须"透明"，此时的叙述者和作者便是合一的状态。也就是说，纪实型叙述不再分裂叙述者，叙述者直接就在"一度区隔"中。虚构型叙述的作者在"一度区隔"中再分裂出一个位于"二度区隔"的叙述者，此时才完成了一个虚构文本叙述框架的搭建（赵毅衡，2013，pp. 96-101）。虚构型叙述和纪实型叙述的叙述层次规定也不一样。纪实型叙述的叙述层次较为稳定，不允许叙述跨层，都在"一度区隔"内；虚构型叙述允许跨层，叙述可以在"一度区隔"和"二度区隔"之间跳转（谭光辉，2016，p. 34）。

虽然这两个理论有相似和交叉之处，但叙述分层与"二度区隔"原则的功能不同。叙述分层是叙述的底线框架，起基础作用。"二度区隔"原则是针对叙述与现实世界之间关系的判断，体现为虚构和纪实两种类型。虚构/纪实可以体现在叙述分层中，但叙述分层不能决定文本是虚构/纪实。区隔只有"一度区隔"与"二度区隔"（纪实/虚构），叙述分层却可以无限划分。虚构型叙述与纪实型叙述都可以出现叙述分层。

虚构型叙述中叙述分层较为常见，以小说为最。"作者主体分裂出来一个人格，另设一个叙述者，并且让读者分裂出一个受述者当作纪实型的叙述来接受。"（赵毅衡，2013，p. 96）此时作者分裂出的叙述者（框架）存在于"二度区隔"。如果分裂出的叙述者再分裂一个叙述者，它仍然处于"二度区隔"。这个再分裂的叙述者（框架）只是嵌套了一层叙述，并非再次建立一个区隔。如在《堂吉诃德》中便嵌入了一个摩尔人的故事。堂吉诃德和乔桑进入酒馆，遇见一个摩尔人俘虏。这个俘虏在酒馆里讲述自己被俘前后的故事，内容竟多达几万字。有些虚构型叙述会制造大量分层，如克里斯托弗·诺兰（Christopher Nolan）导演的电影《盗梦空间》。在《盗梦空间》中，主人公通过"造梦"分出四个层次，层层深入。每一个层次就是一个人物的梦，这很符合叙述分层的定义。四个层次可谓是叙述分层的极限，如果再分，观众便难以理解。《盗梦空间》通过"跨层"的方式，把四个叙述层次放在一条线性时间上，形成了极强的叙述张力。

纪实型叙述也能进行叙述分层。在"有关事实"的要求下，叙述者必须在"一度区隔"之中，纪实型叙述的作者与叙述者合一。叙述者也可以向下提供另一个叙述者，嵌套一个分层。但这个分层也在"一度区隔"之中，哪怕次一级叙述者的叙述为虚构，也会被判定为纪实。如新闻报道中，叙述者引入当事人和目击人对事件的描述。即使当事人对事件的描述是虚构的谎言，读者也会当成真实的来接受。纪实型叙述分层不可太多，一般不能超过两层。层次越多，所下放的叙述者与第一层的距离越远，内容就越值得怀疑。纪实型作者可以在下一层次加入较多的叙述者来增强叙述的可信度，而不会在两层叙述下再嵌套叙述。这些次一级的叙述者之间是平行关系，而非层级关系。

叙述层次是一个叙述话语的问题，不是虚构判定的问题。无论是"一度区隔"还是"二度区隔"都可以有多个叙述层次。但是在"二度区隔"原则的语境下，只有"一度区隔"和"二度区隔"。《盗梦空间》中的梦分再多层，也只能被理解为"梦"。电影中发生的一切，会被一并理解为虚构。

结　语

虚构判定应坚持理论简化的立场。"二度区隔"本是梳理虚构这个复杂现象的一次简化操作，再次将其复杂化则不符合理论的效用目标。因此，"二度区隔"不应该再分层，这不符合"二度区隔"原则的问题指向，混淆了一些理论框架，同时也会造成理论的过度延展；过度延展就会导致理论的效用性被损害，虚构判定也变得更加复杂。真实与虚构之辨是人类的永恒难题，没有一个理论可以一劳永逸地解决，探索永远不会停止。"二度区隔"原则为学界提供了一个有效解释"虚构"的路径，这是赵毅衡的杰出贡献。同时，"二度区隔"原则又并非完美，仍需学界不断讨论和商榷。不同的理论语境会导致不同的理解和观点，正如唐小林（2023，p.85）对这次辩论下的判词："文本的区隔框架本来是个实在论问题，但出于与上面相同的论述逻辑，最后必然消融在制度论中。"这次交锋有益且值得尊敬。对虚构的认知不仅是学界难题，更是人类思维的边界，所涉及的思辨意义非凡。

引用文献：

巴尔，米克（2015）．叙述学：叙事理论导论（谭君强，译）．北京：北京师范大学出版社．

陈佳璐（2022）．戏中戏电影中的三度区隔"溶解"——以《鸟人》与《暗恋桃花源》为例．电影评介，21，24—29．

方小莉（2018）．奇幻文学的"三度区隔"问题研究——兼与赵毅衡先生商榷．中国比较文学，3，17—29．

热奈特，热拉尔（1990）．叙事话语：新叙事话语（王文融，译）．北京：中国社会科学出版社.

塞尔，R. 约翰 (2017). 表达与意义（王加为、赵明球，译). 北京：商务印书馆.

宋凌宇，黄文虎，李文文 (2020). 三度区隔：戏剧主义中新闻游戏的修辞性探究. 东南传播，3，33—35.

谭光辉 (2015). 论虚构叙述的"双层区隔"原则. 河北学刊，1，107—110+116.

谭光辉 (2016). 回旋跨层：虚构叙述的莫比乌斯带原理. 中国比较文学，2，27—39.

谭光辉 (2017). 再论虚构叙述的"双层区隔"原理——对王长才与赵毅衡商榷的再理解. 南昌大学学报（人文社会科学版），2，97—105.

谭光辉 (2019). 小说叙述理论研究. 北京：商务印书馆.

唐小林 (2023). 虚构的本质：一个根本问题的学术史检讨. 上海大学学报（社会科学版），4，78—87.

王长才 (2015). 梳理与商榷——评赵毅衡《广义叙述学》. 文艺研究，7，151—160.

王长才 (2020). 再论"双层区隔"：虚构、纪实的性质与判断困境. 符号与传媒，2，209—218.

伊瑟尔，沃尔夫冈 (2011). 虚构与想象：文学人类学疆界（陈定家、汪正龙，等译). 长春：吉林人民出版社.

赵毅衡 (1998). 当说者被说的时候——比较叙述学导论. 北京：中国人民大学出版社.

赵毅衡 (2012). 叙述者的广义形态：框架—人格二象. 文艺研究，5，15—23.

赵毅衡 (2013). 广义叙述学. 成都：四川大学出版社.

赵毅衡 (2017). 哲学符号学：意义世界的形成. 成都：四川大学出版社.

Rimmon-Kenan, S. (1983). *Narrative Fiction: Contemporary Poetics*. London：Metheun & Co.

作者简介：

王博，四川师范大学文学院硕士研究生，研究方向为中国当代文学、叙述学。

谭光辉，四川师范大学文学院教授、博士生导师，主要从事中国现当代文学、符号学、叙述学研究。

Author:

Wang Bo, M. A. candidate of the College of Liberal Arts, Sichuan Normal University, with research interests in contemporary Chinese literature and narratology.

Email: 13990765446@163.com

Tan Guanghui, professor and doctoral supervisor of the College of Liberal Arts, Sichuan Normal University, mainly engaged in the research of contemporary Chinese literature, semiotics and narratology.

Email: sctgh@163.com

非自然叙述理论术语"解叙述"辨析①

贾 倩 王长才

摘 要："解叙述"是布莱恩·理查森2001年首次提出的非自然叙述学
术语，指消解性的叙述，它以否定的形式存在，本质上是一种
无法消除的矛盾。本文对"解叙述"与"反叙述""否叙述"
"不可靠叙述"等叙述学概念进行对比分析，以厘清"解叙述"
概念的所指与与其他概念的区别与联系。

关键词：非自然叙述 解叙述 反叙述 否叙述 不可靠叙述

What is "Denarration" in Unnatural Narrative Theory?

Jia Qian Wang Changcai

Abstract："Denarration" was proposed for the first time by Brian Richardson in
2001，which is a term within unnatural narrative theory referring to
negative and disintegrative narratives characterized by contradictions
that cannot be resolved. This paper aims to clarify the meaning of
"denarration" and to distinguish it from other related concepts such as
"anti-narrative"，"disnarration"，and "unreliable narration".

Keywords：unnatural narrative; denarration; anti-narrative; disnarration;
unreliable narration

一、概念界定：何为"解叙述"

2001 年，美国学者布莱恩·理查森（Brian Richardson）在《小说中的

---

① 本文系国家社科基金项目"非自然叙述学研究"（项目编号：16BZW013）的阶段性成果。

解叙述：贝克特与其他人小说中对故事的擦抹》（"Denarration in Fiction: Erasing the Story in Beckett and Others"）一文中提出了"解叙述"（denarration）的概念："在现代晚期和后现代许多文本中，有一种有趣和自相矛盾的叙述策略……我指的是一种叙述否定，即叙述者否认了她先前所呈现叙述的重要方面。"（Richardson，2001，p. 168）理查森的"解叙述"指的是一种自我矛盾的叙述，也就是叙述者否定了之前的陈述。理查森举了一个经典的例子："昨天下雨了。昨天没有下雨。"（Richardson，2001，p. 168）文中还列举了贝克特、拉什迪、纳博科夫等作家作品的例子，并对其中体现出"解叙述"策略的文本进行了分析。

在 2005 年版的《劳特利奇叙事理论百科全书》（*Routledge Encyclopedia of Narrative Theory*）中，布莱恩·理查森为"解叙述"做了分类："'解叙述'目前有两种不同的含义，'本体论'解叙述是对先前建立的故事事件的悬而未决的否定；'存在论'解叙述是在后现代文化和社会中身份的丧失。"（Richardson，2005b，p. 100）在这个定义中，理查森将"解叙述"分为"本体论解叙述"（ontological denarration）以及"存在论解叙述"（existential denarration）。根据理查森的定义，"本体论解叙述"即叙述者对之前陈述的否定，也就是在前文中提到的一种自相矛盾的陈述。比较有代表性的例子是贝克特的《向着更糟去呀》（*Worstward Ho*），这部作品中的叙述者就在不断地否定之前叙述的内容，如其中的一段："首先是那躯体。不。首先是那地方。不。首先是两者。一会儿这一个。一会儿另一个。厌倦了这一个时尝试另一个。厌倦了后者后再回过来直到厌倦了前者。"（贝克特，2016c，p. 92）

另一种是"存在论解叙述"，理查森认为"存在论解叙述"在名人中较为常见，例如某位名人突然被报道了大量的负面新闻，导致出现身份危机，这位名人的"人设"也随之崩塌，也即相关叙述被否定了。根据理查森在后文中的论述，他讨论较多的都是"本体论解叙述"，因此本文对"解叙述"的探讨也主要是"本体论解叙述"。

之后，理查森在专著《非自然的叙述声音：现当代小说的极端化叙述》（*Unnatural Voices: Extreme Narration in Modern and Contemporary Fiction*，2006）第五章介绍了后现代小说的三种非自然的极端化叙述及其不可靠性。其中一种极端的叙述形式，理查森称之为"解叙述"："我将有趣并且自相矛盾的叙述称为'解叙述'，它指的是一种叙述否定，也即叙述者否认了他或她之前所叙述的重要方面。"（Richardson，2006，p. 87）可以看出，这里的"解叙述"与此前的解释是一致的，他也将"解叙述"归为一种非自然的极端化叙述形式。

2015年，理查森在《非自然叙述：理论、历史与实践》（*Unnatural Narrative: Theory, History and Practice*）中进一步说明了"解叙述"的含义："话语自身并不构成非自然，但受到话语影响的故事世界的极个别例子除外，如我所说的'解叙述'，即话语否定或抹除了部分虚构的世界。"（Richardson，2015，p.12）2019年理查森又在《非自然叙述学概要》中将"解叙述"解释为："其中文本否定或'抹除'了它在虚构世界中已经描述了的事件。这些实验技巧使用话语来创建或摧毁故事。"（理查森，2019，p.158）正如非自然叙述一样，"解叙述"也是虚构叙述的一个子集，并且"解叙述"使得虚构叙述的特征更为明显。例如阿兰·罗伯－格里耶（Alain Robbe-Grillet）的《在迷宫中》（*Dans le Labyrinthe*），小说的开头是："外面下着雨，有人正在雨中赶路，低着头，一只手遮住眼睛……外面阳光灿烂，没有一棵树。"（罗伯－格里耶，1998，p.175）此外，还有一些文本几乎通篇以"解叙述"为主，使文本虚构的叙述特征展现得淋漓尽致，如王蒙的《来劲》。这部作品使用了大量的"解叙述"，文本之后叙述的内容与之前叙述的内容相矛盾，且无法确定哪种叙述是真实的，例如文本的开头："三天以前，也就是五天以前一年以前两个月以后，他也就是她它得了颈椎病也就是脊椎病、龋齿病、拉痢疾、白癜风、乳腺癌也就是身体健康益寿延年什么病也没有。"（王蒙，2003，p.231）

综合以上论述，理查森提出的"解叙述"概念是对之前叙述内容的一种否定，然后叙述者另起了一种新的叙述，与前一种叙述形成了矛盾的关系。并且，另起的叙述与之前的叙述没有真假与对错之分。

二、"解叙述"相关概念辨析

国内外也有学者对"解叙述"及相关概念做了探讨，但还是存在一些分歧。

申丹在探讨"故事与话语"的区分时，将"denarration"翻译为"消解叙述"："所谓'消解叙述'（denarration）就是先报道一些信息，然后又对之进行否定。"（申丹，2009a，p.49）理查森认为"denarration"颠覆了故事与话语的区分。申丹从创作者的角度分析，认为故事是具有模仿性的，并且作者显然知道矛盾叙述背后的真实故事，只是由于使用了"消解叙述"的策略混淆视听，给读者的判断造成困难，因此故事与话语仍然能够被区分。本文更偏向于申丹的另一种观点，即"denarration"是创作者的一种叙述游戏，作者本无意去构建一个完整合理的故事，如贝克特的《无法称呼的人》（*The Unnamable*），小说的第一段就写道："这个，就说这个，而并不知道是什么。我所做的兴许只是认可一种事实上的老状态。但我什么都没有做。我像是要说话，那不是我，关于我，那不是关于我的。"（贝克特，2016b，p. 1）这部小说整体都充斥着叙述者一系列的疑问与自我否定，也无法推论出叙述者的真实身份与故事逻辑，这就是理查森所说的"denarration"消解了故事与话语之分。

王长才注意到罗伯-格里耶小说中的"叙述改辙"现象。赵毅衡认为"叙述改辙"是王长才对"denarration"的翻译，在《论底本：叙述如何分层》一文第34条注释中，赵毅衡写道："王长才把'denarration'译成'叙述改辙'，我个人觉得很妥帖。"（赵毅衡，2013c，p. 15）然而王长才所说的"叙述改辙"现象似乎并不是"denarration"。在王长才看来，"叙述改辙"是"一种叙述逻辑在进行过程中被中断或难以为继，读者需要将前文叙述挪至另一种叙事秩序中加以理解"（王长才，2009，p. 86）。有一些"叙述改辙"较好辨认，如小说中的一段叙述，读者最初以为是一段现实场景，后面发现原来只是某位叙述者的回忆，文本后面才有较为明显的提示。

另一些"叙述改辙"更为复杂，文本没有明显的标记，读者也很难判断叙述是从哪里开始"改辙"的，这就导致了文本叙述的混乱。如罗伯-格里耶的《纽约革命计划》（*Projet pour une Révolution à New York*），小说本来在叙述一段现实场景，读者看到后文才发现这段场景变成了对一幅海报的描述。这类文本中存在多种叙述轨道，然而读者很难从文本中确定"叙述改辙"是从哪里开始的。罗伯-格里耶中后期小说中存在大量特殊的"叙述改辙"，但只有"前一种叙述轨道并没有确切地被消除，后一种叙述轨道因而也没有绝对地确立，从而处于一种悬浮状态"（王长才，2009，p. 97）这种特殊的"叙述改辙"才是"denarration"。

赵毅衡将"denarration"译为"另叙述"："某些论者，例如理查森，还是坚持用'另叙述'（denarration）。"（赵毅衡，2013b，p. 172）赵毅衡认为"另叙述"的典型语句是："上面这段不算，下面才是真正发生的事。"（p. 172）对此，王长才提出了不同看法："但（另叙述）最关键的一个限定词是'悬而未决'的，也就是说，前后叙述相互冲突，但叙述者没有确认哪个真、哪个假。"（王长才，2015，p. 156）这就与赵毅衡的解释有些许不同，赵毅衡认为读者可以确定"解叙述"中的真假，即后面的叙述才是真实的。然而根据理查森在《劳特利奇叙事理论百科全书》中的定义，"解叙述"是对之前所建构事件的"尚未解决"（unresolvable）的否定，如理查森经常用来论证"解叙述"手法的贝克特《莫洛伊》（*Molloy*）的例子，文本中说："我准是越来越像她了。只差有个儿子了。可能在哪儿我真有一个。但我不信。他现在准是老了，几乎跟我一样老。"（贝克特，2016a，p. 2）叙述者不仅否认了之前所说，我们也没有办法知悉其中的真假。再如约翰·福尔斯的《法国中尉的女人》（*The French Lieutenant's Woman*），小说首先叙述了查尔斯与欧内斯蒂娜结婚生子的故事情节，之后又叙述了查尔斯与萨拉再次相遇后与欧内斯蒂娜解除婚约的情节。但是，叙述者并没有说明文本中的哪段叙述是真实的，实为"解叙述"中无法解决的矛盾。

另有国外学者布莱恩·麦克黑尔在《后现代主义小说》（*Postmodernist Fiction*）中辟专章分析了"被抹除的世界"（worlds under erasure），在文中他提到了与理查森"解叙述"类似的概念，即"自我抹除"（self-erasure）。一方面，麦克黑尔以托马斯·品钦的《万有引力之虹》（*Gravity's Rainbow*）为例，以"它当然发生了，它当然没有发生"来解释"自我抹除"。麦克黑尔指出这类相互矛盾的叙述具有"模棱两可"（ambiguities）、"不确定性"（indeterminacy）、"不稳定性"（instability）等特征。从这里的论述来看，麦克黑尔的"自我抹除"与"解叙述"指的是同一种文本现象。

麦克黑尔认为"自我抹除"还包括另一种情况。当后一种矛盾叙述产生时，前面的叙述就被自动"抹除"了。尽管"被抹去的状态仍然存在，哪怕只是作为一种视觉余像"（McHale，1987，p. 99）。这里可以参照德里达解构主义的"踪迹"概念。"这些符号虽然被取消了，但在取消之后依然清晰可见，它们仍然在话语中发挥着作用，即使它们被排除在外。"（McHale，1987，p. 100）也就是说，前一种叙述只留下了被删除的"踪迹"，就此被"抹除"而不存在了。如电影《罗拉快跑》（*Run Lola Run*）中的"重拍"现象，实际上"重拍"就已经否定了之前的叙述内容。

因此，麦克黑尔的"自我抹除"应当包含两种情况。一种指的是理查森的"解叙述"，即文本的某些叙述既是矛盾的，也是无法确定真假的。另一种情况是，当出现几种相互矛盾的叙述，后面叙述的出现就否定了前一种叙述。

三、"解叙述"与"反叙述"

"反叙述"（anti-narrative）这个术语与"解叙述"有颇多相似之处。杰拉德·普林斯的《叙述学词典》中的"反叙述"（anti-narrative）是："使用叙述技巧但却彻底怀疑叙述逻辑和叙述规约的（词语或非词语）文本。"（普林斯，2016，p.13）布莱恩·理查森认为："'反叙述'指的是忽视或否认传统自然叙事规约的叙述。"（Richardson，2005a，p.24）这两个概念较为一致，都认为"反叙述"是指违反叙事规约的叙述。理查森在文中还提到"反叙述"更准确地说是在现实生活中不可能发生的事件（不包括寓言故事与超自然现象），例如故事世界中矛盾的时间，多个不相容的事件在同一文本中并存以及元小说等。可以看出，这里的"反叙述"与"非自然叙述"的内涵较为相似，都是与"自然叙事"相对比而存在的。

在理查森看来，"反叙述"主要表现在两个方面。其一，"叙述转喻"（metalepsis）。这一概念由热拉尔·热奈特在《叙事话语 新叙事话语》中提出，是指"从一个叙述层到另一个叙述层的过渡原则上只能由叙述来承担，叙述正是通过话语使人在一个情境中了解另一个情境的行为"（热奈特，1990，p.163）。此外，普林斯在《叙述学词典》中将其解释为："彼一叙述内容中的存在体闯入此一故事。"（普林斯，2016，p.120）由此可以看出，所谓"转喻"就是虚构世界的人物可以与作者或读者进行对话或产生交集，赵毅衡将其译为更好理解的"跨层"（赵毅衡，2013a，pp.75－80）。如约翰·盖伊的《乞丐歌剧》（*The Beggar's Opera*），在戏剧的结尾，强盗麦奇思正要被处刑，戏剧的作者忽然出现并决定改变结局释放麦奇思。根据"反叙述"的这一表现方式，"解叙述"的概念与"反叙述"中"转叙"的含义是不一致的，"解叙述"与"反叙述"也就没有关系。

其二，"反叙述"还表现在对不可重复事件的多种重复上，例如同一故事中主人公存在多种死亡方式，但是没有办法确定哪种死亡方式更真实。理查森在《劳特利奇叙事理论百科全书》中提道："有一些反叙述使用了'解叙述'的方式，即虚构世界的某些部分被否定或'抹去'。"（Richardson，2005a，p.25）理查森还认为最典型的"反叙述"文本是罗伯－格里耶的《嫉妒》（*La Jalousie*）。从其中的论述可以看出，理查森认为一些反叙述采用了解叙述的手法，即虚构世界中的某部分情节被否定或被抹去，如贝克特的《莫洛伊》结尾写道："于是我回到房子里，我写，是午夜。雨水抽打着玻璃。那不是午夜。天没有下雨。"（贝克特，2016a，p.275）这段就是通过叙述者人为地干预，文本中的某些叙述被加以否定。

根据理查森的观点，就"反叙述"的第一个表现方式而言，"解叙述"与"反叙述"并无联系。就第二个表现方式来说，"反叙述"具备"解叙述"所没有的特征，可以发现"解叙述"是被包含在"反叙述"中的，因此可以理解为"解叙述"是"反叙述"的其中一种情况。这里的"解叙述"与"反叙述"又都在非自然叙述的框架之内。而依据理查森的定义,"反叙述"甚至类似于一种"反模仿叙述",似乎等同于非自然叙述。

罗宾·沃霍尔在《新叙事:现实主义小说和当代电影中怎样表达不可述之事》("Neonarrative: or, How to Render the Unnarratable in Realist Fiction and Contemporary Film")中将"反叙述"归于"不可述的"(unnarratable),沃霍尔将"反叙述"(the antinarratable)定义为:"'不应叙述事件'(the antinarratable),往往违反社会常规或禁忌,因而不被叙述。"(沃霍尔,2006,p. 35)这个定义就和理查森的定义大相径庭了,也与"解叙述"没有联系,在此不做过多讨论。

综合以上论述,或许可以将"解叙述"理解为"反叙述"的一部分,那么"反叙述"与"解叙述"应当是包含与被包含的关系。

四、"解叙述"与"否叙述"

"否叙述"(disnarration)按照字面的意思容易被理解成否定的叙述,进而让人联想到"解叙述"。"否叙述"是普林斯在《否叙述》("The Disnarrated")一文中提出的概念。1988年,普林斯撰文指出,"否叙述"指的是"不可能实现的或者可能实现但未发生的表述"(Prince,1988,p. 3)。具体来说,则是指叙事文本中以假定或否定形式提到的未发生事件的叙述话语,例如叙述者或人物本来可以做某件事,后来却没有做。并且,"'否叙述'可以是关于叙述者叙述愿望的叙述,即叙述者可以拒绝采用其提及的某种叙述策略"(李亚飞,2019,p. 20)。也就是说,只要在文本中提及了未发生的事,即可认为是"否叙述",因此普林斯认为"否叙述"的对立面是"未叙述"(non-narrated)。

那么"解叙述"和"否叙述"有何联系呢?理查森提出的"解叙述"概念,正是来源于普林斯的"否叙述"概念。理查森撰文指出:"我把这些否定的描述和事件称为'解叙述',这个用法是基于杰拉德·普林斯的'否叙述'的。"(Richardson,2001,p. 169)因此,理查森是借助普林斯"否叙述"的概念,提出了与之含义不同的"解叙述"的概念。

对于"否叙述"的概念,罗宾·沃霍尔提出了与普林斯不同的观点。沃霍尔认为"否叙述"表达了否定之前的叙述重新再来的意思,也就是推倒前面的情节重新安排。(沃霍尔,2006,p. 38)有个较为恰当的例子,在电影《机遇之歌》(Blind Chance)中,一名波兰医学生急于搭乘火车,电影两次改变了这名医学生搭乘火车的经历,最后有了与前面的情节不同的结局。其实从这里可以看出，沃霍尔在文中定义的"否叙述"与普林斯的概念大为不同。为了避免术语使用的混乱，本文仍然以普林斯对"否叙述"的解释为依据。

除此之外，赵毅衡认为："'否叙述'的定义应当是：没有被文本世界实在化的情节。"（赵毅衡，2013b，p.171）也就是说，"否叙述"是指在文本中的某些情节虽然被叙述出来，但是并没有在文本中实实在在地发生。赵毅衡的观点侧重于要将未发生的情节叙述出来，例如叙述者的某个梦境，人物的某种幻想或者愿望，未能实现的具体计划等。如伊恩·麦克尤恩的作品《赎罪》（Atonement），布里奥妮向她姐夫罗比赎罪的情节就属于"否叙述"。因而，王长才提道："'否叙述'和'另叙述'的重要分野似乎在于叙述层次。"（王长才，2015，p.157）也就是说，对于在文本中被叙述出来，但是没有实在发生的叙述，"否叙述"可以归为文本的下一叙述层。这涉及叙述层次的转化，而同一文本中的"解叙述"处于同一叙述层次。

然而，判断某段叙述到底是"解叙述"还是"否叙述"，对于读者仍然困难。比如在贝克特的《莫洛伊》中，小说中的叙述者说他照顾过儿子，后面又说这是不可能的，他不会照顾人。理查森认为这里是"解叙述"，但是，根据普林斯"否叙述"的定义，文本中的"叙述者照顾儿子"被提及了，却似乎没有发生，是不是也可以认为这段叙述属于"否叙述"呢？

本文尝试辨析这两个术语，或许"解叙述"与"否叙述"的不同之处在于两方面。（1）文本中的某段叙述是否在文本中发生了。就"解叙述"而言，这段叙述被叙述者否定后，被叙述的内容可能发生了，也可能没有发生，是不确定的。在"否叙述"中，由于文本中叙述者和人物的主观或客观的因素，叙述的事件是未能发生的，既可能是叙述者没有具体叙述出来，也可能是被叙述出来了但是没有被故事世界实在化。（2）两者的发生机制不同。"解叙述"是叙述者有意如此叙述，然后再否认，这一般是作者的一种叙述策略。相对于"解叙述"，"否叙述"中叙述者叙述的事件未能发生的原因更多也更为客观，例如叙述者的梦境、叙述者无法完成的愿望、叙述者改变主意不去做这件事等。最后，本文认为再回顾贝克特《莫洛伊》的案例时，用"解叙述"来分析被否定的"照顾儿子"的叙述，或许更为合适。

五、"解叙述"与"不可靠叙述"

"解叙述"由于其矛盾叙述的特征，容易和"不可靠叙述"相混淆。本文认为"解叙述"与"不可靠叙述"是不同的，"解叙述"是权威叙述者自己否认自己的叙述，涉及文本虚构世界的改变；而"不可靠叙述"中的虚构世界，不因叙述者对叙述的认同或否认而发生改变。并且，理查森在《非自然的叙述声音：现当代小说的极端化叙述》(*Unnatural Voices: Extreme Narration in Modern and Contemporary Fiction*) 中将后现代作品中的"不可靠叙述"也归结为非自然的极端化叙述。理查森提出了后现代作品中五种"反模仿性质"的不可靠叙述者[①]，这些"不可靠叙述"都是与"解叙述"不同的概念。

首先需要厘清"不可靠叙述"的概念。在学界中，"不可靠叙述"有修辞法与认知法两种研究方式。"认知学派"主要是从读者规范的角度去判断不可靠叙述，"解叙述"一般不讨论读者接受，因此本文仅探讨修辞学派视角中的"不可靠叙述"。修辞学派的两位代表人物是韦恩·布斯与詹姆斯·费伦。布斯在《小说修辞学》(*The Rhetoric of Fiction*) 中提到衡量"不可靠叙述"的标准是叙述者的"道德和理智的品质"是否与"隐含作者"有所偏离，并且"一种涉及故事事实，一种涉及价值判断"(申丹，2009b，p. 134)。如果叙述者的叙述与事实或隐含作者的价值立场相符，为可靠叙述；反之，则为不可靠叙述。

另一位代表詹姆斯·费伦划分得更为精细，在布斯的基础上扩展出三大轴六种亚类型：事实/事件轴上的"错误报道"和"不充分报道"；价值/判断轴上的"错误判断"和"不充分判断"；知识/感知轴上的"错误解读"和"不充分解读"。例如，伊恩·麦克尤恩的短篇小说《立体几何》("Solid Geometry")，叙述者在讲述妻子死亡的过程时十分冷静，他一直在陈述妻子的种种罪行，直到小说最后，读者才发现，叙述者是没有任何忏悔之心的自我狡辩之人，实为一名不可靠的叙述者。此外，多里特·科恩在2000年发表的论文《不和谐的叙述》("Discordant Narration") 中区分了不可靠叙述的两种形式：一种是事实上的不可靠，这种不可靠叙述是由于叙述者主观上信息不足或被误导而不可靠；另一种是意识形态上的不可靠，这种不可靠叙述主要归因于叙述者的主观偏见或困惑，多里特·科恩称之为"不和谐的叙述者"(Cohn，2000，p. 307)。根据以上讨论可以发现，无论是哪种类型的不可靠叙述者，导致"不可靠叙述"的都是文本内叙述者的主观因素，并不会对客观的故事事实产生影响。

---

① 五种"反模仿性质"的不可靠叙述者为："欺骗型的叙述者"(the fraudulent narrator)、"矛盾型的叙述者"(contradictory narrators)、"渗透型的叙述者"(permeable narrators)、"不相称型的叙述者"(incommensurate narrators) 以及"跨层叙述者"(dis-framed narrators)。(Richardson，2006，pp. 103—105)

从定义来看，"解叙述"和"不可靠叙述"并没有相似之处，但是两者也有交叉重叠的地方：都依赖于文本的叙事进程，读者只有读到后面的内容才会发现之前的叙述为"解叙述"或"不可靠叙述"。

综合以上讨论，本文认为"解叙述"和"不可靠叙述"更多的是不同。（1）"解叙述"中矛盾的叙述更多涉及话语层面，虽然对于情节的推进并不起直接作用，但是它在话语层面的功能似乎要大于其所述的事件或故事，最终引起了故事本身的变化，而"不可靠"的叙述并不会影响创作者建构的故事世界。（2）读者更容易判定"解叙述"，它通常有明显的提示，即叙述者直接否定之前的叙述。而"不可靠叙述"难以被读者发现，需要读者判断叙述者在客观故事世界中的价值立场是否与隐含作者的一致，例如文本中叙述者认为自己的做法是正确的，而隐含作者暗暗加以否定，从而影响到读者的判断。（3）"解叙述"是叙述者自己直接否定自己的叙述，并且叙述者没有告知哪种叙述是真实的。而"不可靠叙述"往往是隐含作者的叙事策略，隐含作者更具权威性，根据隐含作者的价值判断标准一般可以确定哪些叙述是可靠的，哪些是不可靠的。（4）文本中"解叙述"产生的原因与叙述者本身的特质无关，更多只是一种叙述策略。而"不可靠叙述"产生的原因与故事世界中叙述者本身的特质有关，例如叙述者记性不好，有性格缺陷或主观偏见等，从而导致了叙述者有意识或无意识的"不可靠叙述"。

结　语

布莱恩·理查森将"解叙述"作为非自然叙述的重要策略，认为"解叙述"在许多的后现代文本中都有所体现，只是不同作品所体现的程度不同。一方面，"解叙述"是局部的和暂时的，就像作者的一个文字游戏，在文本内作为一小部分而存在，不会改变整个文本的故事世界。另一方面，"解叙述"这种自相矛盾的叙述会左右故事情节的发展，甚至可以改变整个故事性质，尤其是对于将"解叙述"作为文本的重要叙述手段的作品来说，因为"解叙述"的故事本身就是不确定的。因此，"解叙述"使得传统的故事和话语产生了微妙的变化，某种程度上使文本产生了修辞和阐释功能。正如理查森所说："'解叙述'使故事和话语的分隔消失了。"（Richardson，2001，p.173）因此，正如前文所述，"解叙述"既改变了故事也改变了话语，传统的叙述话语模式也被叙述者打破。

"解叙述"的叙述者取消了唤起的故事世界，在破坏文本故事世界稳定性的同时，给读者处理文本加大了难度。因此，"我们只能肯定：叙述者告诉我们的，与真正发生的事相去甚远"（Richardson，2001，p. 169）。但是"解叙述"使文本带有了叙述游戏的意味，是对传统创作方式的一种实验与革新。总的来说，理查森将"解叙述"纳入非自然叙述理论的范畴，扩充了叙述学的理论研究，也为实践批评提供了一种有效的解读模式，尤其是对"反模仿"作品的阐释具有重要的理论价值。希望本文对"解叙述"概念的分析以及对"解叙述"与"反叙述""否叙述""不可靠叙述"的对比辨析，有助于厘清这些易混淆的叙述学术语。

引用文献：

罗伯-格里耶，阿兰（1998）. 罗伯-格里耶作品选集（第一卷）（邓永忠、孙良方、夏家珍，等译）. 长沙：湖南美术出版社.

理查森，布莱恩（2019）. 非自然叙述学概要（王长才，译）. 英语研究，1，154—164.

普林斯，杰拉德（2016）. 叙述学词典（乔国强、李孝弟，译）. 上海：上海译文出版社.

沃霍尔，罗宾（2006）. 新叙事：现实主义小说和当代电影中怎样表达不可叙述之事.（宁一中，译）. 语文学刊，12，33—39.

李亚飞（2019）. 讲述未发生的事件——杰拉德·普林斯"否叙述"理论发微. 国外文学，2，19—27.

热奈特，热拉尔（1990）. 叙事话语 新叙事话语（王文融，译）. 北京：中国社会科学出版社.

申丹（2009a）. "故事与话语"解构之"解构". 外国文学评论，2，42—52.

申丹（2009b）. 何为"不可靠叙述"？. 外国文学评论，4，133—143.

贝克特，萨缪尔（2016a）. 莫洛伊（阮蓓，译）. 长沙：湖南文艺出版社.

贝克特，萨缪尔（2016b）. 无法称呼的人（余中先、郭昌京，译）. 长沙：湖南文艺出版社.

贝克特，萨缪尔（2016c）. 无法继续（龚蓉、余中先，译）. 长沙：湖南文艺出版社.

王长才（2009）. 阿兰·罗伯-格里耶小说叙事话语研究. 成都：巴蜀书社.

王长才（2015）. 梳理与商榷——评赵毅衡《广义叙述学》. 文艺研究，7，151—160.

王蒙（2003）. 来劲. 北京：人民文学出版社.

赵毅衡（2013b）. 广义叙述学. 成都：四川大学出版社.

赵毅衡（2013c）. 论底本：叙述如何分层. 文艺研究，1，5—15.

赵毅衡（2013a）. 当说者被说的时候——比较叙述学导论. 成都：四川大学出版社.

Cohn, D. (2000). Discordant Narration. *Style*, 34 (2), 307—316.

McHale, B. (1987). *Postmodernist Fiction*. New York：Methuen.

Prince, G. (1988). The Disnarrated. *Style*, 22 (1), 1—8.

Richardson, B. (2001). Denarration in Fiction：Erasing the Story in Beckett and Others.

Narrative，9（2），168−175.

Richardson，B.（2005a）. Anti-Narrative. Herman，D.，Jahn，M. and Ryan，M.，*Routledge Encyclopedia of Narrative Theory*. London：Routledge，24−25.

Richardson，B.（2005b）. Denarration. In Herman，D.，Jahn，M. and Ryan，M.，*Routledge Encyclopedia of Narrative Theory*. London：Routledge，100−101.

Richardson，B.（2006）. *Unnatural Voices: Extreme Narration in Modern and Contemporary Fiction*. Columbus：The Ohio State University Press.

Richardson，B.（2015）. *Unnatural Narrative: Theory，History and Practice*. Columbus：The Ohio State University Press.

作者简介：

贾倩，成都东部新区教育发展研究院教师，主要从事叙述学与语文教育研究。

王长才，西南交通大学人文学院教授，主要从事叙述学与西方文学理论研究。

Author:

Jia Qian, teacher of Chengdu Eastern New Area Education Development Research Institute, mainly engaged in the research of narrative and Chinese language education.

Email: jiaqiann@126.com

Wang Changcai, professor of School of Humanities, Southwest Jiaotong University, mainly engaged in the research of narratology and Western literary theory.

Email: wang_changcai@163.com

弗兰克·安克斯密特"叙述实体"理论新探①

贺嘉年

摘　要：荷兰哲学家弗兰克·安克斯密特提出的"叙述实体"，是20世纪80年代以来西方历史哲学界热议的重要概念。然而国内外学界的相关解读普遍过于文本主义，仅将其理解为历史文本的语义机制，忽略了历史叙述的存在论、阐释学维度。从本体论来看，安氏将"叙述"与"实体"并举，从形而上维度考察了历史叙述的本质规定性。从语义学角度来说，叙述实体以一套特定陈述句为载体，并赋予其融贯性和总体性意涵，凸显叙述者看待过去的特定视角。从存在论角度来说，历史性存在借由叙述而再度显现，叙述实体通过再现而非指称的方式与过去建立关系。安克斯密特翻转了古典再现论所隐含的形而上学和认识论结构，再现不仅是文本对意义的主动建构，而且指向一种先于陈述和命题语言的非对象性思维，叙述由此上升为一种重审美而轻认识论、重理解而轻知识、重价值意义而轻语言命题的思维方式。安克斯密特有意识地融合欧陆思辨哲学传统和英美语言哲学资源，探索出一条超越文本主义的历史叙述学路径，这对当代叙述学理论的发展具备一定启示意义。

关键词：弗兰克·安克斯密特　叙述实体　实体理论　陈述　再现

---

①　本文系2023年国家社科基金重大项目"中国山水美学话语西传路径及其影响研究"（项目编号：23&ZD232）的阶段性成果。

A New Research on Frank Ankersmit's "Narrative Substance" Theory

He Jianian

Abstract：The "narrative substance" theory proposed by the Dutch philosopher Frank Ankersmit is a pivot concept that has been hotly debated in Western philosophy of history since the 1980s. However, the "narrative substance" theory has been interpreted in an overly textualist perspective as semantic mechanism of historical texts with little discussion of its existentialist and hermeneutic implications. From the ontological point of view, Ankersmit's juxtaposition of "narrative" and "substance" implies that the essence of the narrative should be examined in relation to metaphysical terminologies and categories. From the semantic point of view, the narrative substance is consisted of a particular set of statements and gives them coherence and totality, highlighting a certain perspective or proposal from which the narrator views the past. From the existentialist point of view, the narrative substance grasps the past by representation rather than reference, and the representation is not only an active construction of meaning by the text, but also points to a non-objective thinking that precedes the statement. The narrative substance is both a semantic function of the text and a way of thinking that prefers aesthetics than epistemology, understanding than knowledge, and values than propositions. In sum, Ankersmit intentionally and inspirationally integrates the Continental Philosophy and Anglo-Saxon philosophy of language to explore a new historical narratology that goes beyond textualism.

Keywords：Frank Ankersmit; narrative substance; substance theory; statement; representation

弗兰克·安克斯密特（Frank Ankersmit，1945— ）是以"叙述实体"理论蜚声学坛的荷兰当代哲学家，他出道于 20 世纪 80 年代，一度被视作美国新历史主义旗手海登·怀特的继承人，二者开启了两种旨趣不同的历史叙述学研究范式，极大推动了历史哲学的"叙述转向"：怀特积极援引文学理论资源，将历史定位为叙述话语和文学虚构，激发了文学、美学与史学的跨界互动；安氏则立足语言哲学，考察叙述文本中的指称、意义、真理等要素，进而提出"叙述实体"（narrative substance）这一重要概念，拓宽了历史叙述理论的研究视域，其成果集中体现在处女作《叙述逻辑——历史学家语言的语义分析》（*Narrative Logic: A Semantic Analysis of the Historian's Language*，1983）中。

然而长期以来，西方历史叙述学浸润于以索绪尔为代表的结构主义思潮，并在这一范式内部构建起纷繁复杂的语义机制和符号类型，海登·怀特的历史叙述学便是其中典型。在此背景下，西方史学界不自觉地将安克斯密特视作海登·怀特的衣钵传人，特别是对安氏的核心概念"叙述实体"，一度采取过于文本主义的解读方式，仅仅将其归结为叙述语言的语义功能和意义效果，忽略了这一概念更为深刻的存在论和阐释学意蕴。事实上，安克斯密特的叙述理论是不断发展更新的，他本人有意识地融合欧陆思辨哲学和英美语言哲学资源，试图构建一种超越文本主义的历史叙述学，且国内已有学者注意到安氏对"叙述实体"不同定义方式所隐含的复杂态度（庄泽珑，2022）。有鉴于此，本文将结合安克斯密特不同时期著作，重新考察他对"叙述实体"的多元定义，从中提炼出本体论、语义学和存在论三种逻辑递进的定义方式，进而更好还原安氏叙述理论和美学思想全貌，深化我们对于历史叙述的理解。这应是一项必要的学术工作。

一、叙述实体：一种本体论的追问

安克斯密特的理论出发点是将叙述视作一种关于历史的、体现出某种综合性视角的语言实体，是"历史学家由以传达对过去的具有最大限度清晰性和一致性的表现的语言装置和辅助构造"（安克斯密特，2012，p. 115），其言外之意是，叙述语言与自然事物具有相同的本体论地位。安氏将"叙述"和"实体"（substance）并举，实际上是借助形而上学的概念范畴，探究叙述语言的本质规定性，从而将其区别于以陈述、祈使、疑问等形式呈现的语言文本，彰显语言与历史本体在叙述层面的互动关系。安克斯密特本人花大量篇幅界说"叙述实体"的性质内涵，归根结底是为了研究一段叙述文本的本质，追问叙述所蕴含的"叙述性"或内在逻辑结构，即"叙述"得以成其所是的原因。

安克斯密特明确指出，"叙述实体"应参考亚里士多德《范畴篇》对"实体"的定义加以理解。（安克斯密特，2012，pp. 102－103）亚里士多德是形而上学"实体"理论的开创者，他在《范畴篇》中建立了一套解释各类事物存在原因的逻辑科学，将各种具体存在分门别类并研究其本质规定，即十大范畴。其中"实体"位列十大范畴之首，它是关于存在第一性的、最根本的规定，是存在者得以存在的原因，其他范畴都必须依赖实体存在，一切追问"存在是什么"的形而上学问题，实际上都可以归结为对"实体"的追问。亚里士多德由此提出了"实体"最为经典的定义："实体，在最严格、最原始、最根本的意义上说，是既不述说一个主体，也不存在一个主体之中，如'个别的人'、'个别的马'。"（亚里士多德，1990，p.6）

安克斯密特指出，亚里士多德形而上学的显著特征是语词与事物的符合关系，即语词表述事物，名实一致，使得"世界符合于对其进行的有意义的言说"（Ankersmit，2010，p.401）。国内学界也普遍认为，亚里士多德在《范畴篇》中对实体的定义，遵循了逻辑与本体的同一："亚里士多德的逻辑是一种本体论的逻辑，所以常常是同一个东西既可以用逻辑的术语来表示，也同样可以用本体论的术语来表示，这一个所表示的意思和那一个完全一致。"（汪子嵩，王太庆，1990，p.284）而逻辑主要通过语句呈现，其最基本的形式是陈述句（statement）"S是P"，其中S是主词、主体，P是谓词，用以描述、指示、限定主词，诸如"猫是黄色的""玛丽摘了朵花""拿破仑率军入侵俄国"，都属于最基本的陈述句，它们同样构成了安克斯密特叙述理论中的基本单元。

亚里士多德在《范畴篇》中对"实体"的定义，为把握安克斯密特的"叙述实体"提供了两个重要线索：首先，从本体论层面来说，亚里士多德的实体就是特定的存在者本身，它体现为事物的"这一个性"或"此性"（thisness），是不依赖于其他主体的个体性独立存在。实体相较于其他九种范畴在逻辑上绝对优先，是承载一切事物具体性质的"基底"或"载体"，对事物的逻辑分析必须以其"存在"为首要前提；同样，安克斯密特的"叙述实体"归根结底也是一种"实体"，是"这一段"叙述文本最为本质的规定性，它本身决定了叙述得以成其所是的原因，而非从属于事物的某种次级属性。这里需要注意的是，依前文亚里士多德的定义，实体本身并不直接等同于具体存在者，而是具体存在者的"在"本身；同理，当我们言及安氏的"叙述实体"时，应始终避免将其简化为某种既定的语言文本，就像亚里士多德的"实体"本身也不等同于物理学意义上组成事物的最小单位微粒。既然"实体"先于"偶性"，那么"叙述实体"在逻辑上也先于对实在进行性质描述的阶段。安克斯密特由此将"叙述实体"比喻成一种"婴儿视角"（babyview），这是一种对实在的最初感知："他仅仅感知到我称之为一个弥漫和有结构的实在的质"，而事物的其他属性所对应的谓词尚未被认知。（安克斯密特，2012，p. 160）其次，就逻辑而言，亚里士多德认为实体只能被其余范畴述谓，自身却不会述谓其他主体。这就是说，实体无论如何都居于主词而非宾词之位，因而是一种终极主词。因此，与其说实体与具体的逻辑语句直接等同，毋宁说它构成一个逻辑命题语句得以成立、具有意义的前提。与此类似，安克斯密特的"叙述实体"虽以叙述语言为载体，但其本身既不直接同于叙述语言，也不同于构成叙述语言的基本单位陈述句："叙述实体是一套陈述，与诸如狗或桌子这样的事物分享这样的性质，即能够在陈述中得到谈论而本身不是这些陈述的组成部分的性质。"（安克斯密特，2012，p. 102）

亚里士多德之后，对"实体"的追问逐渐确立为西方形而上学的核心问题，此后发展起来的实体思想谱系中，又属德国哲学家莱布尼茨的"单子论"（monadology）对安克斯密特影响最大，毫不夸张地说，单子论形塑了"叙述实体"的基本面貌。莱布尼茨在《神义论》中对单子有过详细界说，他将亚里士多德意义上作为寓居在存在者背后的普遍规定性的"实体"，转化为具有个体性意味的形而上学设想，这就是构成事物存在的多元异质性"单子"。单子是形而上学意义上构成事物的最小和基本单位，它绝非物理世界的原子或其他微粒，而是一种不占据具体空间的纯粹思想规定性。单子内部不存在部分、不可被分割，它本身就是最为坚实的存在，而且是一个封闭的精神单元，它的生成与消灭完全由自身内在性质决定，不需要外因干预；单子可以有无数多个，彼此之间因为内在的逻辑规定性差异而绝对不同。莱布尼茨的意思是，大千世界中的每个事物，都可以被还原为最基础且独一无二的形而上学单元，即单子。单子实际上就是"这个"事物自身，是成其所是的理由和依据。在莱布尼茨那里，每一个单子都蕴含决定自身发展运动的形式原则，即"隐德莱希"（Entelechle），比如构成植物、无机物的单子有其自己的"知觉"（Perzeption），构成动物包括人类的单子则具备更高级别的"统觉"（Apperzeption）。每一个单子内部都按照上帝预设的先定和谐发展运动，由此形成了一个秩序井然、和谐共生的宇宙世界。

莱布尼茨的"单子论"不仅更新了关于"实体"的运思方式，而且为解释历史叙述本质、界定"叙述实体"提供了颇具启发的范式。关于某个历史事件、历史实存，理论上可以产生无数多个叙述文本，那么这些叙述文本与历史本体的关系是什么？它们所反映出的历史究竟是什么面貌？这些叙述文本的内在机制又是什么？针对这些问题，安克斯密特对莱布尼茨的单子论进行了阐发与改造。

叙述实体和单子一样，具有封闭性、不可分割性和绝对特殊性。莱布尼茨在《神义论》中指出，所谓单子是一个封闭自足的逻辑单元，其性质不受外部条件影响，而由自身内部的质决定。既然具体事物不可胜数，那么构成事物存在依据的单子在数量上也是无限多的，且每一个单子内在的形式结构都与其他单子有差异，因此独一无二："每一个别单子甚至必然有别于其他任何一个单子，因为在自然界中绝没有两个完全一样的本质；其中此一仿佛一如彼一，好像从中不可能发现一种内在的或者一种基于内在运动的差别似的。"（莱布尼茨，2007，p.482）安克斯密特的叙述实体与此类似，他说："叙述实体是关于过去的历史作品解释中的初级逻辑实体，它们像莱布尼茨的单子一样是简单的。"（安克斯密特，2012，p.103）亚里士多德将实体视作包含所有可能谓词的终极主语；莱布尼茨将"单子"作为"这一个"存在者的本质规定，可以通过对单子内部形式结构的考察，进而把握"这一"存在者的样态；同样，叙述实体也不是什么抽象观念，它其实就蕴含于每一段具体叙述文本之中，文本中句子的顺序结构、指称、意义等所有要素构成这个叙述实体的形式结构，因此每个叙述实体都封闭自足。而既然叙述文本理论上无穷无尽，那么叙述实体也是无限多且彼此各异的。

叙述实体和单子一样，是对本体世界的一种观看视角。莱布尼茨说："由于单一实体无限众多，似乎便存在着同样多的不同世界，这些世界也无非是对唯一宇宙之从不同视角进行的观察，各因每一个别单子观点的不同而异。"（莱布尼茨，2007，p.492）每个单子都具有反映整体宇宙秩序的能力，只不过受限于单子内部独异的形式结构，其反映世界的角度、形态和完满程度都有所不同，如动植物所反映的宇宙规律，相比于具备清晰知觉和记忆的人类来说就不够完满，而人类的思维能力较之于"上帝"也显得逊色。即便如此，每一个单子都以自身的方式、视角和能力体现着宇宙世界的终极规律，其中低等级的单子对世界的反映，包孕于更高等级的单子之中。我们所感知的物理世界中的具体事物，都是单子的复合产物，因此并不是先有一个包含诸多个别事物的世界，然后才有这些事物或单子相互感知的视角，恰恰相反，安克斯密特强调"我们首先有单子（它们的性质和生命进程都应该被视角性地定义，正如单子本体论所要求的那样），只有在此之后，你才会有某种它们似乎都居住在其中的统一体，并且可能从它们的视角的相互作用中产生"。（Ankersmit，2002，p.229）不论是莱布尼茨的单子还是安氏的叙述实体，其内部的视觉隐喻可以说都是一以贯之的。

总体来看，安克斯密特通过援引形而上学实体学说来界定历史叙述，体现出非常浓厚的欧陆哲学思辨色彩，由此区别于以海登·怀特为代表的，从文学理论或修辞学角度研究历史叙述的理论路径。在对"叙述实体"进行形而上学的本体论解读后，安克斯密特转而从文本的语义功能、叙述与陈述的关系等方面，对"叙述实体"的内涵做进一步界说。

二、叙述与陈述：语义学的辨析

理解"叙述实体"的关键，在于从文本的构成要素入手，厘清叙述实体和陈述句之间的关系以及二者语义功能的差异。安克斯密特首先将陈述句和叙述实体分别划归历史研究和"历史再现"（historical representation）领域。历史研究是一种实证性的、科学主义的认识论追求，其结果通常表现为可证实的、关于过去事实的单称陈述句；历史再现也即历史书写，则类似于审美活动，带有强烈的想象性和启示性意味，因而它的直接呈现形式是一系列叙述实体，即一套陈述句的组合："一套陈述和这些陈述句之间存在逻辑上的区别，因为后者具有主语/谓语形式，而前者则没有。后者属于对历史再现进行先验反思的领域，而我很乐意把后者归于两千年来西方哲学对句法真理的讨论。由此可见，我们必须严格区分历史研究（用陈述表达的东西）和历史再现（用一套陈述所表达的东西）。"（Ankersmit，2021，p.71）

安克斯密特的意思是，特定的历史文本由一套陈述句组成，我们可以大致将"陈述"和"叙述实体"归结为文本的两个语义层级：在陈述句的层次上，历史叙述指涉某些确凿发生的事件、确乎存在的个体；而唯有当构成文本的所有叙述句组合成一个融贯的意义整体时，我们才能进入"叙述实体"层面，它所呈现的是一幅关于"过去"的总体性图景。举例来说，"文艺复兴""冷战""启蒙运动""工业革命"等语汇都是叙述实体的典型表征。如围绕"工业革命"所展开的叙述，既可以包括18—19世纪人类生产方式的变革，也可以指围绕机器生产所衍生的城市化进程，还可以包含人类对自然资源的过度开采、空气质量恶化和水资源污染等生态问题。在陈述层面，我们可以确定蒸汽机、内燃机的发明时间，可以通过对文献的量化分析统计出某一时段的生产力水平、城镇化率等参数，这些都是发生于过去的确凿无疑的坚硬史实。可是关于这段历史的"样貌"或"图景"却可能千差万别：科技史家看到的是能源技术和各类器械的变革，社会经济史家看到的是生产方式的革新，环境史家看到的是生态污染和地理环境变迁，在左翼史家笔下则可能是资产阶级生产关系的逐渐完善与工人阶级的兴起。因而对于"英国人瓦特于 1769 年改良蒸汽机"等类似的陈述句，虽然其指称的事件确凿无疑，但这一事件的意义却随着叙述话语产生变化，不同的叙述实体，也即不同的关于过去的宏观图景，反映出史家对过去的特定理解，隐含着引导我们审视过去的"视角"或"提议"。（安克斯密特，2005，p. 44）

从语义功能来看，叙述实体具有非指称性，这是其与陈述句最为重要的差异。陈述的本质是将过去识别为特定个体在时间序列中的发展变化，它通常以主谓形式的陈述句式呈现。这里所说的"个体"，特指在具体时空中可以辨识的事物，如历史人物、建筑、可证实的事件、具有研究价值的史料文献等："真实陈述（或描述）的逻辑形式意味着某种本体论，即由可识别的事物构成的世界的本体论。这个世界是由可识别的、独一无二的客体构成的，我们可以用真陈述的谓词赋予这些客体以某些属性，而真陈述的主语就是指这些对象。"（Ankersmit，2010，p. 376）但在叙述实体中，这种朴素的指称观念旋即落空，当我们说"工业革命""法国大革命""抗日战争"等语汇时，所指称的事物又是什么？从陈述的角度来说，上述语汇的指称可能是特定时间内发生的一切事件和人物之总和，但事实上我们很难将叙述文本拆解为原子化的陈述句，并将所指物进行机械相加：一方面这些概念的时间范围和涵盖的事件很难被精准厘定，另一方面关于其中事件的陈述是无穷无尽的，因而对于这些叙述实体，只能说它与特定时段的人物事件"相关"，但二者却不能直接等同。安克斯密特喜欢举肖像画的例子加以说明：欣赏一幅拿破仑肖像画，说"这个人是拿破仑·波拿巴"对观众来说毫无意义，我们希望获得的是超越陈述之外的关于拿破仑肖像画的风格、神态、气场、笔触和色彩等审美要素，而这些要素必须在整体性的鉴赏活动中把握。因此，以语词和事态符合为基础的真理观只发生在陈述层面，它只是历史叙述文本意义的组成部分之一，这就是通常读者所理解的历史著作之"纪实"维度。

进一步来说，安克斯密特将陈述和叙述实体视作主体对历史的两种异质性把握方式。陈述的本质是将过去识别为特定个体在时间序列中的发展变化，它通常以主谓形式的命题语句呈现。在此，作为共相的谓词修饰并限定个体的状态，如"1789 年巴士底狱被攻占""法王路易十六于 1793 年被处死"，这些关于法国大革命的陈述中，语词所指称的个体清晰可见且能被证实。安克斯密特将这种被谓词修饰限定的个体称为"弱势个体"（weak individual），所谓"弱势"，是指这种个体在历史中的存在形态必须被共相概念锚定，它必须首先被理解为一个语词可以指称的特定个体，才可能在时间序列中探讨其变化。前文所举的陈述句中，不论是"巴士底狱"还是"法王路易十六"，仅仅将其从世界中无数的实存个体中辨识出来还不够，它们必须被谓词修饰才能获得历史意义，因此我们说巴士底狱"被攻占"、路易十六"被处死"，实际上就通过谓词厘定个体的历史样态。于是，以陈述形式所描述的个体总是紧密地依存于共相概念："在陈述句中，我们通常视为安全场所、符号或个体性表达的主词，就这样完全消失在普遍的谓词词项中，只有这些量化变项仍在提醒我们，它曾经存在过。这无疑是普遍事物对个体的完胜。"（安克斯密特，2015，p.95）

而除了由陈述语言所构成的本体世界，还存在一个由叙述实体或称"强势个体"（strong individual）组成的世界，它是叙述文本所呈现的关于某段历史的总体性"图景"或"样貌"。在此，安克斯密特对莱布尼茨的单子论进行了一种叙述主义的解读。之所以将叙述实体称为"强势个体"，是因为它首先像单子一样，呈现为一个完满自足的场域，包含各式各样的事物在其中发生关系、造就历史事件。我们可以通过分析叙述实体包含的所有的陈述句来把握其性质："个体的全部属性都包含在该个体的完整概念之中，因而可以用分析的方法从个体的完整概念中导出个体的全部属性。"（安克斯密特，2015，p.98）这就是说，叙述实体内部的要素虽然处于特定时空坐标之中、被表达共相的谓词描述，但与其说"叙述实体"本身却不受外在时空条件限制，毋宁说它就是历史事物及其相互关系如其所是的直接呈现，是我们看待历史的"视角"或"建议"。而看待特定历史的"视角"可以多种多样，由此产生的叙述实体所包含的陈述句也有所不同，所呈现的历史图景便可能千差万别。例如，我们可以对"法国大革命"进行政治史、经济史、文化史、思想史的读解，可以对其做出革命进步、保守倒退等历史评价，由此形成的叙述文本，都反映出关于大革命历史的独特"视角"或"观点"，也即形成彼此不同的叙述实体。

既然叙述实体不具备陈述句和命题语言的指称功能，那么建立在符合论意义上的"真"与"假"的标准旋即落空，在评价叙述文本的质量高低时，也应该诉诸审美尺度，即文本是否融贯和谐并能产生意义增殖："关于过去的一组叙述再现，对其进行比较的决定性因素是：哪一种再现拥有最为广阔的视野，能展现出更多的实在？其次，最冒险、最大胆、根据现有历史知识基础最不可能是正确的——但又无法根据这种知识基础加以反驳——的叙述再现，就是视野最为宽广的再现。"（Ankersmit，2001，pp.96-97）由此可见，叙述实体具有鲜明的民主品格，因为历史叙述并不定于一尊，它们得以比较的前提是多元文本的共存和竞争。不过安克斯密特强调，不论何种叙述实体，都不能以违背常识、罔顾事实为代价博人眼球，其内部包含的陈述句必须判定为真、符合史实，才具有比较意义。在此基础上，安氏提议将叙述实体的评价标准，从符合论意义上的"真"与"假"分别改造为"客观"与"主观"或"高质量"与"低质量"叙述。叙述实体的质量高低，不在于其内部陈述句的真与假，而在于是否给予读者全新的、富有启发性的看待历史的视角。具体来说，揆诸许多史家和亲历者关于法国大革命的著作，普遍以封建阶级的衰落、资产阶级政权的兴起、启蒙理想的世界性传播、民主自由的制度设计等历史进步叙事为特征，与之相比，法国史家托克维尔的《旧制度与大革命》则别出心裁，揭橥封建旧制度到大革命的转化线索、贵族政治向官僚制度的更迭递嬗，历史负有革命进步之名却不自觉陷入大众平民的独裁统治，恰恰与民主的初衷南辕北辙，这种几乎反直觉的叙述，实际上提供了看待历史更为丰富的视角和图景，挑战了既有的线性进步史观，体现出历史与逻辑的内在统一，因而无愧于高质量的、客观的历史叙述。可以说，安克斯密特在传统史学"求真"的基础上，大胆引入了审美维度，一定程度上将历史研究的视域从文献考据和实证研究中解放出来，提示我们关注超越陈述层面的文本与叙述真实。更为重要的是，安克斯密特并未停留于文本的语义效果层面探讨"叙述实体"，而是将其视作主体在把握历史、把握世界时的一种独特的思维方式乃至生存形态，从而为这个概念赋予了现象学与存在论意蕴。

三、作为再现的叙述：现象学的重估

安克斯密特在中后期著作中，将"叙述实体"和另一重要概念"再现"（representation）相联系。叙述实体通过再现而非陈述的方式把握过去，它在时间和逻辑上均先于陈述。再现指向一种先于陈述的非对象性思维："首先出现的是再现阶段，包括从被再现者到其再现的轨迹，其次是再现出现后关于再现的陈述阶段，我们必须避免将后者逻辑投射至前者。"（Ankersmit，2013，p.174）由此可见，这里的"再现"具有丰富的现象学和阐释学意蕴，它意味着历史本体在叙述的催化中，以一种新方式自行显现。叙述不仅是呈现于书面文本的语言结构，且代表了历史性此在对过去与当下际遇的理解，以及对未来进行谋划的诗性行动。

传统再现论反映在语言哲学中，即主体通过语言命题反映、复现客观对象。语言命题具有描述事物模态、指称外部实在的功能。这种典型的主客二元认识论，需要寻求一种先验依据来确保知识的稳定性，由此将主体与客体稳固联结在一起。安克斯密特所言的"再现"，从根本上翻转了传统再现论所

预设的原物与作品、被再现者与再现之间的形而上学等级结构，取消了主体中心论所投射出的单向性、固定性视角，将认识论意义上的主客二元论还原为一元性的、物物关系的世界："再现总是再现其他事物的一种事物，决不能将其归入语言与实在的关系模式中，这种关系曾对敏感的认识论者构成很大挑战。然而，语言可以被再现性地使用，于是从本体论角度来看，语言变成了一个物。"（Ankersmit，2001，p.237）安克斯密特认为，再现并非纯粹的文本理论或符号学意义上的话语功能，他固然承认文本具有重要的意义建构性，但更为重要的是，再现本身就具有与原物同等重要的本体地位，甚至将原物"吸附"于自身，二者处于动态对抗、牵连纠缠的紧张关系之中。这意味着，历史和过去在再现活动中再度显现，然而这种显现不再是那种孤立无援、被束之高阁并沉思静观的对象，现在它必须在与当下叙述者的关系中，以一种更有强度的方式将自己呈现出来。

安克斯密特的再现观翻转了传统再现论所预设的原物与作品、被再现者与再现之间存在的形而上学等级结构。然而文学艺术在模仿事物之外，还可以向壁虚构、无所意指，历史叙述却必须考虑指称之维，它或多或少指涉或"关于"那些确乎发生过的事件、存在过的"实在"（reality），这是其获得普遍承认的前提。尽管"实在"对于历史叙述不可或缺，但这一概念本身却疑窦丛生：它是物理学意义上具有广延的现实事物，还是文本主义者所认为的叙述产生的意义效果？安克斯密特在此选择了一条折中路径，他认为历史文本所指涉的事物只是实在的"表层"，是可以通过陈述形式进行区分并定位的现实事态；而在叙述实体或再现的层面，文本具有独特的"个性"（personality），它指向实在的更深层（deeper levels of reality）。（Ankersmit，2001，pp.43-44）深层实在从时间和逻辑上，较之于表层实在都具有优先性，安克斯密特将前者描述为一种消失在黑暗朦胧中的私语性体验，那些关于表层实在的、得到主体间普遍认同的陈述句旋即失效。陈述句以自身严格符合客观实在为目标，语言在此是几近透明的、通达表层实在的工具；而在替代论再现中，文本本身具有韧性和厚度，它与实在本身发生着复杂纠缠的互动，催使实在以一种更有强度和深度的方式再度显现出来。就像前文提及的拿破仑肖像画的例子，从艺术创作层面来说，所谓"意在笔先"，在运用具体的笔触和色彩绘画之前，总是先有创作者对画作整体的运思、整合与期待，由此形成一幅作品的风格神韵。可见安克斯密特区分历史的表层与深层实在并非故弄玄虚，而是暗示历史叙述与审美活动的亲缘关系。

我们同样能在安氏的其他文本中发现对实在"表层"与"深层"的区分。

例如在对叙述实体进行界说时，安克斯密特提请我们比较两幅图像，其中一幅源自纳尔逊·古德曼在《构造世界的多种方式》（*Ways of Worldmaking*）中提及的例子，即描绘了某辆黄色巨型老式汽车的图画。（古德曼，2008，135）另一幅是好莱坞著名演员，电影《教父》中饰演意大利黑手党头目的马龙·白兰度的肖像画。在古德曼的例子中，就这幅关于汽车的图像可以产生许多相似的陈述句："这辆废旧的黄色巨型汽车是老式的""这辆黄色的巨型老式汽车是废旧的""这辆废旧的巨型老式汽车是黄色的""这辆废旧的黄色老式汽车是巨型的"，然而我们无法将这幅图像精确对应至任何一种陈述，因为在车辆的颜色、新旧和体积三个属性中，这幅图像并没有突出强调其中任何一种；而面对白兰度的肖像，我们不自觉联想起《教父》中那个老谋深算、冷酷坚毅的黑手党头目形象，很自然地从画作中得出"马龙·白兰度是阴郁的"（Brando is surly）这一判断。同样是图像，为何前者众说纷纭，没有定论，后者却能使人不约而同地得出相似的判断？问题的关键在于，两幅图像所再现的"实在"并不处于同一逻辑层级：关于汽车的图像所再现的只是事物的具体属性，而马龙·白兰度的肖像画所再现的则是人物的"面相"（aspect），前者仅仅是"对性质的再现"（representation of qualities），后者则属于"对面相的再现"（representation of aspects）。（Ankersmit，1995，p.228）安克斯密特将陈述句对应于关于汽车的图像，将叙述文本和叙述实体类比为肖像画，正是为了说明，一幅汽车的图画只是"再现了"（representation that）汽车的具体属性，换言之，黄色、巨型和老式三个属性只述谓了在现实世界中存在且可辨识的"表层实在"。而叙述文本所呈现的是"实在的更深层"，它无法还原为具体属性的集合。马龙·白兰度的肖像画不是为了告诉读者他的具体样貌或是现实身份，而是凸显其"风格"和"神韵"，是将人物"再现为"（representation as）阴郁的黑手党头目。安克斯密特这里所区分的"再现了"和"再现为"，实际上分别对应于前文所着力辨析的"陈述"和"叙述实体"。

"叙述实体"正是语言的再现性使用，其本质上是一种具有美学意味的再现活动。安克斯密特尤为强调，这里的"美学"，不是通常理解的对艺术和美的规律进行研究的学科，而可以理解为广义的一种重感性体验而轻认识论、重理解而轻知识、重价值意义而轻陈述命题的思维方式："无论如何，当我谈论美学时，我想的主要不是艺术，而是什么哲学的子学科应该取代认识论。"（Moskalewicz，2007，p.257）安氏多次将"叙述实体"比喻为看待过去的"婴儿视角"，意在强调过去的时期、事物或者人具有类似艺术作品的"灵韵"

或唯一性，叙述活动就是对本真性过去的一次邂逅，是我们凭借感性和想象能力对历史进行的最初经验，是将一组事件、人物和场景设想为具有动态历史感的场域，在此之后才会产生关于历史事件的静态共时性的陈述和认知，在世界的历史化发生之后，并且在叙述实体的内涵分类成功之后，普通事物的类型才能被认识。就此而言，"'历史性'（即叙述实体）先行于'个体性'（即对个体事物的认识）"（安克斯密特，2012，pp. 162—163）。

正是在安克斯密特所理解的"再现"之意义上，"叙述实体"和莱布尼茨的单子论构成微妙的互文关系。安氏认为，莱布尼茨构建了一种以"再现秩序"（representational order）为基础的单子宇宙。在莱布尼茨的设想中，不同的单子都以自己的方式、视角反映出世界的总体性秩序，然而这种视角并不外在或高于世界本身，而是内在于世界；单子虽然封闭无窗，彼此之间不会发生关系，但在目的论上彼此依赖："宇宙中一切被创造的实体都是一个为着另一个而造，而且互相表现，虽然彼此间随着关联的程度而有亲疏的不同。"（莱布尼茨，2019，p. 156）莱布尼茨多次将单子比喻为镜子，宇宙就是由无数单子组成的"镜中之屋"，这意味着任何一个单子的自我运动都会导致世界总体样貌的变化。归根结底，并不是先有一个等待被"反映"的既定世界，而是世界就形成于单子的镜像反映之中。单子既再现了世界的样貌，同时它也是被反映的世界本身，因而也是被再现者，在此意义上，再现和被再现者是同一的："存在同时是感知和被感知（或者说再现和被再现者）。我们用 A 代表'存在'，用 B 代表'再现'，用 C 代表'被再现者'，于是我们得出 A = B = C，这表明再现活动（或再现）与被再现（或被再现者）的同一性。"（Ankersmit，2022，p. 138）莱布尼茨的"再现秩序"与安克斯密特的再现论若合符契，它们都颠覆并翻转了传统再现观中原物和再现的等级关系，因而对阐释历史叙述与历史实在的关系颇具启迪性：所谓横看成岭侧成峰，对于某段具体叙述文本，首先存在的是对历史的期待、想象和视野，是过去的自行显现，在此之后才可能形成对具体事件的陈述。更为重要的是，"叙述实体"解构了通过叙述如实还原过去的客观性信念，将"历史"还原为多元叙述实体所建构的产物，而"历史"的样貌很大程度上也影响着新的叙述实体生成。

由此可见，"叙述实体"不仅是语言学和文本理论命题，更隐含一种深刻的阐释学向度：我们虽无法把握纯粹本体性的过去，但可借由叙述语言使过去以某种样貌显现，从而追寻其大致踪迹。不同主体所构建的叙述语言映现出不同的"叙述实体"，在这些多样化的历史图景中，有的转瞬即逝游移不定，有的随着时间推移获得了普遍共识，变成人们对特定时段历史样貌的一般性想象，此时"叙述实体"转化为一种已知的、可确定性的实在，并深刻影响主体对历史的再叙述："如果叙述的解释在长时间内没有受到质疑，那么它就被所有人接受，并且成为日常语言的组成部分（因此就失去了它的历史编纂学的性质），它可以转化为某种（类型）物的概念。叙述物（a narrative thing）已经成为实在物（a thing in reality）。"（安克斯密特，2005，p. 46）用安克斯密特的例子来说，许多"叙述实体"如今已内化于我们的知识体系中，并影响我们对历史的基本判断："冷战"标志着第二次世界大战之后至苏联解体前，美国与苏联以非战争形式进行的意识形态斗争；"启蒙运动"暗示法国大革命对封建教权和王权的颠覆以及启迪民智之历史意义；"工业革命"强调技术更新对世界历史的革命性影响。然而这些我们习以为常的语汇，其实在先辈眼中可能游移不定、变化莫测，比如启蒙运动时期的人很难提出一套与今人相似的历史叙述，历史叙述的话语经历了漫长的层累过程，从而为当下的叙述奠定基础。这足以说明，"叙述实体"不是一经产生便被束之高阁的文本，它既是我们探索过去实在的标记与引导，也或多或少形塑着我们对历史的基本理解。

总而言之，安克斯密特将"再现"归结为叙述实体的核心，并通过对"再现"的重新释读，发掘叙述文本、叙述实体所蕴含的丰富现象学资源。首先，叙述实体是一种先于认识论的、非对象性的思维方式。安克斯密特多次借"婴儿视角"隐喻告诉我们，叙述活动是我们凭借诗性想象力对历史进行的原初性把握，在此之后，才会产生关于历史事件对象化的陈述和命题知识。其次，"叙述实体"颠覆了我们对历史实在的朴素认识论观念，历史从不是等待被主体观照的既定存在，也不能完全等同于出现在特定时空中可辨识的、具有特定属性的物理实在，它必须通过叙述实体显现自身。身处当下的主体与历史之间并不是认识论关系，而体现为一种牵连不断、交融无间的现象学状态。历史正是通过叙述实体而再度呈现，这是一种超越符合论的存在论真理。第三，叙述实体构建了我们的前理解。随着时间的推移，很多"叙述实体"被内化为一种已知的、可确定性的实在，形塑了我们对某段历史的基本想象，并深刻影响主体对历史的再阐释。安克斯密特由此超越了对叙述的语言学、符号学考察，将"叙述实体"纳入主体面对过去并构建当下生存的阐释活动之中，这应是其历史叙述理论的一大创见。

结 论

如本文梳理，笔者认为安克斯密特在前后期著作中，针对"叙述实体"

先后提出过三种典型定义方式：一是将叙述与实体并举，通过形而上学的实体理论考察叙述文本的本质规定性；二是从语言哲学中的指称、句子真值等维度，考察叙述实体和陈述句的语义功能差异；三是将"叙述实体"归结为先于陈述的非对象性思维，它是存在者与历史打交道的基本方式，叙述由此上升为具有阐释学意味的活动。安克斯密特所提出的叙述实体非指称性、叙述实体的独一无二性、叙述实体与再现、叙述的现象学内涵等论题，拓展了历史叙述学的研究视域和理论纵深，至今仍具备一定的学术价值。国外安克斯密特研究专家彼得·艾克（Peter Icke）曾敏锐地指出，安克斯密特的思想体系呈现出弥合欧陆和英美分析哲学的倾向（Icke，2012，p. 44），虽然艾克对安克斯密特综合两种哲学话语的尝试持保留态度，且两种异质性的思想传统能否融会贯通是一个更为庞杂艰深的命题，但我们毕竟能从中体会到安克斯密特历史叙述学的鲜明理论品格，他有意识地综合文本理论、英美分析哲学、欧陆现象学等一众学理资源，展望并构建一种超越文本主义的历史叙述学。归根结底，历史叙述不能局限于语言研究本身，它还需肩负起指导历史书写、培育历史意识、锻炼历史洞察力、助力当下生存实践等更为宏大的现实使命。

引用文献：

安克施密特，弗兰克（2005）. 历史与转义：隐喻的兴衰（韩震，译）. 北京：文津出版社.

安克施密特，弗兰克（2012）. 叙述逻辑——历史学家语言的语义分析（田平、原理，译）. 郑州：大象出版社.

安克斯密特，弗兰克（2015）. 作为个体科学的历史（张安玉，译）. 学术研究，6，91−105.

莱布尼茨，戈特弗里德（2007）. 神义论（朱雁冰，译）. 北京：生活·读书·新知三联书店.

莱布尼茨，戈特弗里德（2019）. 莱布尼茨后期形而上学文集（段德智、陈修斋，译）. 北京：生活·读书·新知三联书店.

古德曼，纳尔逊（2008）. 构造世界的多种方式（姬志闯，译）. 上海：上海译文出版社.

汪子嵩，王太庆（1990）. 陈康：论希腊哲学. 北京：商务印书馆.

亚里士多德（1990）. 亚里士多德全集（第一卷）（苗力田，主编）. 北京：中国人民大学出版社.

庄泽珑（2022）. 论安克斯密特对"表现危机"的克服及其问题. 世界历史评论，2，215−244.

Ankersmit, F. （1995）. Statements, Texts and Pictures. In Frank Ankersmit & Hans Kellner (Eds.), *A New Philosophy of History*, 213−240. London：Reaktion Books.

Ankersmit, F. （2010）. Representation and Reference. *Journal of the Philosophy of*

History，4，3，375－409.

Ankersmit，F.（2001）. *Historical Representation*. California：Stanford University Press.

Ankersmit，F.（2002）. *Political Representation*. California：Stanford University Press.

Ankersmit，F.（2013）. Representation as a Cognitive Instrument. *History and Theory*，52，2，171－193.

Ankersmit，F.（2021）. Where the Extremes Meet. In Jouni-Matti Kuukkanen（Ed.），*Philosophy of History: Twenty First Century Perspectives*，66 － 84. London：Bloomsbury Academic.

Ankersmit，F.（2022）. Representation，Truth，and Historical Reality. In Jonathan Gilmore & Lydia Goehr（Eds.），*A Companion to Arthur C. Danto*，132－142. New Jersey：Wiley-Blackwell.

Icke，P. P.（2012）. *Frank Ankersmit's Lost Historical Cause：A Journey from Language to Experience*. New York：Routledge.

Moskalewicz，M.（2007）. Sublime Experience and Politics：Interview with Professor Frank Ankersmit. *Rethinking History*，11，2，251－274.

作者简介：

贺嘉年，复旦大学中文系博士研究生，主要研究方向为西方美学与文论。

Author:

He Jianian, Ph. D. candidate in the Department of Chinese Language and Literature, Fudan University. His research areas include Western aesthetics and literary theory.

Email：hochianien@163.com

文类研究　●　●　●　●　●

村田沙耶香推想小说的近未来书写

王　瑜　李家玲

摘　要：日本当代女作家村田沙耶香的推想小说继承了日本科幻近未来
　　　　叙事的传统，其作品以日常化的场景和荒诞的角色设定为特征，
　　　　通过冷静的叙述语调强化荒诞感，从而反映现实社会的问题。
　　　　她继承并发展了日本女性科幻作家对社会现象的批判传统，尤
　　　　其关注女性生育问题，并对国家制度进行反思。村田的创作带
　　　　有强烈的主流价值观批判色彩，体现出后现代主义"不确定性"
　　　　的特征，展现了她解构社会公认的规则和制度的创作意图。

关键词：村田沙耶香　日本科幻　近未来　推想小说

On the Near Future Writing in Sayaka Murata's Speculative Fictions

Wang Yu　Li Jialing

Abstract：The speculative fiction of contemporary Japanese authoress Sayaka
Murata perpetuates the Japanese literary tradition of near future
narrative. Her works are characterized by its quotidian settings and
absurdist characters while employing a dispassionate narrative register
that serves to amplify the absurdity, thereby functioning as a socio-
critical prism. Murata extends and complicates the legacy of Japanese
female sci-fi writers' sociocultural critique, particularly through her
persistent interrogation of female reproductive politics and

institutionalized state apparatuses. Her textual practice demonstrates a radical destabilization of hegemonic value systems, manifesting a quintessential kind of postmodernist indeterminacy.

Keywords：Sayaka Murata；Japanese Sci-Fi；near future；speculative fiction

　　村田沙耶香（Sayaka Murata，1979—　）是当代日本最具代表性的女作家之一。自 2003 年在《群像》发表处女作《哺乳》（『授乳』）并摘得第 46 届群像新人文学奖以来，她佳作频出，屡获各大文学奖。2016 年，她首次入围芥川奖便一举折桂。获奖作品《人间便利店》（『コンビニ人間』，2016）出版至今在日本国内累计销量超 200 万册，更被翻译成 30 种以上的语言畅销全球，文学声誉远播海外。

　　村田沙耶香的文学创作从内容来看主要分为两类：一是描写青春期少女成长的苦闷及性与欲望的"思春小说"；二是以架空世界为故事背景，在日常叙事中注入幻想元素的"推想小说"①。她擅长通过别样的视角探讨现代社会所定义的"正常"，也擅长从女性的"身体"与性意识去探索与理解世界，其笔下的主人公多是一些不适应传统社会规范、不认同现存社会价值、拼命追寻个人价值的棱角鲜明的人（王瑜，2022）。目前，国内外关于村田文学的研究多围绕作品主题展开，如性别主题、伦理价值主题、身份认同主题等，类型较为单一。尤其是在我国，研究者更多关注其芥川奖获奖作品《人间便利店》，尚未给予其他作品与其价值相符的重视。基于此，本文聚焦村田沙耶香的推想小说，首先厘清此类作品与日本科幻传统之间的关系，接着从叙事策略的角度分析其诗学特征，进而探讨作者描绘的近未来图景具有怎样的批判价值和当代意义。

一、日本科幻文学的近未来传统

　　科幻文学中的"近未来"（near future）是相较于"远未来"（far future）

---

　　①　村田沙耶香于 2017 年接受悦知文化（『コンビニ人間』台湾译本出版者）总编辑叶怡慧的采访时，将自己过往的作品分为两类——"思春小说"和"SF 小说"。日语中以首字母缩略法"SF"来指代某一文类时，可以指科幻小说（science fiction），也可以指推想小说（speculative fiction）或者超自然/超级英雄小说（supernatural/superhero fiction）等。村田的此类小说从内容来看，有别于注重科学技术推演和创造的传统科幻，更接近罗伯特·A. 海因莱因（Robert A. Heinlein）所定义的"speculative fiction"概念，即"突出了人类而不是技术问题"；从创作目的来看，又与玛格丽特·阿特伍德（Margaret Atwood）提出的"通过展示经我们刻意假定并重组的社会结构来拷问现有的社会组织形式"的"speculative fiction"一致，因此本文采用"推想小说"一词来指代村田沙耶香创作的以架空世界为故事背景、包含幻想元素的一系列小说。

而言的一个较为模糊的时空概念。为了与现实世界保持较为接近的时间跨度，近未来科幻通常将故事背景设定在未来 100 年或更短的时间范围内，以现有的科技、社会、文化现象为基础设想未来可能的发展变化，以此探讨当前社会面临的问题、挑战以及可能的解决方案。丁卓以"虚拟之维、危机之维、理解之维"来概括近未来科幻的基本特征：时间上，虚拟当下社会结构在百年内的发展演变对个体和社会的影响；创作动机上，人们对现实中潜伏的危机产生担忧，并试图通过预先规划来防危避险；内容上，以当下的意识形态可以有效理解近未来的形式结构，如人类的交往方式、科幻观念、社会机制、文化形态等（2020，pp. 144－145）。近未来科幻因其与现实世界的极强关联性，不是仅仅作为一种文类，而更多是作为一种思维方式成为作家反思和批判现实的利器。

　　具体到日本，19 世纪中叶至 20 世纪初，面对内忧外患的政治危机，日本发起了一系列政治、社会和文化变革，积极学习西方的先进文明。新兴科学技术的传入与当时日本人的强国愿望相契合，部分启蒙者开始探索具有"新色彩"的文学体裁以表达对现实社会的关心和对国运兴衰的忧思。例如，创作于 1857 年的《西征快心篇》①（『西征快心篇』）以日本为原型虚构了一个远东岛国，岛国的有志之士成功击退了企图侵略亚洲的英国，并乘军船和火轮船一路西征攻入英国本土，令其立下不再侵略的誓言。《西征快心篇》描写了虚构的近未来战争，其中虽未出现神秘新武器等典型科幻符号，但"火轮船"对当时的日本来说就是一种带有未来性的新技术。更重要的是，这部小说"以近未来的方式表现了民族危机和现代意识，因此成为日本科幻近未来设定的标准，对日本文学的审美想象也有开拓意义"（丁卓，2020，p. 145）。早期的日本科幻具有浓厚的强国和启蒙意味，既有畅想科学文明的乌托邦，表达科学救国愿景的作品；也有以政治科幻小说的形式向普通民众普及宪法、参政权、议会制度的作品；还有描写环游世界、探索宇宙的奇幻之旅，在激发日本人对广阔世界好奇心的同时暗含侵略扩张主题的作品；以及受末世论影响而创作的描写地球毁灭的作品；等等。可以看出，在打破闭关锁国之现状，重新认识世界发展大势的时代背景下，当时的日本科幻作家将眼光投向了亟待解决的社会问题，通过科幻构思对国家和民族的历史和现状进行反思，这使得日本科幻小说与可预见、可理解的近未来书写有了天然

---

① 日本科幻评论家长山靖生将《西征快心篇》作为日本最初的科幻小说，详见其著作《日本科幻小说史话：从幕府末期到战后》（王宝田等译，南京大学出版社，2012 年），第 5 页。

的联系，并且这样的特征延续至第二次世界大战。例如，海野十三（Juza
Unno）在《防空小说·空袭送葬曲》（『防空小説·空襲葬送曲』，1932）里
虚构了东京遭遇空袭的情节，因场景描述过于真实而被日本军部禁止发行
（长山靖生，2012，p. 111）。另一部由北村小松（Komatsu Kitamura）在战
争期间创作的小说《火》（『火』，1941）则预言式地描写了原子弹爆炸的场
景。如此近未来书写，与其说是书写"未来"，毋宁说是对"当下"的反映。
正如小松左京（Sakyo Komatsu）所说："（科幻）若书写近未来之事，将予
人极大的冲击。"①

　　第二次世界大战后，日本社会环境逐步安定，经济开始复兴，政治趋于
民主，与此同时大量西方现代思潮涌入，使日本人的文化意识及价值观念呈
现出多元化趋势。在此背景下，美国占领军带来了美国科幻文学，带动日本
科幻有了新发展。不过尽管如此，日本科幻却并未出现太多类似美国科幻那
样基于对科学及未来想象的思想实验型小说。日本科幻作家没有太多兴趣从
人类学的角度展望遥远的未来社会，无论是乌托邦式的还是反乌托邦式的，
他们的兴趣点仍然在于自身，而非自身以外的世界。倘若问战后日本科幻与
战前日本科幻的区别在哪里，有一点是必须指出的，即受纯文学的影响，战
后的日本科幻在关注社会整体性危机的同时更加关注人的精神困境。自明治
时代岛崎藤村（Touson Shimazaki）的《破戒》（『破戒』，1906）、田山花袋
（Katai Tayama）的《棉被》（『布団』，1907）发表以来，纯文学基本就是
"私小说"的代名词，被视为日本文学的正统。描写身边琐事、个人心境，通
过对生活的细腻描摹剖析自我或品味人生的文学一直占据日本文坛的主流，
并成为日本文学的传统，根深蒂固且影响深远，而包括科幻文学在内的大众
文学则被认为是文学价值不高的娱乐之物，二者泾渭分明。但从 20 世纪 50
年代中期开始，大众文学空前兴盛，读者对文学的审美标准不可遏止地转向
大众化和通俗化，纯文学的理念开始动摇，纯文学与大众文学的界限急剧消
失。一些纯文学作家加入了科幻创作的行列，比如三岛由纪夫（Yukio
Mishima）高度评价"科幻是最先摆脱了现代人文主义影响之文学"（1977，
p. 5），并创作了科幻小说《美丽之星》（『美しい星』，1962）。另一方面，科
幻作家们以对话方式继承战前科幻近未来传统，同时更为注重人的内在精神
主体性。例如，星新一（Shinichi Hoshi）在《布克小姐》（『ボッコちゃん』，

---

① 出自 NHK（日本放送协会）的节目《好想见到那个人》（「あの人に会いたい」）。该节目自
2004 年 4 月 11 日起开播，每期介绍一位活跃于 20 世纪的日本名人。2011 年小松左京殁后，同年 11
月 28 日，第 290 期节目播放了小松左京生前的采访视频。

1958）中，借美女机器人的形象揭示了人性的自私和虚伪；小松左京在《日本沉没》（『日本沈没』，1973）中，通过灾难书写来放大人性的善恶，并探讨日本民族的责任意识与民族认同。这些作品都采用了近未来的设定，成为战后日本科幻的经典之作。

值得注意的是，科幻作为以虚构和推测方式揭示社会现实问题的文学体裁，也深受女作家的青睐。她们以建构性的想象表达女性的观点与诉求，描绘的近未来图景常反映日本男权社会对女性生存的压迫。例如，新井素子（Motoko Arai）的《再见你一眼》（『ひとめあなたに…』，1981）中，地球即将毁灭的预言成为女性长期承受家庭和社会压力后走向疯狂的导火索。在这部作品中，渴望理想婚姻的主妇由利子在发现丈夫出轨后，试图用吃掉丈夫的方式来重建夫妻关系；中学生真理因父母长期过度施压而心理扭曲，即便人类灭亡在即仍执着于应试学习……面临世界末日，这些女性不仅未能摆脱精神上的压迫，反而进一步陷入更加深重的生存困境。铃木泉（Izumi Suzuki）创作的首部科幻小说《魔女见习》（『魔女見習い』，1975）讲述了一个得到魔力的妻子惩罚出轨的丈夫的故事。小说通过重构夫妻间的主从关系，暗示了女性力量的壮大。其另一部小说《爱不能超越死亡》（『アイは死を越えない』，1977）同样书写了女性成长的故事。小说通过描写妻子从深爱丈夫并愿意与他分享自己的寿命，到对贪恋女色、死性不改的丈夫感到绝望并最终决心离他而去，刻画了女性的自我觉醒和独立精神。松尾由美（Yumi Matsuo）在《气球街的杀人》（『バルーン・タウンの殺人』，1991）中虚构了一个独特的孕妇之城——气球街，讲述了生活在此的孕妇们从她们特有的经验和视点出发，解决一系列发生在此的案件的故事。小说关注孕妇这一女性群体，颠覆了对孕妇的刻板印象，重新建构起自立自强、闪耀智慧之光的孕妇群像，鼓励女性积极发挥优势与价值，为自身争取社会地位。从20世纪70年代开始，以主张性别平等的妇女解放运动为背景，在生育问题上强调妇女的自主权利、身体主权的思潮为女作家的科幻创作带来了新视角和新主题。例如，铃木泉的《女人与女人的世界》（『女と女の世の中』，1978）将故事背景设在一个燃料和粮食消耗殆尽，男人数量急剧减少，只有女人生活的近未来世界。在这里，男人终身被限制在一个叫作"特殊居住区"的地方，女人想要生孩子只能借助人工授精的生殖辅助技术。还有栗本薫（Kaoru Kurimoto）的《勒达》（『レダ』，1981）、新井素子的《第比利斯与幼发拉底》（『チグリスとユーフラテス』，1999）等作品，都描绘了极权者通过掌控技术或实施监视来统治民众生育行为的荒诞社会。这些作品的叙事动机多与作家自身的精神状态密切相关，意在通过科幻视角对当下的思维范式或伦理规范展开想象和言说，从而引发读者的思考。这类与现实关联度极高的近未来科幻亦成为战后日本科幻作家创作的首选和常态。

二、村田沙耶香近未来书写的诗学特征

村田沙耶香自小学时代起便模仿星新一、新井素子等人的作品进行创作①，她的许多作品都延续了日本科幻近未来的叙事传统，尤其是日本科幻女作家以科技发达的未来社会为背景进行寓言式推想的风格。村田笔下的未来时空与现实世界的景观差距甚小，以日常化叙事展现未来图景是其近未来书写的基本叙事特征。具体来说，传统的"硬科幻"多采用线性叙事、注重严谨的技术推演、探讨科技对人类的影响。与此不同的是，村田的作品弱化了事件情节的因果性和连贯性，而将重点放在片段化的日常场景描绘和生活化内容的呈现上，科技的发展仅仅是叙事的逻辑起点，而非表现重点。

荒诞的中心事件构成了村田沙耶香推想小说的重要诗学特征。小说集《生命式》（『生命式』，2021）收录了极具其个人创作风格的十二篇短篇小说，这些小说彼此相互独立，又有异曲同工之处：与小说集同名的《生命式》（『生命式』，2013）虚构了人死后被做成料理供前来吊唁的亲友品尝，悼念死者的"葬礼"被改造成享用并创造生命的"生命式"；《美妙的材料》（『素敵な素材』，2016）里人的毛发、骨骼、皮肤被做成高档商品，人们趋之若鹜地将其穿戴于身上或摆放于家中；《美好的餐桌》（『素晴らしい食卓』，2017）描写未来社会人与人之间对食虫等奇特饮食习惯的彼此尊重；等等。这些小说的故事背景和人物行为明显异于现实生活，然而读者在初接触文本时却无法立刻发现其虚构性，这是因为村田擅长以小津安二郎电影式的平淡温和的日常会话场景切入小说世界。如《生命式》以公司女同事午餐时闲聊的场景开篇：

> "说起来，总务的中尾先生好像去世了。"
>
> "啊，真的吗？"
>
> （略）
>
> "好像是前天去世的。今天早上他的家人给公司来了电话，说是今晚举办仪式，希望大家尽量都参加，说这也是故人的意愿。"

---

① 新井素子，村田沙耶香（2017−10−13）.【星新一フェア開催記念対談】私の好きな星新一. 获取自 https://www.bookbang.jp/review/article/542907.

"是吗，那今天中午少吃点吧。要不，就不吃甜点了。"

我和同年入职的女同事将没有开封的布丁放回便利店的塑料袋。比我大一岁的前辈一边将土豆炖牛肉放入口中一边说：

"中尾先生好不好吃呢？"

"会不会有点硬？他很瘦，又是肌肉型体质。"

"我之前吃过和中尾先生差不多体型的男人，相当好吃。虽然筋有点多，不过口感还挺柔软。"（《生命式》，pp. 3-4）

看似稀松平常的聊天，却违背了现实的生活体验，因为"吃人肉的葬礼"无论如何不会在当下的日本社会出现，这种有违常理的葬礼显然是建立在作家天马行空的想象力之上。村田沙耶香刻意用后现代的象征、异化、陌生化的手法来描绘人物和事件，她的作品中几乎看不到所谓的"正常人"。这些人物经历千奇百怪的诡异事件，做出形形色色的荒诞举动，以各种各样的"非正常"姿态生存着。但叙述者以波澜不惊的语调刻画的会话场景却既日常又逼真，让人产生小说描述的事件或许正在当下某处发生的错觉。文本中常见的地铁、公寓、办公楼、咖啡馆等意象更是加强了未来世界的现实感。也正是这种无所不在的真实细节，搭建起村田沙耶香推想小说与现实之间的桥梁。

村田的推想小说书写熟悉的日常生活，却对日常进行了极致戏剧化的夸张和颠覆，展现出卡夫卡式的荒诞感。在卡夫卡的作品中，主人公常被卷入看似合理、实则荒谬的制度或规则中，其笔下的荒诞并不由特殊事件引发，而是隐匿在人们习以为常的日常中。在这一点上，村田沙耶香推想小说中的荒诞性与之有共通之处。不过，正如德国哲学家瓦尔特·比梅尔（Walter Biemel）在《当代艺术的哲学分析》中分析卡夫卡小说的荒诞因素时所指出的："荒诞决不是瞎胡闹，而是颠倒（矛盾）。关键性的颠倒是正义理念的颠倒，它指示着人之存在的可能颠倒的根据"（2016，p. 43）。卡夫卡的荒诞性体现在对日常逻辑的颠覆（如《变形记》中甲虫化主人公"正常"的家庭关系）以及对常规理念的倒置（如《审判》中司法系统的非理性）。这些作品表现的是个体在不透明、不可抗拒的权力体系中的无力与迷失，其荒诞性指向了存在主义的困境。与此相比，村田的创作虽同样涉及社会体制对个体的压迫，但她描绘的荒诞性表现为社会规范的极端化，尤其当新的社会规范被人们完全接受后，真正的荒诞才显现出来。

具体来说，象征性人物在村田的推想小说中起着关键作用。在作品描绘的未来世界里他们是平凡的人，但其思想和行为却与当下读者的价值观截然相悖，具有强调作品主题及传达作者意图的功能。例如，《杀人生产》（『殺人出産』，2014）中依照未来社会的新型生育制度坚持生育十个孩子以换取合法杀人权利的环；《生命式》中本着"由死亡孕育新生"的原则，在葬礼上享用完死者尸体做成的料理后与陌生男士进行"受精仪式"的真保；《余命》（『余命』，2014）中当人类的死亡也被纳入政府管理的范围，年仅三十六岁便向政府提出要活埋自己的"我"；等等。这些荒诞的人物形象在作品中有隐喻和象征意义，产生一种反讽的效果。但他们身上的反讽性不同于讽喻性喜剧人物的反讽性，而是代表了人在强权体制下被压抑、被扭曲的精神状态，代表了作者对社会现实的清醒认识和对人类生存状态的批判，带有后现代主义对"真实"的怀疑态度。通过对象征性人物的刻画，作品得以深度探讨现代社会道德标准、伦理规范的本质意义，引发读者对体制、惯例等命题的思考。《杀人生产》里塑造的环是新生育体制的牺牲品，她的执着与其说是为了满足她自身的杀人欲望，倒不如说是对被权力塑造的新伦理观念和道德规范的绝对忠诚与服从，隐喻了权力与法律规范、道德伦理彼此交织与共谋而产生的对人的思想控制，促使读者质疑被奉为圭臬的各种规范和标准之实质。《生命式》中的真保同样是新社会体制控制和改变的对象，她身上新旧价值观的博弈与更替模糊了"是"与"非"的界限。作者通过这一人物的转变，揭示了所谓"真理"和"正确"的流动性。《余命》的世界是一个技术高度发展的社会，自然死亡已消失，而"我"虽然表面上融入了该系统，却未履行角色义务，实则扰乱了系统，从而表达了对政府控制下的社会体系的反抗意识。村田沙耶香推想小说虽然形式上描写的是未来，但实质上是对现代人困顿处境的透彻审视，作品中象征性人物扭曲的思想和行为背后积蓄的是对当下社会种种"理所当然"的质疑。正如有学者指出的，"村田文学的主人公……都以倔强的精神力量寻求或开创新的空间，以对抗所谓'正常'的现实世界"（杨洪俊，2020，p. 146）。

独特的语言风格是村田推想小说的重要表现手段。她的作品对语言的颠覆并不体现在荒诞主义文学中常见的逻辑混乱或主人公之间缺乏意义的对话上（例如塞缪尔·贝克特的《等待戈多》），而是体现在以异常平静的叙述语气和具有逻辑感的文字讲述令人难以置信的事情。这种语言风格的运用不仅造成了极大的反差，加深了作品的荒诞感，同时也引导读者去思考作者笔下的未来和现实之间的关系，从而加深对现实的质疑和反思。

例如，《三人行》（『トリプル』，2014）设定的未来社会里，三人关系成为符合主流道德规范的恋爱模式，传统的两人关系反而被视为不道德。在这样的设定下，小说描写了"我"与诚、圭太三人的亲密场景。然而，村田并未采用常见的表现激情的叙述方法，而是采用了描写宗教仪式流程似的说明性语言，使本应充满情欲的场景呈现出刻板、生硬的效果。这种写作策略可被视为贝尔托·布莱希特（Bertolt Brecht）喜剧理论中的陌生化效果的应用，即通过语言的去情感化和刻板化阻止读者移情，目的是让读者以上帝视角审视小说所描绘的社会。村田对未来社会伦理体系的极端化演绎，让所谓的"符合道德标准"的性爱模式蒙上了一层滑稽且可疑的色彩。但必须指出的是，村田描绘的荒诞并非针对三人关系本身，而是指向更深层的社会规范问题——任何一种被社会普遍认可的模式都有可能是建构的产物，而非天然合理的存在。换言之，村田并非通过未来社会与当下社会的对比来评价何者更"正确"，而是通过揭示社会如何通过规范化话语建构并强化某种关系模式的正当性，让读者意识到：正如未来社会对三人关系的合法化是可疑的，我们当下对两性关系的认识同样是历史与文化塑造的结果，而非绝对真理。村田通过对情感关系话语体系的解构，实现了对既定社会模式的挑战，使读者在陌生化的阅读体验中不得不重新审视自己习以为常的价值体系。

冷静且有逻辑感的叙述语调与故事内容的分裂在小说的情节高潮部分体现得更为明显。例如在《杀人生产》的结尾，村田沙耶香描写了极富冲击力的杀人场景。当环和育子姐妹俩依照未来法律获得合法杀人权后，两人合力杀死了早纪子：

> 姐姐以刀尖刺进早纪子的侧腹。我也将手中那道银光注入早纪子的腹部。那噗滋一声的触感，或许是皮肤被划开，不过接下来刀子是滑溜的被吸进柔软的皮肤内。（略）
>
> 像蜡笔或水彩颜料般天真无邪的红、宛如从吉丁虫的背后撷取光芒般复杂的红、像生锈般泛黑的红，还有血管交错的内脏、骨头的白，望着眼前的光景，我感觉自己就像来到另一个遥远的世界。
>
> （略）
>
> 这世界的"正确性"就像炸裂般，朝我涌来。我手上的触感、怀念的鲜血气味、进入圣洁的肉体世界内取人性命的行为。
>
> 我一直都不知道，杀了某人竟是如此正确的事。（村田沙耶香，2017，pp. 119－120）

平静的叙述语调与杀人这一极端行为形成了鲜明的对比，刀尖刺进肉体、鲜血汩汩涌出的场面以看似毫不费力的笔触表现出来，受害者的无辜和生命的高贵在冷漠的气氛中被消解。这种异常的叙述方式引发的惊悚感使作品呈现出难以名状的荒诞性，同时这样的叙述方式也为作品赋予了一种冷静客观的观察视角。作者借育子内心独白的方式揭示了杀人行为引发的思考，对于"正确性"的认知被重新定义。只要法律认可，杀人竟也成了"正确"的行为。人类社会的那些规则、制度理所当然地颠倒、异化、控制、奴役着人们，而身在其中的人们往往并不自知。

三、作为现代启示录的村田沙耶香近未来书写

村田沙耶香发现世界的本相是荒诞的，并以推想小说的形式来书写她所认知的世界。在其作品中，荒诞从情节架构、人物设定、语言风格渗透至文本的边边角角。但这种荒诞化的描写却从未脱离现实语境，其核心主题始终指向当代人类共同经历的当下。正如有研究者所说："她始终以批判性的眼光关注日本当代社会中的性、性别和母性等主题。"（サウット キアラ，2021，p. 54）

探究这种主题特色的形成，首先要关注创作主体的成长背景及其独特的价值观。村田沙耶香出生于日本千叶县印西市一个传统保守的家庭，其父是当地法院的法官。村田在接受英国《卫报》记者采访时曾透露，自己的父母希望她像多数日本女性一样，接受良好的教育，将来成为优秀的家庭主妇。她尽管无法理解为何自己必须如此生活，但也曾试图迎合家人的期望，接受这种对女性的传统期待。[①] 但这种尝试成为她内心矛盾和痛苦的根源。村田察觉到"自己拥有子宫，所以属于生育的性存在"[②]，而恋爱对象理所应当地要求她洗衣做饭，更让她感到身心的双重压迫。[③] 作为女性，她感觉自己不仅在两性关系中被束缚，而且在职场上也无法摆脱父权社会的男性凝视。

细腻的情感与敏锐的思维驱使村田通过文学创作剖析现实世界纷繁复杂的现象，叩问其本质。写作也因此成为她释放情绪和表达自我的方式。例如《杀人生产》和《消灭世界》（『消滅世界』，2015）均以女性主人公的视角展

---

① David McNeill（2020-10-09）. Sayaka Murata："I acted how I thought a cute woman should act— it was horrible". 获取自 https://www. theguardian. com/books/2020/oct/09/sayaka-murata-i-acted-how-i-thought-a-cute-woman-should-act-it-was-horrible.

② Michiaki Matsushima（2022-11-24）. 小説家村田沙耶香のスペキュラティブフェミニズムと彼女自身の惑星. 获取自 https://wired. jp/membership/2022/11/24/writer-sayaka-murata-inhabits-a-planet-of-her-own/.

③ Michiaki Matsushima（2022-11-24）. 小説家村田沙耶香のスペキュラティブフェミニズムと彼女自身の惑星. 获取自 https://wired. jp/membership/2022/11/24/writer-sayaka-murata-inhabits-a-planet-of-her-own/.

开叙事，描绘了在全新生育体系下运转的近未来日本社会。在这个世界里，人工授精等生殖辅助技术被用来替代自然受孕，日本社会的婚姻观、家庭观也发生了极大转变。在《杀人生产》中，借助生殖辅助技术生育十个孩子的人可以合法杀死一人。通过这个系统孕育生命并最终实施杀戮的人被称为"生产人"，而被指名的"死亡人"则无权拒绝。他们死后会在葬礼上被赞美，死亡被视为与新生命的交换，因此杀戮被定义为"善"而非"恶"。在这种制度下，孕育生命的动机从"爱欲"转变为"杀戮欲"，并被视为与爱情一样正常的情感。《消灭世界》描绘了主人公雨音在性、爱、生育和母性方面的挣扎。她在旧价值观影响下成长，认为应通过爱与性的结合孕育下一代，但学校教育却强调爱情、性、婚姻和怀孕彼此独立，婚姻中的性关系成为禁忌。雨音最终选择了这种被称为"清洁结婚"的婚姻形式，并和丈夫搬去"实验都市"。该都市通过"乐园系统"运作，生育由计算机管理，有人造子宫技术支持，孩子是社会共同财产，由育儿机构抚养，全体市民平等地承担"母亲"的职责。以工业生产的方式制造人类，以企业的方式管理社会，这样的内容很容易让人联想起反乌托邦的经典之作《美丽新世界》（*Brave New World*，1932）。但与赫胥黎不同，村田沙耶香的关注重点既不是技术化的治理模式，也不是沉沦于消费主义和享乐主义的人性，她的创作首先体现的是少子化社会背景下的女性关怀。

日本的生育率自 1949 年达到高峰后便持续下降，20 世纪 60 年代末，少子化问题逐渐显现。经济高速增长和现代化进程引发了价值观的转变，个体更倾向于追求自我实现而非组建家庭。此外，生活压力上升，女性大量进入职场，使职业与家庭责任之间的冲突更加凸显，许多夫妇选择推迟生育甚至不生育。尽管日本政府采取了育儿补贴、扩大教育资源和改善女性劳动条件等政策，但由于日本社会根深蒂固的父权制观念对女性生育角色的强调，女性的生育压力不仅没有减轻，反而因家庭与社会的双重期待而进一步增加。她们不仅要面对社会对"理想"妻子和母亲的期待，还要面对职场中的性别歧视和晋升机会有限。

在村田描绘的未来社会里，新型生殖技术将女性从传统的生育性别中"解放"出来，女性无须再进行自然生育，性行为变成单纯的享乐。这一切看似进步，实际上却掩盖了女性被另一种集权体系控制的事实。无论是《杀人生产》中的"生产人"，还是《消灭世界》中"实验都市"的居民，他们都不再是有情感和个体意志的社会主体，而是被异化为社会运转中无差别的工具。怀孕和分娩被视为国家和社会的事，流产等问题也被归结为技术不完备，与孕育者的情感无关。《杀人生产》中，环经历两次死胎后，被医生要求"继续加油"（村田沙耶香，2017，p.47）；而在《消灭世界》中，面对流产的雨音，医生冷漠地表示："这都是电脑系统管理的一部分，请勿在意。"（村田沙耶香，2018，p.216）雨音对此无法理解，她感受到的是对自我情感的剥夺，她渴望孕育自己的孩子，却只能做她不认识的孩子的"母亲"。在这些极端设定下，村田揭示了女性个人情感和意志在新生育体系中的压抑，甚至连母爱也被剥夺和工具化。她通过极端的方式颠覆传统母性观念，进一步揭示出所谓的"技术解放"只是另一种形态的压迫，女性的自主性从未被真正尊重。在充满控制和监视的社会体制中，女性始终是被规训的对象，而非真正自由的个体。显而易见，村田笔下的未来世界与现实世界隐藏着同构关系，她把对生育意义、母性等的怀疑推向极端荒诞化，从而达到解构"不证自明"的目的。

不过必须指出的是，仅从性别（gender）和女性主义（feminism）的视角探讨村田沙耶香推想小说的批判性是不够的。在2014年举办的"文学与女性性"的座谈会上，村田沙耶香如是说：

> 也许是因为我的小说中关于女性的性描写较多，很多人认为我作为女性活得很有压迫感，由此而引发的愤怒是我创作小说的动机。事实上，愤怒并非我创作小说的原动力。我对于既有概念的崩坏、事物意义的消解这样的实验性行为很感兴趣，而在我看来"性别"是既有概念之一，仅此而已。（黑岩裕市，2021，p.222）

换言之，村田的创作目的并不局限于对生育文化等由男性主导的父权社会问题的批判，而在于对包括"性别"问题在内的人性、道德、制度、社会、存在等问题做本源性思考及探查。正如饭田祐子所说，《杀人生产》等作品"似乎是一种反乌托邦小说，是基于对现行制度的强制性所产生的不适感，但其目的并不是肯定正在失去其价值的例如恋爱、性等当下的东西。其真正的目的是解构当下"（2017，pp.70—71）。在《杀人生产》中，新制度对男女一视同仁，想拥有杀人的权利就必须生育，而依靠安装人造子宫才能生育的男性的死亡率远高于女性；《消灭世界》和《清洁结婚》（『清潔な結婚』，2014）中，男性在利用医疗技术辅助受孕过程中遭受的痛苦更甚于女性。村田的笔下，男性和女性同为权力制度下无法逃离生育义务的工具。在《生命式》中，"我"还在上幼儿园时，吃人肉被视为禁忌。当小朋友们玩"你喜欢吃什么"的问答游戏时，"我"随口说出"人类"，引发了其他孩子的恐慌，并因此遭到老师的严厉批评。然而，30年后吃人肉变成了社会常规行为，人们不再举行葬礼，而是通过吃人肉的"生命式"来纪念逝者。曾经的禁忌变为主流，人们的价值观发生了巨大转变。村田在小说中写道："人们把常识啦，本能啦，伦理啦挂在嘴上并对此深信不疑。但实际上这些都是变化万端的。"（村田沙耶香，2021，p.17）

法国后现代主义理论家让－弗朗索瓦·利奥塔尔（Jean-Francois Lyotard）在《后现代状态：关于知识的报告》中指出，"后现代"乃是"对元叙事的怀疑"，因而应对元叙事的霸权予以批判（1997，p.2）。从审美角度来说，"后现代主义文学推行的第一审美原则是不确定性"，"不确定性包含在'多元'当中，它展现的是自然中的或然性：事物的发展本来就可能这样也可能那样。唯有在有限的范围内或说在具体的语境中，才可以断定是一还是二"（王守仁等，2019，pp.189-190）。在村田沙耶香看来，世界本就是不确定的、流动的。她总是在审视并试图重新定义正常的概念，她质疑"从来如此，便是正确吗？众人如此，便是正常吗？"所谓"正确"不过是人为定义的规则，所谓"正常"或许只是被合法化的从众变态，今日的"疯狂"到明天可能就成了"理所应当"，正常就是这个世界上唯一被允许的疯狂。因此，她以云淡风轻的日常感描绘怪诞诡谲的故事，以突破禁忌的方式反思约定俗成的规则，用异常冷静的语言描述我们所熟悉却不曾留意的生活的荒诞。种种荒诞、诡异、颠倒、疯狂构成的光怪陆离的表象下，掩藏的是她对人类文明、传统文化、伦理道德等一切固有法则的戏谑解构（王瑜，2022）。

结　语

自20世纪70年代起，受西方后现代文艺思潮与女性主义理念的双重影响，"日本女作家们尝试着对形成日本宏大叙事霸权的传统文化进行多角度、多层面的剖析和反思。比起男性作家，日本女性作家群体对于'神''国家''家族制''父权制'等元叙述的社会语境的反抗和批判更为自觉和彻底"（王守仁等，2019，p.528）。村田沙耶香的推想小说继承了上述日本女性作家的创作传统，并通过独特的叙事手法和荒诞化的文学表现进一步深化了后现代文学的诗学特征。在她的作品中，后现代主义思潮的影响并非停留在单纯的形式模仿层面，而是体现在对社会规则、价值体系以及个体存在的持续性反思与解构上。通过分析村田的创作，可以看出其作品既延续了日本科幻文学的叙事传统，又以独特的视角揭示了后现代社会中个体面临的困境及价值重构的可能性。她的作品不仅在日本文学语境中为女性视角的科幻创作开辟了新的可能，也是对后现代主义文学的丰富与拓展。

引用文献：

长山靖生（2012）. 日本科幻小说史话：从幕府末期到战后（王宝田，等译）. 南京：南京大学出版社.

村田沙耶香（2017）. 杀人生产（高詹灿，译）. 台北：皇冠文化出版有限公司.

村田沙耶香（2021）. 生命式（魏晨，译）. 杭州：浙江文艺出版社.

丁卓（2020）. 日本当代科幻文学的近未来设定. 华南师范大学学报（社会科学版），4，144−155.

利奥塔尔，让-弗朗索瓦（1997）. 后现代状态：关于知识的报告（车槿山，译）. 北京：生活·读书·新知三联书店.

比梅尔，瓦尔特（2016）. 当代艺术的哲学分析（孙周兴、李媛，译）. 北京：商务印书馆.

王守仁等（2019）. 战后世界进程与外国文学进程研究 第二卷：后现代主义文学研究. 南京：译林出版社.

王瑜（2022）. 从便利店走出的日本女作家. 中国社会科学报. 06−16，第 6 版.

杨洪俊（2020）. "正常"何谓的追问——《便利店人》的生态女性主义释读. 外国文学，1，137−147.

村田沙耶香（2018）. 消滅世界. 東京：河出書房新社.

飯田祐子（2017）. 村田沙耶香の現在. 学士会会報，1，68−71.

黒岩裕市（2021）.「性別」をなくすという企て——村田沙耶香『無性教室』. 人文研紀要，100，221−246.

サウット キアラ（2021）. 村田紗耶香の文学世界におけるジェンダーと生殖技術——『殺人出産』·『消滅世界』をめぐって一. 東洋大学大学院紀要，57，39−55.

三島由紀夫（1977）. 一SF ファンのわがままな希望. 石川喬司，柴野拓美（編）. 日本 SF·原点への招待Ⅱ「宇宙塵」傑作集，4−6. 東京：講談社.

作者简介：

王瑜，华南师范大学外国语言文化学院副教授，研究方向为日本近现代文学、日本大众文化。

李家玲，华南师范大学日语语言文学专业硕士研究生，研究方向为日本近现代文学。

Authors:

Wang Yu, associate professor of School of Foreign Studies, South China Normal University, with research interests in modern Japanese literature and Japanese popular culture.

Email: wangyu@m.scnu.edu.cn

Li Jialing, M. A. candidate in Japanese language and literature, South China Normal University, with research interests in modern Japanese literature.

Email: 458955980@qq.com

奇幻文学的另类书写

——《被掩埋的巨人》对典型英雄形象与英雄之旅的背离

罗浩然　姜振宇

摘　要：石黑一雄的小说《被掩埋的巨人》自问世起，便引发对奇幻文学类型界限问题的讨论。该作符合奇幻文类的定义及基本特征，属于奇幻文学的另类书写。作品摒弃了现代奇幻小说中的典型英雄形象，通过塑造年迈的主人公，暗示了战争亲历者成长历程的终止与社会化的失败。小说还取消了英雄的加冕仪式，使"屠龙"不再是绝对正义的行为，隐含了作者对遗忘与铭记的辩证思考。而作品中正邪二元对立的瓦解，则进一步体现出作者对构建跨民族共同体的憧憬。在叙事模式上，《被掩埋的巨人》以其"自发的开端—破碎的旅程—无家的结局"，消抹了传统英雄之旅的神圣使命感，映射了现实世界中频发的民族冲突、区域战争等问题，但作品并未为此困境提供明确的解决方案，而是旨在唤醒读者的思考、想象与关注。

关键词：《被掩埋的巨人》　石黑一雄　英雄形象　英雄之旅　奇幻文学

The Alternative Fantasy Writing: On the Deviation from the Typical Hero Image and the Hero's Journey in *The Buried Giant*

Luo Haoran　Jiang Zhenyu

Abstract：Since its release，Kazuo Ishiguro's novel *The Buried Giant* has sparked a discussion on the boundaries of the fantasy genre. The work conforms to the definition and fundamental characteristics of the fantasy genre and is a kind of alternative writing of fantasy literature. The novel abandons the typical image of heroes in modern fantasy novels，and through the portrayal of the elderly protagonists，it suggests the termination of the growth process and the failure of socialization of those who experienced the war. It also abolishes the hero's coronation ceremony，so that the traditional "dragon-slaying" is no longer an act of justice，implying the author's dialectical thinking about forgetting and remembering. The dissolution of the dichotomy between good and evil in the work further reflects the author's longing for the construction of a harmonious inter-ethnic community. In terms of narrative mode， *The Buried Giant*，with its "spontaneous beginning-broken journey-homeless ending"，erases the sense of sanctity of the traditional hero's journey and reflects the problems of ethnic conflicts and regional wars that occur frequently in the real world. However，the novel does not provide a straightforward solution to this dilemma，but aims to awaken readers' thinking，imagination and concern.

Keywords： *The Buried Giant*； Kazuo Ishiguro； the hero image； the hero's journey； fantasy

当代英国文坛著名作家、诺贝尔文学奖获得者石黑一雄（Kazuo Ishiguro）一直被认为是主流文学的代表，但自世纪之交起他便开始试验不同文学类型的创作。2015 年出版的《被掩埋的巨人》（*The Buried Giant*）将题材试验深入到奇幻文学领域，可谓石黑一雄迄今最惊人、最大胆的体裁改编（Holland，2015），该作一经问世便在主流文学和奇幻文学两界引发巨大轰动。当前，国内外学者多从石黑一雄创作中一以贯之的记忆主题、遗忘叙事、历史创伤等角度，对《被掩埋的巨人》展开广泛深入的讨论。例如，布科夫斯卡（Joanna Bukowska）着眼于小说对中世纪文学传统的当代革新与修正，认为该作极大程度上借用中世纪小说的叙事套路，反映了当代多元文化世界面临的压力和紧张的局势（Bukowska，2017）。张宇金（Yugin Teo）将《被掩埋的巨人》视为石黑一雄长期以来关于记忆书写的关键发展，强制性遗忘播下了不列颠人和撒克逊人之间人为达成和平的种子，敦促读者思考"纪念"与"特赦"之间的伦理复杂性（Teo，2023）。陈婷婷、孙妮将小说视为一则现代寓言，认为石黑一雄以阈限奇幻①为媒介，借助象征和隐喻，引导读者参与文本想象和历史重构（陈婷婷，孙妮，2018）。周丽秋从"共同体"角度切入，分析文本通过迷雾表象、族群冲突等书写，表达石黑一雄对构建命运共同体的追求（周丽秋，2021）。

值得注意的是，对于《被掩埋的巨人》的文类归属与奇幻特征，国外评论界展开了探讨，但几乎聚焦于主流与奇幻两种模式的冲突，并没有得出定论，更没有将之放于奇幻文学传统中加以考量。本文借助奇幻文学研究的相关概念和理论，对《被掩埋的巨人》的文类归属进行辨析，认为作品符合奇幻文学类型的定义及基本特征，属于奇幻文学的另类书写，继而在奇幻文学视域下深入探讨造成《被掩埋的巨人》类属争议的根本原因，即小说从奇幻英雄形象的再造与"英雄之旅"叙事模式的变形两个方面背离了现代奇幻文学的经典传统。

一、《被掩埋的巨人》的奇幻类属问题辨析

《被掩埋的巨人》作为一部非正统的奇幻小说，自问世以来便引发关于奇幻与主流文学界限问题的激烈论辩。部分批评否认或拒绝将该作纳入奇幻文学之属，尖锐地称其为怀抱着"寓言式原始主义"的"古怪而又笨拙的童话"（Kakutani，2015）；奇幻作家勒古恩（Ursula K. le Guin）抨击石黑一雄对奇幻元素的借用浮于表面，认为作者太过"蔑视"奇幻文学，没有任何一个作家能够将一种文学类型的"表面元素"（surface elements）用于严肃目的（le Guin，2015）；巴特斯比（Eileen Battersby）认为如果要将该作视为奇幻小说，作者应当给予奇幻类型应有的尊重，而不是使其处于"既不完全是童话，也不完全是奇幻"的尴尬境地（Battersby，2015）。另一部分批评家则持更加宽容的态度，拉塞尔（Richard R. Russel）宣称应当将这部充斥着食人魔、龙等元素的作品理解为奇幻小说（Russell，2021）；霍德森（Richard J. Hodson）通过对《被掩埋的巨人》相关书评的梳理，发现大多数批评并非聚焦于石黑一雄对文类的选择，而是集中在他对"奇幻"的执行方式上（Hodson，2016）。关于《被掩埋的巨人》的文类归属问题，石黑一雄本人的态度同样模棱两可，一方面他声称自己并未将小说当作奇幻文学来写，而仅仅只是希望食人魔出现在故事中（Gaiman，Ishiguro，2015），但另一方面，

---

① 阈限奇幻（liminal fantasy）是一种发生于原初世界（primary world）的沉浸式幻想（Stableford，2005，p.249），这一类型模糊了现实与奇幻的边界，其所呈现的既可以是隐藏着魔法元素的现代世界，也可以是与我们所生活的现实世界相连但尚未可知的世界。

他在回应奇幻文类处理方式所受到的批评时，却表示自己"站在食人魔和小精灵"这边（Cain，2015）。

奇幻文学作为一种流行于现实主义之外的文学形式，将魔法师、地精、龙、魔剑等常见的角色与装置融合在"可预测的情节"中，其叙事模式常为经年衰弱的正义力量逐步壮大，最终战胜占压倒性地位的邪恶势力，透露出对既定社会秩序与思想的反省与颠覆性重建（Attebery，1992，p.1）。托尔金（J. R. R. Tolkien）认为奇幻作家同时也是一名次级创造者（sub-creator），他们旨在为读者构筑真实可信的第二世界（Secondary World）（Tolkien，2001，p.37）。第二世界具备精心设置的庞大且完善的法则、系统及运行机制，借此，读者在接受世界整体框架的基础上，继而接受作品中出现的诸如神灵、魔法、巫师等各类要素。奇幻故事中的诸多"奇迹"同俗常生活拉开距离，将现实中不可能发生的事件、不可能还原的元素加以呈现，从而唤起超凡的审美体验。如托尔金笔下的中土世界，无疑是区别于读者日常生活的全新创造。中土世界的创世神话不受现实世界启蒙主义和科学精神的桎梏，尚处于自然与超自然浑然一体的原始阶段，这为护戒之旅、孤山寻宝等传奇事件的展开奠定了法度与规则基础。正因奇幻故事内部逻辑的完整性、真实性经得起质疑与追问，读者才能够沉浸其间。由此可见，奇幻小说的首要任务，亦是最显著特征，便是构筑非同寻常的第二世界，为英雄人物的登场、奇妙冒险的发生搭建令人信服的舞台。《被掩埋的巨人》采用中世纪的乡村田园风光为故事背景，借鉴骑士文学、民间故事、神话史诗中的原型人物，将精灵、巨龙、魔法、食人兽等超越日常经验的奇迹元素根植于主人公的寻亲之旅，颠覆并突破了现实世界的常轨与藩篱，赋予故事全新的逻辑秩序，通过对公元五六世纪的英格兰历史的想象性重塑，建构起不同于真实历史的英格兰岛，书写了后亚瑟王时代的冒险诗篇。

其次，以《魔戒》（*The Lord of the Rings*）、《霍比特人》（*The Hobbit*）、《纳尼亚传奇》（*The Chronicles of Narnia*）、《地海传奇》（*The Earthsea Cycle*）、《哈利·波特》（*Harry Potter*）等公认的奇幻文学经典系

列作品为基准，判断《被掩埋的巨人》是否具备奇幻文学的标志性要素。[①] 小说中出现的食人兽、巨龙、精灵等超自然生命体，同《魔戒》中的食人妖、奥克，或是《哈利·波特》中的马人、妖精类似，非人种族作为第二世界生物多样性的重要构成频繁出现于奇幻故事的背景设定中，将石黑一雄笔下的中世纪英格兰历史由现实转入幻想所支配的领域。而小说中的武士（warrior）、骑士（knight）等职阶身份，同魔法世界的巫师（wizard）、中土世界的国王（king）都脱胎于神话传说、民俗文化中的传统职位，他们作为制定奇幻世界社会秩序的有效设定，在奇幻故事中发挥不可或缺的作用，赋予《被掩埋的巨人》后亚瑟王时代的奇幻史诗感，同时增强了中世纪背景的真实感。而小说中的"迷雾"（mist）作为奇幻经典文本中魔法（magic）、咒语（spell）等法则的同义替换意象，阐释了《被掩埋的巨人》造成不列颠人与撒克逊人遗忘屠杀历史的超现实原因，小说借以探讨普遍且复杂的个人与集体记忆之间的关系。

兴许石黑一雄本人并非有意识地进行奇幻文学的创作活动，而是"无意之中闯入了奇幻文类"（Gaiman，Ishiguro，2015），但认为《被掩埋的巨人》不应纳入奇幻文类的批评家们显然忽略了该作作为奇幻小说的合理性与超越性。《被掩埋的巨人》是一部不折不扣的奇幻小说，虽然其类型归属受到争议也有原因，即作品在英雄形象与"英雄之旅"叙事模式两个层面，背离了奇幻文学的经典传统，构成对奇幻文学的另类书写。

二、奇幻英雄形象的再造

从古希腊史诗《伊利亚特》（*The Iliad*）、《奥德赛》（*The Odyssey*），到欧洲传奇文学《贝奥武甫》（*Beowulf*）与"亚瑟王传说"（"Idylls of the King"），历代文学作品中不乏对英雄形象的刻绘，20世纪兴起的现代奇幻文学作为后神话时代的产物，承袭了神话史诗的恢宏使命感，主人公们一直试图朝着史诗中的英雄角色成长。在《荷马史诗》中，英雄尤指杰出人物，他

---

① 本文采用机器学习领域的 LDA（Latent Dirichlet Allocation）主题模型，对包括《魔戒》《霍比特人》《哈利·波特》《纳尼亚传奇》《地海传奇》等作品在内的"奇幻文学经典"语料库进行处理，总结出三类标志性要素（特征词）：（1）非人类生物，例如精灵、矮人、巨蛛等；（2）职阶身份，例如巫师、国王、骑士、法师等；（3）道具或法则，例如魔法、魔杖、魂器等。再通过同样的方法处理《被掩埋的巨人》的文本内容，得到相对应的特征词并做对照分析。LDA 主题模型基于贝叶斯概率原理，假设每篇文档由多个潜在主题构成，而每个主题对应着一定数量的特征词，在对语料进行分词操作之后，模型会通过学习运算，归类出若干个文本主题和特征词。该模型常被用于文本分类、文本聚类等领域。

们是战争与险境中的勇士，是拥有出类拔萃良善美德的超人，甚至流淌着天神的血液，具备凡人无法匹敌的神奇力量（中国大百科全书出版社《简明不列颠百科全书》编辑部，1986，p.163）。托尔金笔下类史诗奇幻故事中的"混血英雄"属于古希腊史诗英雄、希伯来神话英雄、中世纪骑士英雄的混合体，具有希腊式的独立意识与主体精神、宗教式的神性光辉与感性力量，以及勇士对正义忠诚的追寻与渴望。哈勃孔（Gideon Haberkorn）认为，"英雄绝不仅限于神话和民间传说"，"所有虚构主人公都是英雄传统的一部分"（Haberkorn，2007，p.321）；在奇幻小说中时常发生主线情节中断的情况，主角团成员出于各种原因离队，在次要任务中充当"次要英雄"（secondary heroes），暂时取得与主角相同的地位。因此，此处讨论的"英雄"范畴不止小说叙事中心的主要角色，也包括围绕主角塑造的次要英雄，以及与英雄紧密联系的重要人物。"英雄——无论是真实存在的人，还是神话、传说或小说中的人物——都是其所处社会所钦佩与尊重的特性、特质与行动的集合体"（Westfahl，p.377），如果说奇幻小说中的英雄是社会的产物，反映人类社会最迫切的需要，那么石黑一雄笔下的角色则并非社会所推崇的符合全人类共同理想的纯粹的英雄，他们是个人、民族、国家政治的产物，而不是人类理想的典范，无法给社会带来长久的稳定与和平。石黑一雄在以下三方面背离了奇幻文学中经典英雄的形象塑造：（1）用年迈的远行者替代年轻的冒险家，体现主人公成长过程的终止以及社会化的失败；（2）取消以"屠龙"为代表的英雄加冕仪式，表达关于遗忘与铭记的辩证思考；（3）通过跨民族共同体建构的尝试瓦解正邪对立的二元论。

（一）年迈远行的主人公：成长的终止与社会化的失败

现代奇幻小说与成长小说存在一定程度的重合，主人公往往是不谙世事的青少年，身心尚且处于未成熟的阶段，他们出于使命的感召、危机的胁迫或意外的事件，离开生活已久的家园，踏上象征成长的旅途。英雄远征根植于古老的启蒙仪式，最初的目的便是帮助一个男性青年完成从男孩到男人的社会过渡（Alexander，2018a，p.13）随着时代发展，这种仪式成为一种象征性的变革、一种元仪式模板：奇幻故事主人公的家园和人民受到黑暗领主或邪恶势力的威胁，他们——例如哈利·波特、弗罗多等——在使命的感召下开启冒险，逐渐接受自身弥赛亚式的特殊身份，并且从年长导师那里获取力量，从错误失败中汲取教训，面对背叛、诱惑与敌人压倒性的猛攻，依然能够坚持下来，直到取得最终胜利，为整个世界带去美好的福祉。主人公的性格、品质、能力具有极强的可塑性与丰富的可能性，启程阶段暴露出来的缺陷会在旅程中逐渐被弥补，主人公渐渐蜕去幼稚青涩，变得愈加稳重成熟，在个体与社会之间的强大张力下实现调和，成为内心家园与外部世界的共同的主人，成功实现社会化。

奇幻旅程通常促使幼稚的青年长大成人，冒险亦是一种成人仪式，帮助主人公在"象征性死亡"（symbolic death）中获得重生，引导他们改变生活轨迹，"实现生理、情感、社会、精神上的转变"（Alexander，2018a，p. 16，p. 13）。然而《被掩埋的巨人》开篇介绍"这儿住着一对年老的夫妇"（石黑一雄，2016，p. 4），昭示着在正式开启旅程以前，主人公就已经终止了成长历程。埃克索夫妇由于年龄的限制，丧失了凭借试炼进一步锻造全新肉体与心灵的可塑性，除非获得延长寿命或重返青春的魔法，否则等待他们的只有通往死亡岛屿的"下坡路"。他们的旅途并非面向未来，而是朝向过去，通过"再成长"抵达合理生活的路径被完全封锁。

埃克索夫妇与经典奇幻作品中的成长型主人公，虽然都面临精神心灵的困境与社会现实的压迫，但后者能够通过克服冒险旅程中的困难，逐步实现由"个人—社会"对峙分裂的现状，转向调解与融合的和谐状态，"成为一个成熟的'社会人'"（方小莉，2024，p. 78）。然而，埃克索夫妇在社会、家庭、自我三重意义上却始终处于边缘状态：从社会层面看，埃克索夫妇居住的巢穴处于原始社会的生产生活模式，并且他们遭到村民们排挤，居住地距离火堆中心较远；从家庭层面看，被遮蔽的不忠与谎言持续叩击着夫妻关系间的裂痕处，看似和睦的日常生活之下暗流涌动；究其自身，强制性遗忘使他们无法构筑真实而准确的人生经验，立于虚幻之上的主体身份几近崩塌。

埃克索夫妇社会化尝试的惨痛失败，也是冷战结束后南斯拉夫地区人民的真实写照。石黑一雄创作《被掩埋的巨人》的契机是随南斯拉夫解体而爆发的战争，波斯尼亚、克罗地亚、塞尔维亚各民族由于政治主张、宗教信仰的差异以及第二次世界大战期间种族清洗的积怨，在 20 世纪 90 年代兵戎相见，曾经在铁托政权下压抑和隐匿的仇恨，冲破了表面上的和平，使巴尔干半岛陷入混乱的屠戮。他将民族冲突移植到英格兰岛，既是对不列颠真实历史的奇幻书写，又影射了 90 年代的东欧剧变。"二战"亲历者以及在冷战格局中成长起来的一代人，他们在积极实践社会化的进程中受阻，其根源在于激涨的民族主义与严峻的国际形势拒绝个体的社会化，"仇恨与复仇的意志其实一直存在"（陈婷婷，2017，p. 106），只是长期被掩埋在了虚假和平之下，睦邻友好的跨民族聚居地始终没能建立起来。

（二）英雄加冕仪式缺失：遗忘与铭记的辩证抉择

托尔金言称，古老年代的诗作中最令人难忘的便是屠龙者，在斯堪的纳维亚语与古英语中只要出现一首英雄叙事诗，就必然呈现两个重要特征，即恶龙逞凶与作为伟大英雄主要功绩的屠龙灭怪（Tolkien，2018，p.9）。"屠龙"是欧洲神话传说、史诗及民间故事中的古老母题，代表着神圣与邪恶之间的较量，主人公们通过斩杀具有压倒性力量的龙怪，达成正义必胜的结局以彰显自身的成熟，借此受到众人的拥戴和青睐，实现社会化。无论是诛杀恶龙，还是征服巨人、除灭魔怪，同属于一个叙事模式，旨在表明文明力量逐渐兴盛后，"加强了对狂乱自然秩序的控制"（弗莱，2010，p.194）。可以说，没有恶龙就没有英雄，英雄资格的获取与英雄行为的正当性需依靠秩序反面的恶龙才能得到建构。因此，龙作为邪恶狂暴的化身出现在两希传统与欧陆信仰中，成为英雄传奇史诗的附属标配；而与恶龙同时出现的是屠龙勇士，即骁勇善战、敢于挑战邪恶权威的人物。勇士是英雄的候选人，而屠龙则是英雄加冕的必要仪式，只有成功斩杀恶龙、完成加冕仪式后，勇士才能够被称作英雄。例如《霍比特人》中，巴德使用黑箭射杀巨龙斯毛格而被尊奉为王，《地海传奇》中法师格得因制服蟠多岛恶龙而声名远扬。"勇士与龙"的战役在大部分奇幻作品中几乎是可预测的情节，但石黑一雄通过削弱巨龙权威，剥夺勇士屠龙的英姿与斩杀恶龙的正当性，以及取消大众见证人等方式，弱化了屠龙情节对于英雄加冕的关键作用，"屠龙"不再是绝对正义的行为，其背后隐含着遗忘或铭记大屠杀记忆的辩证抉择。

《被掩埋的巨人》中，读者看到的不是奇幻故事中最具威胁与挑战的巨龙，而是行将就木、"像个虫子一样"的爬行动物，皮肤失去往昔璀璨的青铜色光泽，翅膀残缺如同枯叶（石黑一雄，2016，pp.292-293）。母龙的出场背离了奇幻文学中的强大恶龙的典型形象，不可一世的龙丧失了昔日的统治力，其威严仅存于村民们的饭后谈资中。母龙的退场更是轻描淡写、一笔带过，"他（维斯坦）没有跑，而是快步走，人从龙的身体上越过"，"在此过程中，他的剑划了一道又急又低的弧线"（石黑一雄，2016，p.303），维斯坦斩下巨龙头颅的过程不费吹灰之力，丧失力量与权威的巨龙难以提供强大张力，以反衬战斗的艰辛与战士的英勇。除巨龙自身的压倒性力量，屠龙战争的惨烈程度对于奇幻故事而言同样重要，这涉及英雄取得的功绩与牺牲的程度是否匹配。在《被掩埋的巨人》中，维斯坦斩首恶龙的过程无异于单方面虐杀，且斩杀时恶龙尚处于熟睡之中，不宣而战的做法破坏了加冕仪式的悲壮神圣。

除了"勇士与龙"的强弱关系发生颠倒，维斯坦挑战巨龙的权利也不是通过和平让渡的方式获得的，而是通过暴力手段，杀死高文骑士抢夺而来。因此，维斯坦斩杀巨龙偏离了奇幻文学常轨，是一场不公平、不正义甚至不道德的战役；他杀死巨龙是为了唤醒大屠杀记忆，违背了民众的意志。因此，维斯坦屠龙难以构成英雄加冕的仪式，他只能被称为"民族勇士"，但绝算不上"人类英雄"。这场屠龙之战不像《霍比特人》《哈利·波特》中的战斗发生于众目睽睽之下，它是没有得到公众见证的秘密战役，缺少能够传颂英雄丰功伟绩的目击者。如果说高文与维斯坦代表不列颠人与撒克逊人新旧政权的交替，那么英雄便沦为了一种政治话语，游离于屠龙事件之外的普通民众未能够充分参与民族命运的重大决策，公众见证的缺位意味着民族之间协商探讨过程的缺失，抉择问题沦为领导阶层强权统治下独断专行的议题，而非建立在两个民族普遍认同之上的宽恕式回顾。

（三）正邪对立的瓦解：构建跨民族共同体的新尝试

奇幻文学中特殊且普遍的机制在于，随着故事情节推进，正义力量不断发展壮大，最终于高潮阶段制止、击溃或推翻原本居于强势地位的邪恶势力。无论是浅度奇幻（low fantasy）还是深度奇幻（high fantasy）①，均具有某个明确的恶的化身，作为成长中的主人公抗争和宣泄欲望的标靶，例如《哈利·波特》系列贯穿始终的终极敌人伏地魔，《魔戒》三部曲跨越纪元的邪恶魔君索伦，奇幻故事里的主人公，往往被要求战胜威胁自身与民众生命的邪恶反派，保护自己与拯救人类实际上是同一任务的不同层面。英雄与魔头之间具备宿命般的同构性，互为他者和自我，且蕴含特殊的因果律内在关系，英雄在抗击邪恶的过程中直面根源深处的非良善、非正义，并在决战来临之前将之一一剥离摒弃。除此之外，魔头作为社会共同价值的反面，通常是极端利己的残酷独裁者，这为英雄主人公联合正义之师奠定了基础，例如《霍比特人》中人类、精灵、矮人在面对半兽人侵袭时，暂时搁置内部的矛盾纠葛，构建起临时的共同体。

《被掩埋的巨人》瓦解了奇幻文学秉持的希伯来－基督教式的绝对二元善恶观。正义并不必须借助邪恶一方发挥极致的恶才可获得反抗的正当性；邪恶也不再因正义一方纯粹的善而变得不可饶恕。"正义"与"邪恶"阵营被基

---

① "浅度奇幻"指一种侵入性幻想（intrusive fantasy），奇幻世界与现实世界有交叠，例如《纳尼亚传奇》《爱丽丝梦游仙境》（Alice in Wonderland）（Stableford，2005，p. 256）；"深度奇幻"则是指完全设置在第二世界之中的奇幻故事，例如《魔戒》《霍比特人》（Stableford，2005，p. 198）。

于不同民族身份、价值判断形成的群体取代。例如撒克逊战士维斯坦斩杀巨龙的动机不是恶龙逞凶，而是为了"纪念很久以前被屠杀的同胞"，以及为"即将到来的征服铺平道路"（石黑一雄，2016，p. 305）。维斯坦敬重埃克索等为跨民族团结而努力的和平主义者，赞誉埃克索像"智慧的王子"（石黑一雄，2016，p. 301），他承认不列颠人中存在值得钦佩和热爱的人，但碍于民族仇恨、屠杀历史以及统治者（国王）土地扩张的野心，只能逼迫自己变得残忍。而不列颠人对待撒克逊人的态度，有布雷纳斯爵爷所代表的武斗派，也有高文所代表的温和派，但最终都是为了阻碍维斯坦屠龙，防止屠杀真相浮出水面。小说超越正义与邪恶的简单对峙而呈现出复杂性，由于《被掩埋的巨人》不存在违背全人类社会道德规范的邪恶对象，屠龙本质上无法以好坏为标准进行考量，不列颠民族与撒克逊民族自然不会像一般奇幻故事那样携手抗击某个共同的敌人，但这也是石黑一雄对于奇幻文学传统的超越之处。因为无论是《哈利·波特》里的魔法同盟，还是《魔戒》《霍比特人》里的人类、精灵、矮人等多种族联军，都是在外界危险的胁迫下建立的，维系联结的理由是基于正义与邪恶的价值判断，当邪恶被彻底消灭后，联合的理由也随之消失，多元种族很可能回到原先割据的状态。

《被掩埋的巨人》建构共同体的第一个失败的尝试是不列颠政权统治下的强制遗忘，即亚瑟王命令梅林对母龙下咒，使之喷出剥夺记忆的魔法浓雾。战争双方忘却了仇恨，成功建立起多民族共同栖息的聚居地，但依靠军事胜利维持的表面和平，随着极端民族主义的滋生而覆灭。周丽秋在对《被掩埋的巨人》共同体想象的分析中关注到，石黑一雄对极端民族主义立场的批判体现在"对外乡人的反感和全方位的监控""不列颠民族不文明的野蛮行为"以及"施暴者自身的异化"上（周丽秋，2021，pp. 42－43），但小说中并非只有不列颠人持有极端的民主主义立场，以维斯坦为代表的撒克逊人同样怀有愚昧而非理性的民族情绪。因此，石黑一雄真正想要抨击和批判的，不仅仅是不列颠人对撒克逊人实施的大屠杀，或是利用强权政治掩盖事实真相的虚伪行径，而是极端民族主义和"大屠杀事件"本身，无关乎具体的施暴者、杀人者是谁。石黑一雄正是借用奇幻文类，以"远离20世纪和21世纪历史事件与暴行的特殊性"（Teo，2023，p. 507），对任何历史时期都可能发生的种族灭绝、冷热战争、极端思想等施以普遍的揭露和痛斥。

杀戮者与被杀戮者心底的创伤是一种双向的记忆，存在于两个民族共同的集体记忆中，石黑一雄期望构建的共同体，不止于失忆症制造的和平共生假象，而是一种跨民族的乃至世界性的共同体。正邪对立的瓦解意味着仅凭英雄的正义之举缔造和平的方式已不再适用，强权统治、强制遗忘维持的虚假和平注定以失败告终。在《被掩埋的巨人》中浮现出一条全新的道路，即抹除民族英雄，凭借不同民族对苦难的相似体验和共同理解，来达成构建和平生活的普遍共识。无论是以遗忘的名义逃避责任，还是以公正的名义实施复仇，最终都只会强化民族身份，阻碍共同体意识的出现和形成。象征民族集体创伤记忆的"巨人"，应该被驯服而不是被掩埋（Bukowska，2017，p. 42），只有积极正视历史、反省错误，在彼此宽恕的基础上疗愈伤痛，才能够长期地、真正地解决民族冲突。石黑一雄希望借维斯坦、高文、埃克索等人的磋商，呼吁放弃狭隘的个人与民族立场，消弭政治身份造成的裂缝，构建起互恕共济、更加牢固的共同体。

三、"英雄之旅"叙事模式的变型

坎贝尔（Joseph Campbell）提出的"英雄之旅"（The Hero's Journey）在 20 世纪迅速发展，影响并启发了小说、游戏、电影、电视剧等诸多产业中的相关叙事模式（Alexander，2018a，p. 11），不仅构成了"冒险故事的基本结构和主题"，同时也是现代奇幻文学叙事中的"原型故事"（方小莉，2024，p. 70，p. 73）。"英雄之旅"主要包含"启程""试炼""归返"三个阶段：第一阶段"启程"，指英雄受使命的感召，告别家乡踏上冒险旅程；第二阶段"试炼"，指在旅途中经受考验、战胜困难，收获奥秘与成长；第三阶段"归返"，宣告冒险结束，英雄带着改变生活的力量回到家园（方小莉，2024，p. 70；坎贝尔，2011，pp. 23—24）。与"启程—试炼—归返"相对应的是切恩（Ria Cheyne）提出的"任务—奋斗—成功"（Cheyne，2019，p. 112）的行动指南，现代奇幻文学的叙事模式由此可以概括为"以任务为导向的启程—以奋斗为核心的试炼—以成功为结局的归返"。例如，哈利·波特收到霍格沃兹的入学邀请进入巫师世界，历经斩杀蛇怪、抵御摄魂怪、寻找魂器等冒险，成功击溃了伏地魔，战后与金妮组建幸福家庭；巴金斯加入矮人的寻宝小队，途中遭遇巨蛛、火龙、半兽人的侵袭，最终收复孤山，获得财宝和声名后，回归袋底洞平静的生活。但在《被掩埋的巨人》中，读者看不到主人公接受使命召唤而踏上旅途的启程缘由，也看不到累积经验而变得愈发成熟稳健的试炼过程，更看不到冒险者荣归故里、自由生活的终极结局，石黑一雄以"自发的开端—破碎的旅程—无家的结局"的叙事模式，替代了奇幻文学经典模板。

（一）自发的开端：逃离家园与寻找目的地

方小莉认为，奇幻文学中的主人公大都在不同程度上面临成长困境和生命危机，在此情形下"必然收到历险的召唤"，"迎来人生的过渡阶段"（方小莉，2024，pp.71－72）。对于奇幻角色而言，他们总是在"不断追求某种目标"，"无论这个目标是崇高、平凡，或是仅仅为了应对眼前的危险"（Cheyne，2019，p.110）。因此，奇幻故事在启程阶段有一个显著的特征，即主人公选择接受由外部世界发出的冒险邀请或使命召唤，通常以具体任务为导向展开后续试炼。例如，哈利·波特蜗居于德思礼家的楼梯间，直到从巫师世界发出的召唤打破他寄人篱下的生活，通向外部世界的门槛显现，他才同未知世界的神秘力量产生联结。召唤的方式或像《地海传奇》那般含蓄，又或像《纳尼亚传奇》那般突如其来，但不管哪种方式都使英雄之旅的开端充满传奇色彩。"召唤"赋予启程一种伟大的崇高感，激活了主人公麻木且困顿的生活，暂缓了当下生命遭受威胁的紧迫与恐惧。奇幻故事从开端便预设了明确切实且不可回避的目标，要求主人公必须历经试炼才能达到，它作为冒险的罗盘，引导主人公通往幸福的结局，例如击败伏地魔便是哈利·波特的目标与宿命。

反观《被掩埋的巨人》中埃克索夫妇的启程，完全出于自发的个人愿望，并非对某个伟大使命的响应。埃克索夫妇在村庄里的社会地位极度边缘化，具备展开冒险旅途以改变生活现状的先决条件，但促成旅途的不是某项突发的事件，而是家园内部对他们长期的排斥和驱逐。此外，他们启程的另一动机是寻找失散多年的儿子，但由于不知晓儿子居住地的确切方位，因此他们旅途的目的地是未定的；由于"缺乏可靠的罗盘和地图"，他们前进的方向是迷惘的；由于记不清儿子的面容、声音、身形等细节，他们寻找的对象是模糊的（石黑一雄，2016，pp.24－27）。这一切使"寻亲之旅"成为一种概念化的空洞存在，他们所寻找的正是"寻找的意义与目的"。此外，小说中缺乏海格、欧吉安这样的"信使"和"向导"，他们在《哈利·波特》《地海传奇》等系列中向主人公发送邀请、颁布任务，并且指引和协助主人公走上正确的成长道路。如果说高文与维斯坦能够充当类似角色，那么他们则构成冒险旅途上的岔路，一条是维持遗忘现状，另一条是斩杀巨龙、找回记忆，但无论选择哪条路，最终都会指向无家可归的结局。在充斥着食人兽与魔法的外部世界中，埃克索夫妇是未经邀请和召唤就肆意闯入的访客，他们在缺失明确目标使命的情况下随波逐流，这也解释了为什么寻亲之旅很快便被屠龙之旅取代。

"世界的错误需要治愈，这也是英雄开启探索的目的。"（James，2012，p.64）在奇幻故事中，英雄使命是社会公共事件与个人英雄事迹的叠合，有助于主人公实现社会化，更好地融入集体；而自发的个人愿望，几乎无益于主人公改变在社会生活中的边缘化地位，甚至会加速家庭关系的破碎与个体身份的崩塌。埃克索夫妇的寻亲之旅与屠龙之旅在一定程度上重合，屠龙之旅因寻亲之旅的开启而开启，寻亲之旅因屠龙之旅的结束而结束，两者依靠记忆的主题紧密交织在一起。石黑一雄借自发的开端，消除了奇幻旅程的使命感，使小说充满迷茫、忧郁、犹疑的氛围，伟大的、超验的、世界性的召唤在《被掩埋的巨人》中失去效力，作者更关注个人在巨大的社会事态面前应该如何反应。自发的开端意味着埃克索夫妇主动地寻求了解过去的记忆，期待找回主体身份，确认自身在社会中所处的位置；但一旦丧失外界召唤所赋予的明确目标，这种形而上概念化的"寻找"就只能永远处于"进行时""过程中"，难以将冒险主人公引向幸福的终点，主人公最终在迷惘中走向悲剧结尾。

（二）破碎的旅程：揭露旧伤口与滋生新仇恨

一旦启程，跨越外界的门槛，主人公便面临一系列"奇异考验与痛苦试炼"（坎贝尔，2011，p.38）。在试炼的过程中，主人公们通过奋斗克服重重困难，随着难关的突破，启程阶段造成的误会与嫌隙也得以解除，主人公与周围人之间的羁绊不断加深，这种团结小集体的尝试可以理解成为了融入大社会而进行的预演。例如《霍比特人》的启程阶段，矮人揶揄比尔博难当飞贼"重任"，但在他与魔蛛拼杀、解救同伴之后，矮人群体钦佩他的勇气和智慧，"开始对他表现出极大的尊敬"（托尔金，2013，p.224）。比尔博融入矮人群体的努力，为此后他备受精灵与人类的青睐和爱戴做铺垫。

而在《被掩埋的巨人》中，试炼的核心从"奋斗"变为"挣扎"。小说所描绘的旅途，实际上是忘却与铭记的交锋之旅，恢复记忆意味着甜蜜往昔的回归与全新生活的降临，同时又意味着屠杀真相的揭露与不忠背叛的显露。埃克索夫妇在旅程中挣扎于屠龙与非屠龙的阈限之间，在找回记忆以后，相濡以沫、和睦友爱化作畏缩和猜忌。不止埃克索夫妇，包括高文、维斯坦、埃德温在内的主要角色在历经一次次试炼后，非但没能促成彼此的团结联合，反而在拨开遗忘迷雾的过程中，逐渐产生嫌隙和芥蒂，最终走向分裂。

"奇幻是一种克服障碍和实现目标的类型"（Cheyne，2019，p.110），试炼以奋斗为动力，从宏观上将事态推向光明未来，而《被掩埋的巨人》中试炼是朝向过去进行清算，揭露出暴力残酷的社会暗面，主要人物在遗忘与铭记的浪潮中挣扎，对待屠龙表现出犹豫不决的态度，一切旧伤口都被揭露，记忆的恢复冲击着既有身份与人际关系的稳定性。在乘桶漂流的情节中，埃克索遭遇栖居在木船上的精灵，这与在女妖塞壬盘踞的水域的遭遇相似。试炼中的未知领域都是主人公"无意识内容投射的自由地带"，生存本能与破坏欲望会以带有暴力威胁及危险的幻想形式，"反射回来对抗个人及社会"（坎贝尔，2011，p. 25）。埃克索曾促成"无辜者保护法"的推行，本可以在战争中拯救众多平民，但亚瑟王撕毁了协定，导致大量无辜的撒克逊人惨遭屠戮。精灵栖居的河流是施展魔法、诱惑主人公的舞台，像一面镜子映射出埃克索的心灵，而幻化在他面前的精灵是一位可怜无助的老妪的形象，映射出其无意识里的善意。埃克索战胜精灵的诱惑、成功通过试炼以后，并没有出现庆祝死里逃生的筵席，轻松愉悦的情绪被盘伏在心底的深重罪孽冲散了。

就埃克索与比特丽丝之间的关系而言，爱情的瑕疵与裂缝被照亮后，他们清楚地回忆起对方的不忠与背叛，曾经这些伤痛在遗忘之雾的遮盖下慢慢淡化，如果迷雾没有剥夺记忆，两人之间的关系就不会弥合，更不会牢固。埃克索夫妇的关系暗示着两个民族的未来，强制遗忘的解除唤起了撒克逊民族被不列颠民族屠杀的历史，"巨人"在当权者煽动的极端民族主义中苏醒，曾经表面上和睦聚居的两个民族重新化作血海仇敌。高文与维斯坦各自守护的信念都是统治阶层意识的外化，实际上他们口中公正的遗忘与公正的复仇，都只会将两个民族拽入屠杀的循环。更令人扼腕的是，在旅程中维斯坦持续向埃德温灌输复仇的观念，他要求埃德温"仇恨每一个不列颠男人、女人和孩子"（石黑一雄，2016，p. 247）。以埃德温为代表的新一代，生活于和平年代，本来像一张白纸般未受历史污点的浸染，而维斯坦奉行的爱国教育在不知不觉中变质，"铭记历史"沦为在下一代心中激发民族仇恨的口号。正如小说曾言，"如果对土地和征服的新欲望，被巧舌之辈嫁接到古老的怨恨之上，谁知道会带来什么灾祸呢"（石黑一雄，2016，p. 306），复仇性教育不会带来和平，而是滋生又一轮的新仇旧恨。

（三）无家的结局：消失的故土与自我流放

在常规神话叙事中，胜利的英雄探透旅程的尽头后，"带着转变生命的价值归返社会"（坎贝尔，2011，p. 112），满载恩典与祝福回到家乡让旅程达到圆满。具有类史诗特点的现代奇幻总是寻求一种和谐的复归，英雄同其伙伴在经历冒险、艰辛甚至生离死别之后，能够获得的最大褒奖不止物质性的金银财富，还有扭转和改造原初生活的内在力量。主人公惊心动魄的冒险，通过口述、笔记的形式为人称颂、四方流传，而主人公重现于起点增强了冒险的可信度，"'归家'肯定了冒险的必要性"，它是"冒险的终点"，更是"冒险的目的"（方小莉，2024，p. 80，p. 78）。"归家"宣告旅途正式结束，英雄从危机四伏的外部世界退出，回归到恬静闲适的内心世界，完成最后的自我净化，波澜壮阔的奇幻史诗重新变回启程前的田园叙事诗。托尔金在《霍比特人》中专门辟出两章记录比尔博的归乡之行。比尔博站在曾经被半兽人抓住的山口远眺孤山，在心底正式告别昔日的冒险，感叹"体内属于图克家族血统的那部分已经很疲倦了，属于巴金斯家血统的那部分则渐渐占了上风"（托尔金，2013，p. 397）。图克家血统的疲倦象征着驱使比尔博开启寻宝之旅的冒险精神在最终决战后逐渐归于沉寂，而最适合冒险精神酣睡的处所，便是巴金斯血统中田园牧歌式的宁静，因此奇幻故事中的"归家"实则也是为冒险英雄疲惫的灵肉再寻休憩之处。

而在《被掩埋的巨人》中，完成斩杀巨龙的最终考验后，没有任何人得到归家的准允。造成埃克索夫妇无家可归的首要原因是故土家园将在战乱中消失。遗忘之雾的退散导致战争卷土重来，无论是不列颠人还是撒克逊人，他们的聚居地都将在复活的古老仇恨中相继沦陷，正如维斯坦所言，撒克逊军队汲取愤怒与复仇的渴望一路发展壮大，战争将是一个巨大的火球，不列颠人要么逃跑，要么毁灭（石黑一雄，2016，p. 306）。其次，归返家园与寻获骨肉属于同义替代，一个是物质实体上的家园，另一个是精神心灵上的家园，埃克索夫妇没能如愿找到以鲜活肉身存在的儿子，唯一寻回的只有关于儿子在瘟疫中丧生的真实记忆，因此丧子真相的复苏彻底消解了埃克索夫妇启程的目的及意义，与儿子共同居住生活的希望破灭后，夫妇俩只剩下自我放逐的道路可走，即前往儿子所在的死亡的海岛。"归家"意味着回到现实，让主人公不再沉溺于冒险与幻想（方小莉，2024，p. 79），如果冒险不能以归家为目的，主人公只好无奈地盘桓于试炼与归返的临界点。比特丽丝选择迈向死亡以解除该状态，她在海湾与埃克索道别，登船朝隐喻死亡的岛屿航行，通往骨肉至亲所在的墓园，这条祭奠之路只有通过死亡本身才能抵达，而埃克索则在同一天告别了妻儿的肉身与记忆，离开死神管辖的海域回到岸上，开始无牵无挂地流浪漂泊。

"奇幻无法保证直接的幸福结局"，故事通常会先让读者相信"任务的成功"与"英雄的存活"几乎是不可能的（Cheyne，2019，p. 110），然后再转向复活、胜利与解脱。这是托尔金所认同的"善灾（eucatastrophe）式结局"（Tolkien，2001，p.68），它使读者不只感到"简单的情感回报"（a simple emotional payoff），同时激发出宗教般的喜悦与安慰（Attebery，1992，pp.15—16）。主人公的冒险旅途伴随着忧伤恐惧的时刻，以及珍视的人、事、物的牺牲与陨落，试炼的通过和任务的完成难免需要付出惨痛的代价，但"奇幻小说肯定牺牲是值得的"（Cheyne，2019，p.111），看似艰难不可完成的旅程，最终会以幸福快乐的归返画上圆满的句号。而《被掩埋的巨人》将"善灾"推向更为悲剧性的结局，质疑牺牲的价值，无论是卫道者高文在决战中的丧生，还是埃克索夫妇赞成屠龙的态度，似乎都将原本就恶化的事态衍变成另一种性质的恶化事态，国家、区域、民族之间的冲突依旧未能得到改善和解决。《被掩埋的巨人》之所以区别于传统奇幻文学作品，正因为它不欲呈现生活理想，而要揭示残酷现实——"无家可归"的戏码每天都在这个世界上演。

结　论

《被掩埋的巨人》作为奇幻文学的另类书写，通过对典型英雄形象的再造与传统叙事模式的变型，表达对历史与现实的深层指涉，反思世界各地频频出现的民族矛盾冲突问题。作品没有延续现代奇幻文学中臻于至善的成长型人物，而是通过塑造年迈旅行者主人公，暗示战争亲历者由于成长历程终止，难以实现社会化。作品通过削弱巨龙的力量、剥夺屠龙的正当性以及隐藏功绩之见证者等手段，造成了英雄加冕仪式的缺失；随着英雄人物消失，浮出于寓言童话之上的，是深埋在屠龙背后事关"遗忘"与"铭记"的辩证探讨。并且，该作摒弃了奇幻小说常见的正邪二元论，邪恶恐怖且具有压倒性力量的反派角色彻底消失，为构建跨民族共同体的尝试提供可能。在叙事模式上，作品采用"自发的开端—破碎的旅程—无家的结局"的叙事模式，替代了奇幻文学叙事中"启程（任务）—试炼（奋斗）—归返（成功）"的经典模板，消除了冒险旅程的神圣使命感，映射现实世界中频发的民族冲突、区域战争等问题。

石黑一雄借用中世纪奇幻的外壳，构筑远离当下社会批评的幻想世界，期望从具体事件中抽离出来，普遍地观照人类共同且反复面临的问题，将国际主义的思考与历史记忆的重访相联系，再次实践了国际化、世界化的创作理念。但是，在忘却或铭记屠杀记忆的抉择、构建跨民族共同体的方式、亲历者如何通过"再成长"实现社会化等重大问题上，石黑一雄只是在奇幻文学的框架下，隐晦地表达了自己的立场。对于人可以为了自己所在的群体，而"产生杀掉别人也可以这种强烈的群体区分观念"，石黑一雄是警觉且谨慎的，他"站在一种和人类保持一定距离"，或者说"稍微远离人类社会的立场"，去思考"种族""国家"一类名词究竟意味着什么（陈婷婷，2017，p. 109）。石黑一雄在《被掩埋的巨人》中虽然没有明确地给出成功解决所有问题的方案，但清楚地表明了对"狂热"与"战争"的抵制。正因如此，正视"巨人"也意味着唤醒读者的想象与思考，告别"虚假的和平"，共同关注民族冲突、战争历史等问题，一起寻求通往"真正的和平"的道路。

引用文献：

陈婷婷（2017）. 如何直面"被掩埋的巨人"——石黑一雄访谈录. 外国文学动态研究，1，105－112.

陈婷婷，孙妮（2018）. 大屠杀与记忆的政治——石黑一雄《被掩埋的巨人》中的隐喻解读. 解放军外国语学院学报，1，22－29.

弗莱，诺思洛普（2010）. 世俗的经典：传奇故事结构研究（孟祥春，译）. 上海：上海人民出版社.

方小莉（2024）. 叙述与社会化：奇幻文学的"英雄之旅"书写. 中国比较文学，2，69－82.

坎贝尔，约瑟夫（2011）. 千面英雄（朱侃如，译）. 北京：金城出版社.

石黑一雄（2016）. 被掩埋的巨人（周小进，译）. 上海：上海译文出版社.

托尔金（2013）. 霍比特人（吴刚，译）. 上海：上海人民出版社.

中国大百科全书出版社《简明不列颠百科全书》编辑部（1986）. 简明不列颠百科全书（第九卷）. 北京：中国大百科全书出版社.

周丽秋（2021）. 石黑一雄的《被掩埋的巨人》与"命运共同体"的书写. 广东外语外贸大学学报，2，39－47＋158.

Attebery, B. (1992). *Strategies of Fantasy*. Bloomington：Indiana University Press.

Alexander，L. (2018a). The Hero's Journey. In Mark J. P. Wolf (Eds.)，*The Routledge Companion to Imaginary Worlds*，11－20. New York：Routledge.

Alexander，L. (2018b). Genre. In Mark J. P. Wolf (Eds.)，*The Routledge Companion to Imaginary Worlds*，256－273. New York：Routledge.

Battersby, E. (2015，February 28). The Buried Giant Review：Kazuo Ishiguro Could Use Some Ogres. Retrieved from https://www. irishtimes. com/culture/books/the－buried－giant－review－kazuo－ishiguro－could－use－some－ogres－1. 2119977.

Bukowska, J. (2017). Kazuo Ishiguro's Buried Giant as a Contemporary Revision of Medieval Tropes. In Jacek Mydla, Malgorzata Poks & Leszek Drong (Eds.)，

Multiculturalism，Multilingualism and the Self: Literature and Culture Studies，29－43，Springer International Publishing AG.

Cain，Sian．（2015）．Writer's Indignation：Kazuo Ishiguro Rejects Claims of Genre Snobbery. Retrieved from https://www. theguardian. com/books/2015/mar/08/kazuo－ishiguro－rebuffs－genre－snobbery.

Cheyne，R．（2019）．*Disability，Literature，Genre: Representation and Affect in Contemporary Fiction*．Liverpool University Press.

Gaiman，N. & Ishiguro，K.（2015 June 4）．"Let's Talk about Genre"：Neil Gaiman and Kazuo Ishiguro in Conversation. Retrieved from https://www. newstatesman. com/culture/2015/06/neil－gaiman－kazuo－ishiguro－interview－literature－genre－machines－can－toil－they－can－t－imagine.

Haberkorn，G．（2007）．Cultural Palimpsests：Terry Pratchett's New Fantasy Heroes．*Journal of the Fantastic in the Arts*，18（3），319－339.

Hodson，R. J.（2016）．The Ogres and the Critics：Kazuo Ishiguro's The Buried Giant and the Battle Line of Fantasy. *Studies in English Language and Literature*，56（2），45－66.

Holland，T.（2015，March 4）．The Buried Giant Review—Kazuo Ishiguro Ventures into Tolkien Territory. Retrieved from https://www. theguardian. com/books/2015/mar/04/the－buried－giant－review－kazuo－ishiguro－tolkien－britain－mythical－past.

James，E.（2012）．Tolkien，Lewis and the Explosion of Genre Fantasy. In Edward James & Farah Mendlesohn（Eds.），*The Cambridge Companion to Fantasy Literature*，62－78. New York：Cambridge University Press.

Kakutani，M.（2015，February 24）．Review：In The Buried Giant，Ishiguro RevisitsMemory and Denial. Retrieved from http://www. nytimes. com/2015/02/24/books/review－in－the－buried－giant－ishiguro－revisits－memory－and－denial.

Le Guin，U. K.（2015，March 2）．"Are They Going to Say This is Fantasy?". Retrieved from https://www. ursulakleguin. com/blog/95－are－they－going－to－say－this－is－fantasy.

NHK World-Japan（2017，December 8）．Exclusive Interview with Kazuo Ishiguro. Retrieved from https://www3. nhk. or. jp/nhkworld/en/news/backstories/564/.

Russell，R. R.（2021）．Ishiguro's The Buried Giant. *The Comparatist*，45，300－323.

Stableford，B.（2005）．*The A to Z of Fantasy Literature*．Maryland：Scarecrow Press.

Tolkien，J. R. R.（2001）．*Tree and Leaf*．London：Harper Collins Publishers Ltd.

Tolkien，J. R. R.（2018）．Beowulf：The Monsters and the Critics. In A. S. Mittman & M. Hensel（Eds.），*Classic Readings on Monster Theory*，3－18. York：Arc Humanities Press.

Teo，Y.（2023）. Monuments，Unreal Spaces and National Forgetting：Kazuo Ishiguro's The Buried Giant and the Abyss of Memory. *Textual Practice*，37（4），505－526.

Westfahl，G.（2005）. Heroes. In Gary Westfahl（Eds. ），*The Greenwood Encyclopedia of Science Fiction and Fantasy: Themes*，*Works*，*and Wonders*，377－379. Westport：Greenwood.

作者简介：

罗浩然，四川大学文学与新闻学院硕士研究生，主要研究方向为英美文学。

姜振宇，四川大学文学与新闻学院副研究员，主要从事中国科幻文学研究。

Author:

Luo Haoran, M. A. candidate at the College of Literature and Journalism, Sichuan University. His academic interest is Anglo-American literature.

Email：lhr20221020@163.com

Jiang Zhenyu, associate research fellow of the College of Literature and Journalism, Sichuan University. His research mainly focuses on Chinese science fiction.

Email：jzys1102@163.com

批评理论与实践

科马克·麦卡锡《老无所依》中的犯罪、地方与流动性危机

陈爱华　陈梦颖

摘　要：《老无所依》以一起跨国毒品犯罪展现了 20 世纪 80 年代初美国西部边境高度流动的社会景观，以及其所引发的危机与困境。本文通过分析小说中的犯罪想象、流动性差异与地方文化观，来揭示流动性是如何与身份和地方互相建构的。坚守传统的警长贝尔通过将犯罪主体想象为异国他者，表达了对流动性的畏惧以及对自身主体地位的辩护。然而，流动在美国西部已是普遍的存在，并且它还遮蔽了阶级、性别之间的差异。借由描绘特勒尔县中传统与现代生活方式的共存以及人物对流动性的复杂态度，小说进一步反思了流动性的意识形态内涵及其对稳固地域观念与文化本质主义的解构。

关键词：科马克·麦卡锡　《老无所依》　流动性　空间

Crime, Place, and Mobility Crisis in Cormac McCarthy's *No Country for Old Men*

Chen Aihua　Chen Mengying

Abstract：*No Country for Old Men*, with a transnational drug crime at the center, depicts a highly mobile society on the American west border during the early 1980s, along with its ensuing crises and dilemmas. By analyzing the crime imagination, differences in mobility, and the sense of place and culture in the novel, this article reveals how mobility, identity, and place are mutually constructed. Sheriff Bell, who clings firmly to the Western tradition, others the criminals as Mexicans to mask his fear of mobility and defend his subjectivity. He doesn't notice that mobility has been universal in American western society, and yet this ubiquity obscures striking differences between classes and genders. By juxtaposing the traditional and the modern lifestyles in Terrell County and portraying the characters' conflicted feelings towards mobility, the novel further reflects on the ideological implications of mobility and deconstructs the notion of maintaining a stable place and cultural essentialism.

Keywords：Cormac McCarthy；*No Country for Old Men*；mobility；space

科马克·麦卡锡（Cormac McCarthy，1933—2023）于 2005 年出版的《老无所依》（*No Country for Old Men*）是继《血色子午线》（*Blood Meridian: Or the Evening Redness in the West*，1985）与"边境三部曲"之后又一部以刻画美国西南边境为主却又风格迥异的现代性小说。麦卡锡将小说背景设定在 20 世纪 80 年代得克萨斯州与墨西哥交界的边境小镇特勒尔县，以电焊工莫斯偶然闯入毒品交易犯罪现场为起点，讲述了由莫斯的逃亡、齐格的追杀以及警长贝尔的调查追踪构成的争夺遗落毒资的暴力杀戮故事。史蒂芬·麦克维（Stephen McVeigh）指出，暴力充斥于麦卡锡的西部小说，因其"试图向读者展现西部文学的另一面，即反西部（anti-Western）文学。这一文学类型挑战并最终摧毁对西部的浪漫神话和编码"（2007，p. 153）。从《血色子午线》中以贩卖头皮为主线揭露美墨边境屠杀印第安人的暴虐历史，到《天下骏马》（*All the Pretty Horses*，1992）中以牛仔少年格雷迪和罗林斯远走墨西哥表现工业化对西部牧场的破坏，麦卡锡的边境小说均带有解构西部神话的反叛色彩。除了延续相同的主题，不可忽略的是这些小说的故事时间线：《血色子午线》开始于 1849 年，《天下骏马》始于 1949 年，而《老无所依》则设定在 20 世纪 80 年代。汤姆·皮尔金顿（Tom Pilkington）认为，前两部小说相隔一百年的时间安排绝非偶然，而是麦卡锡想要揭示"在我们历史中显然连时间也无法抹去的连续性"（1993，p. 315）。

然而，《老无所依》不仅在主题上具有连续性，它也影射了诸多现代性议题。从反思现代性的视角出发，韦丁文指出《老无所依》呈现了"高度现代化的美国社会的分裂之象"，体现在工具理性的肆虐、主体性的消解以及民主自由受到严重挑战等问题上（2022，p.129）。托马斯·R.科尔（Thomas R. Cole）和本·萨克斯顿（Ben Saxton）以当代老龄化问题为背景，剖析以警长贝尔为代表的老年人面临的四个老龄危机，即个体重要性、男子气概、爱与生命意义（2017，p.608）。而黄贞锡（Jung-Suk Hwang）则将小说与9·11事件及其在美国引发的对安全的焦虑情绪联系起来，指出贝尔的叙事通过将墨西哥他者化来矫饰美国在一系列安全危机中的共谋身份并将美国塑造成无辜的受害者（2018，p.358）。这些研究均表明，《老无所依》中呈现的社会问题既是反西部文学传统的延续，也是麦卡锡对现代性危机的回应。

尽管上述研究已十分详尽，却并未涉及小说中另一重要的现代性维度，即流动性。小说中的特勒尔县保留着西部的传统生活方式，呈现出停滞不前的状态。许多居民拒绝看报纸和电视，一些人物与贝尔、莫斯一样，是从第二次世界大战（简称"二战"）、越南战争（简称越战）中回来的退伍老兵。然而，一场争夺毒资的追杀将隐匿在这一微缩社会中的流动与不流动的张力以及流动性困境置于前景：人物的空间移动所指涉的阶级流动实则是引发这场追杀并导致其悲剧性收场的动因。21世纪初掀起的"流动性转向"（mobility turn）或"新流动性范式"（new mobilities paradigm）延续与发展了"空间转向"（spatial turn），但更加关注空间的流动与互动，如人、物、信息和资本的流动。蒂姆·克雷斯韦尔（Tim Cresswell）特别提出对移动（movement）与流动（mobility）进行区分：移动是从A到B的物理位移，而流动则是将移动视为社会的产物。换言之，移动是抽离权力与意义的流动，而流动则是被赋予了历史和意识形态内涵的移动（2006，pp.2－3）。因此，空间流动并不是简单的位移表征，而是与社会流动紧密相连，蕴含深刻的流动性差异与政治。运用流动性理论，本文拟从犯罪想象切入分析《老无所依》中的流动性危机，并指出即使流动性被视为威胁，它仍是现代生活无可避免的一部分，且体现着复杂的权力关系。而在美国西部背景下，这一流动性困境成为麦卡锡反思地方、边界与传统的契机。本文认为，从该视角解读《老无所依》能够丰富当前学界对其现代性主题的研究，并揭示出小说对现代社会中因流动性增强而产生的冲突与困境的思考。

一、"他就像幽灵一样"：犯罪想象与游牧威胁

齐格蒙特·鲍曼（Zygmunt Bauman）认为，"9·11"事件"赋予全球互

相依赖和全球一体的抽象概念以实质内容",并导致空间不再具有保护能力:"没有谁能免遭突然的攻击;没有一个地方是如此之远,以至于它不会受到攻击。"(2005,pp. 76-77)全球化以来,尤其是"9·11"恐怖袭击事件引发广泛恐惧后,犯罪学关注的中心逐渐从国家的(national)转向了"跨国的(transnational)和次国家的(sub-national)",犯罪同时也具有了流动性(Aas,2007,p. 284)。麦卡锡在"9·11"事件后出版的《老无所依》描写的正是一起由墨西哥人主导、在美国边境发生的毒品交易火拼,小说中警长贝尔反复提及的暴力与毒品问题也表明美墨边境防线并不能阻挡人与货物的跨国流通。而贝尔将墨西哥人建构为毒品走私等犯罪行为的主体则是为了将流动性贬斥为社会边缘他者的活动,反映了其对流动性的恐惧以及对自身主体地位的徒劳辩护。

贝尔相信"这个世界正在迅速变坏":四十年前教师在教学过程中遇到的问题不过是"学生在课堂上随意说话、在走廊上乱跑"之类的事,如今却成了"强奸,纵火,谋杀,吸毒,自杀"(麦卡锡,2020,p. 224)。然而在小说中,美国社会普遍存在的这些犯罪与吸毒问题却几乎都与墨西哥人有关。小说开头,莫斯在毒品交易犯罪现场遇到了一个幸存下来的司机,他说的是莫斯无法理解的西班牙语。而后来在侦查这一案件时,贝尔的同事温德尔断言"他们只不过是一帮墨西哥毒品贩子"(p. 81)。此外,目睹莫斯与随行女孩被杀的证人称"是那个墨西哥佬引发的枪战"(p. 271),而齐格在枪杀莫斯的妻子卡拉·琼后遭遇的车祸也被证实是由几个吸毒的墨西哥男孩导致的。另一件让贝尔耿耿于怀的事是一个墨西哥人被指控杀害巡警,贝尔认为"我真的不相信这是他干的。然而,他真的就要因为这个被判处死刑了"(p. 326)。当边境活动日益频繁、墨西哥人不断涌入美国,流动性也成了不稳定与不安全的代名词。作为国家机器化身的贝尔也从对付"偷牲口的"转向监管追踪各种跨国流动带来的犯罪与毒品交易。在此过程中,对墨西哥人的叙述体现了大卫·加兰(David Garland)所定义的"他者的犯罪学"(criminology of the other),即将犯罪者塑造成异域他者,他们通常属于"与'我们'几乎没有相似之处的种族与文化群体"(2001,p. 135)。这些犯罪想象本质上其实是"对危险的政治利用"(the political uses of danger)(Douglas,1992,p. 10)。

《老无所依》中每一章均以贝尔的内心独白开始,再由第三人称全知视角讲述其所卷入的追杀故事。这一视角的变换将贝尔置于故事中心,而他对杀手安东·齐格进行了神话编码。罗兰·巴特(Roland Barthes)就曾指出,神话是一种言说方式,因为所有神话材料都"预先设定了一种能指意识,我们可以凭借这种意识思考、谈论那些神话材料，而不用管材料的内容"（2016，p. 140）。神话为原有的符号注入新的意义，将历史的产物转变为不言而喻的自然。作为一个毫无人性与道德原则的职业杀手，齐格相信"任何东西都可以成为工具"（p. 62）。贝尔认为齐格是一个"真正的、活生生的毁灭预言家"，这固然有其罪行残酷的原因（p. 2），但另一方面，贝尔承认"他是个幽灵。可他又确实存在。你不相信他能永远这么来去自如"（pp. 285−86）。让贝尔恐惧的正是齐格的流动性，他能四处劫掠汽车，自由穿梭于各座城市并能闯入任何私人空间。甚至，贝尔永远慢齐格一步，他看到的总是齐格犯罪后留下的惨象，因而他屡次被齐格的流动速度挫败。此外，贝尔关于齐格的描述进一步将其编码为异质罪犯。面对在车祸现场遇见过齐格的高中生，贝尔问"他是墨西哥人吗"，在得到否定的答案后，贝尔又继续追问齐格长什么样，而男孩回答："他长得像所有人""他长得实在没什么特别之处"（pp. 337−339）。这一答案显然不能让贝尔满意，如黄贞锡指出："对贝尔来说，齐格显然是墨西哥人，因为他不断地将毒品、暴力和犯罪与墨西哥人联系在一起。这些墨西哥人以及来自墨西哥的齐格都是贝尔的受害者叙事中的异国他者，具有意识形态功能。"（Hwang，2018，pp. 361−362）

　　贝尔在调查案件时曾感叹"这完全是一场战争"（p. 151）。表面上这是警长与罪犯之间的较量，实则是自我与他者、定居者（sedentarist）与游牧者（nomad）之间的对抗。在谈及公路、铁路、机场等流动空间时，爱德华·雷尔夫（Edward Relph）认为它们虽使大规模流动成为可能，却也促进了无地方（placelessness）的传播（1976，p. 90）。因此，对于坚守西部传统价值并努力照管特勒尔县的贝尔来说，那些在美国边境活动的墨西哥人是侵犯稳固地域并破坏主体稳定的危险人群，由此被想象为罪犯与游牧他者。然而，在将游牧者视为可疑的威胁时，贝尔并没有意识到其加诸流动性之上的意识形态本质。

二、"我们安顿下来又离开"：流动性差异与政治

　　尽管贝尔将流动性等同于威胁，《老无所依》中发达的公路网络与自由穿梭的汽车都表明流动性已成为现代社会的标志。汽车消费在 20 世纪初还局限于富裕阶层，而到了小说所处的 80 年代，福特汽车已经在美国普及。"汽车流动性（automobility）根植于一种特定的生产模式，即基于泰勒主义分工和合理化的标准化大规模生产"，正是福特工厂的这种新型生产模式让不同社会阶层的人都能负担得起汽车，汽车逐渐成了大众交通工具（Manderscheid，

2014，p. 617）。而同期美国公路建设也进入了扩展阶段。1926 年，美国公路系统（National Highway System）获批，该系统旨在为美国公路设立全国统一编号并建立一个相互连接的公路网络。1956 年，德怀特·D. 艾森豪威尔（Dwight D. Eisenhower）总统签署了《联邦援助公路法案》，开启了州际公路系统（Interstate Highway System）建设时期。在其回忆录中，这一系统被认为是最具里程碑意义的政治举措："它将改变美国的面貌"，"其对经济的影响——为制造业和建筑业带来就业机会，打通乡村地区——是无法计量的"（Weingroff，1996，p. 14）。然而，多琳·马西（Doreen Massey）提出的流动性差异政治概念指出，"处在社会等级光谱两极的人，在流动性的享有权方面存在巨大差异"（1994，p. 149）。《老无所依》中，流动已经成为普遍的生命体验，然而由工作、逃亡导致的流动实则是不流动，反映了流动性在阶级、性别之间的差异与无法流动的人群的精神困境。

《老无所依》中的美国西部首先是一个普遍流动的社会，贝尔的家族记忆与个体经验就是一部流动史。他的整个家族是从佐治亚州搬来得克萨斯州的，而他从"二战"退伍后也曾从特勒尔县搬到丹顿，然后又搬回来。如理查德·桑内特（Richard Sennett）所指出的，"现代个体首先是一个移动中的人"（Sennett，1996，pp. 255-256）。这一普遍流动现象还催生了一种共识，即"与流动性相关的词汇都带有积极的意义。如果某物被称为流动的、动态的、不断变化的，或仅仅是可移动的，那么它就代表着进步、刺激和现代性"（Cresswell，2006，p. 25）。然而，从旅行（travel）与工作（travail）的词根关联来看，贝尔一家"安顿下来又离开"的深层原因是其工作不稳定，他"干过各种各样的差事，在铁路上当过一阵儿侦探"（pp. 101-102）。因此，与流动通常所意味的轻盈和自由相反，贝尔是迫于生计而流动。这也带来了沉重的忧思，贝尔的妻子洛蕾塔曾表示她并不确定他们下一步会去哪儿，而在频繁奔波的背后是"二战"退伍老兵的生存困境。

这一困境更鲜明地体现在莫斯身上，从越战回来后莫斯干着朝九晚五的电焊工工作，而当他发现毒资时，他感到"他的余生就竖立在眼前。日复一日，从早到晚，直至他离开人世。所有这一切，全都浓缩成了皮箱里这堆重达四十磅的纸"（p. 17）。此后，为躲避追杀，莫斯辗转各个汽车旅馆，在美墨边境穿行。尽管莫斯的空间流动活跃，但这种流动是非正义的；同时，他企图以占据毒资来改善生活的做法一定程度上反映了美国社会阶层的固化。诚然，许多学者指出，越战退伍士兵并非"备受困扰与蔑视"，而是能够重新适应平民生活，并且比普通人收入更高（Dean，1992，p. 66；Villemez &

Kasarda，1976，p. 409），麦卡锡在小说中描绘的却是被战争异化而难以流动的人群。莫斯的父亲就指出，越战士兵无法重回社会，"那些人坐在那里，看着他［莫斯］，希望他是个死人"，并且，"他扇过一两个嬉皮士的耳光。他们向他吐口水。叫他婴儿杀手"（pp. 342–343）。虽然莫斯在小说中极少提起自己的越战经历，但从他的社会经济状况以及他父亲的回忆中可以看出，即使在离开战场约 15 年后，莫斯依然是一个生活困顿的幻灭者形象，难以实现阶级流动。

不同于贝尔、莫斯、齐格等人的自主流动，《老无所依》中的女性人物几乎都局限于稳固的私人空间，并且她们在公共空间的流动常受制于男性。莫斯的妻子卡拉·琼一路乘巴士逃到敖德萨，不久后又带着祖母去往埃尔帕索，她们并非自愿离开家园，而是因为莫斯贪图钱财而被迫迁居。克雷斯韦尔和塔努·普里亚·乌腾（Tanu Priya Uteng）就指出，稳固性与流动性也属于性别化的编码，因此，"流动性的每个方面——移动、意义、实践与可能性——其历史和布局都具有性别化差异"（2008，p. 2）。另一个值得注意的细节是，即便汽车随处可见，但几乎只有男性人物能够拥有并驾驶汽车，女性出行通常依赖公共交通工具，如出租车和巴士。小说中另一位人物是莫斯在路上遇到的搭便车的女孩。尽管莫斯允许她开车，但当她表示自己可以带着钥匙偷偷开走卡车时，莫斯说："从餐馆的前门，我能清楚地看见停车场上的这辆车。其次……我也可以叫一辆出租车，追上你，让你把车停到路边，把你揍得屁滚尿流，丢下你一人躺在那儿，扬长而去。"（p. 254）女性即使短暂地取得了汽车流动性，也时刻受到男性的控制与监视。弗吉尼亚·沙夫（Virginia Scharff）就曾直言"移动只属于男性"（2003，p. 3），而汽车的速度、机械原理与兴奋感都指向了男性气质。

在现代社会，作为生命体验的流动是不可避免的；并且，"处于流动性政治核心的是一些带有特定意识形态的观点，它们假设了一种普遍主义与个人主义"（Adey，2017，p. 107）。然而，在普遍流动的表象下，谁能流动以及如何流动的问题却难以突破阶级固化与性别差异的阻碍。《老无所依》中四处移动的贝尔与莫斯实则受困于战争的阴影，无法实现社会阶层跨越。而小说中的女性人物的流动是被迫的、受到监视的，体现了流动的性别政治。

三、"他举着一只点着火的牛角"：稳固地域、边界与传统

文化静态主义代表人物 T. S. 艾略特将文化定义为"共同生活在一个地域的特定民族的生活方式"（1989，p. 203），他认为维护文化必须依附于地方

和区域等稳定框架。然而，在传统西部生活与流动的现代性共现的特勒尔县，形同虚设的边境与日益频繁的跨国跨区域人物往来表明那些原本稳固的结构正不断松懈。麦卡锡通过描绘人们对媒体新闻的拒斥以及贝尔的怀旧表明西部神话难以维系，而传统的崩散带来的是新的具有流动性的地方与边境的概念。

麦卡锡将毒品交易地点设置在哈克牧场，这使得交易火拼后的汽车残骸、牧场留存的马背生活遗迹以及贝尔和温德尔调查现场时的骑马之旅在小说开篇就交织在一起，马与汽车的共存也因此成为特勒尔县坚守传统的同时又被现代性侵扰的隐喻。小说中另一次骑马的情节则出现在尾声部分，贝尔辞职后回家骑上马寻找妻子，发现"她正骑马沿着一道红色的沙冈向南而行，双手交叉，放在马鞍前桥上，眺望着最后一抹夕阳，那匹马慢慢地走在松散的沙土地上，身后寂静的空气里飘着红色的沙尘"（p. 350）。比起和汽车相关联的暴力与犯罪，这段描写流露出与世隔绝般的宁静与安详。张健然与苏擘指出，在麦卡锡的"边境三部曲"中，马匹"缔造了旧西部的自然文化"，汽车则表明"技术物质力对西部社会空间和文化空间意义的重新编码已不可逆"（2020，pp. 14-16）。而《老无所依》的这一情节安排却隐含了从汽车向马的回归，体现了贝尔归于传统的价值取向。不仅如此，小说中即便不骑马的人物也依然延续着西部牛仔的生活习惯，如麦卡锡对人物的靴子就进行了细致描写。莫斯穿的均是牛仔靴，并且在一次买鞋时他特意问"你们有拉里·马汉的靴子吗"（p. 218）。这是因为他曾指出"那些外国货——鳄鱼、鸵鸟和大象皮的"，质量"都比不上他脚上那双拉里·马汉"（p. 94）。拉里·马汉是20世纪六七十年代美国西部牛仔竞技界的传奇人物，莫斯购买以拉里·马汉为名的靴子，不难看出他对西部牛仔精神的坚守与自豪之情。而与之相对的是，作为异质他者的齐格穿的虽然也是靴子，却是鸵鸟皮的，即所谓的"外国货"。

虽然叙述背景是特勒尔县这样的传统社会，麦卡锡却对报纸、电视等信息流动媒介着墨颇多。而如约翰·厄里（John Urry）所言，诸如旅行、图像尤其是信息流通等物质转变，正在将"作为社会的社会"重构为"作为流动性的社会"（2000，p. 2）。贝尔经常讲述在报纸上刊登的发生在美国其他州的犯罪新闻，他谈到一对夫妇通过向老年人出租房屋将他们杀害并骗取社会保障金、两个男孩结伴周游全国并到处杀人、母亲把孩子扔进垃圾压缩机，这些离奇惊悚的犯罪新闻让贝尔无可奈何，他表示"这种事你根本编不出来。我敢说你连想都想不到"（p. 138）。卡特娅·弗兰科·阿斯（Katja Franko

Aas）认为，"在持续跟进的全球新闻媒体的直接影响下，许多形式的地方性犯罪不再局限于当地了，而是对其以外的地区也产生了影响"（2007，p. 286）。在小说中，麦卡锡却多次提到其他人物都拒绝看新闻报纸，如洛蕾塔、韦尔斯和埃利斯叔叔。然而面对信息流动，我们其实根本"无法忽视劳动、资本和通信的更广泛的全球政治经济联系，这些联系与看似'本地化的'文化密切相关"（Cunneen & Stubbs，2004，p. 97）。《老无所依》中人物对新闻媒体的怀疑和拒斥，恰恰折射出他们在流动的空间中试图维系传统地域观念的固守态度。

贝尔对西部传统坚信不疑，他的独白中穿插了大量关于美国、得州及其家族的历史传闻，他相信的是一个"神话般的、稳固的、传统的、以美国为中心的世界"（Chen，2016，p. 266）。贝尔指出，早年警长关怀辖区的人民，出巡时甚至连枪都不带。贝尔也恪守警长的职责，负责照管人民并随时准备牺牲。然而，齐格出现在特勒尔县并犯下一系列罪行，导致贝尔对所处时代及其职责产生怀疑，其怀旧情绪也越发明显。朱丽·阿苏利（Julie Assouly）指出，"贝尔的困扰来源于他对过去的美化，因为他的祖先参与了对西部边疆的神话建构，这使他感到有压力，认为自己也要达到这些标准"（2021，p. 439）。其中的悖论是，贝尔是一个反英雄："人们以为我是个战斗英雄，可我失去了整整一个班的兄弟"，甚至他还因为当逃兵赢得了一枚勋章（p. 223）。因此，他反而成了"解构边疆神秘化的象征"（Assouly，2021，p. 439）。小说对西部传统的建构与解构最终以贝尔辞职收尾，他承认无法追捕到齐格所带来的那种"失败的"和"被击倒的"感觉，他也意识到"这个国家有一段奇怪的历史，同时也是一段血腥的历史"（p. 356，p. 329）。

《老无所依》中，美国入境关卡处的官员声称只有"某些美国公民"才有资格入境（p. 214），边境正是用来筛选那些属于"我们"这一共同体的人。而在另一方面，小说中的美国西部与边境已经成了无法固着的流动概念，那些穿行于西部城镇的墨西哥人和挂着科阿韦拉牌照的卡车便是证明。如鲍曼所言，全球化使得流动的速度加快、距离缩短，行动变得不可阻挡，因而"所有的边界都是可以穿过的"，"所有划出的边界在本质上都是无效的"（2005，p. 15）。但显然，这一流动性在坚守西部传统并且工作职责具有地域性特征的贝尔看来却是难以承受的。小说标题中的"老"（old）不仅指贝尔的年龄，还暗示贝尔的西部神话在流动的现代性面前呈现出无力回天的老态，而"老无所依"这一标题也可看作贝尔因畏惧流动会击溃西部传统内核而生发的感叹。在结尾处，贝尔梦见父亲骑马走在前面，手上"举着一只点着火的牛角",“他准备在那个漆黑寒冷的世界里生起一堆火”(p. 359)。贝尔虽怀抱一线希望，但也意识到在现代性侵入西部传统生活的时代去追寻象征正义、希望与人性等西部价值观的火炬不啻一段黑暗的旅程。他没有看到的是，在自我与他者不断对话的流动社会里，文化已经无法再维持一个内在的、固定的本质属性了，而以一种英雄主义的姿态保有传统地域观念并通过排斥和加害异质他者来强化自身核心地位的文化本质主义做法是徒劳的。

结　语

《老无所依》讲述的不只是一桩跨国犯罪事件，而是深入探讨了现代社会中的流动性、身份与地方的互构关系。整部小说中，作为国家权力化身并负责领域管辖的警长贝尔将墨西哥人想象为异质罪犯，流动因此被呈现为威胁西部边境安全的非法活动，成为动摇西部传统根基的导火线。贝尔在畏惧流动性的同时并没有意识到，在特勒尔县及其途经的西部地区，包括州际公路在内的美国公路系统正在迅速扩张，福特汽车也因大规模生产而普及，流动性其实早已成为现代生活的重要组成部分。然而，在普遍流动的表象之下，麦卡锡敏锐地指出许多流动实则是不流动，反映了流动性在阶级与性别层面的不平等，而这一流动性困境往往为社会所忽视。小说更具现实意义的地方还在于贝尔从恪守西部传统到黯然离职的转变，麦卡锡由此质疑了在流动空间里保有传统地域观念与试图划定边界的做法，并揭示出继续以文化本质主义坚守西部传统并不明智。同时，在小说颠覆西部神话并凸显跨区域人物互动的过程中，我们也看到流动性为重构地方与文化身份提供的新的可能性。因此，《老无所依》这部创作于 21 世纪伊始的小说洞悉并警示了现代社会空间流动的双重性：普遍流动与被围困的人群，以及流动对地方与身份的冲击与重构。在阶级冲突、移民归属问题、地缘政治争端日趋尖锐的今天，如何回应这两大问题也是现代社会处理国内事务与国际关系时的重大议题。

引用文献：

艾略特，T. S.（1989）. 基督教与文化（杨民生、陈常锦，译）. 成都：四川人民出版社.

巴特，罗兰（2016）. 神话修辞术（屠友祥，译）. 上海：上海人民出版社.

鲍曼，齐格蒙特（2005）. 被围困的社会（郇建立，译）. 南京：江苏人民出版社.

麦卡锡，科马克（2020）. 老无所依（曹元勇，译）. 郑州：河南文艺出版社.

韦丁文（2022）. 老无所依：现代性的隐忧——读科马克·麦卡锡的《老无所依》. 外语与
　外语教学，2，129－136.

张健然，苏擘（2020）. 科马克·麦卡锡"边境三部曲"中交通工具的文化意蕴. 当代外国文学，3，12—21.

Adey，P. (2017). *Mobility*. London and New York：Routledge.

Aas，K. F. (2007). Analysing a World in Motion：Global Flows Meet "Criminology of the Other." *Theoretical Criminology*，11，2，283—303.

Assouly，J. (2021). Making Sense of Historical and Diegetic Time（and Space）in *No Country for Old Men*（Novel to Film）. *Études Anglaises*，74，4，433—448.

Chen，A. (2016). The Antiwar Theme in Cormac McCarthy's *No Country for Old Men*. *ANQ: A Quarterly Journal of Short Articles，Notes and Reviews*，29，4，263—267.

Cole，T. R. & Saxton，B. (2017). No Country for Old Men：Four Challenges for Men Facing the Fourth Age. *Perspectives in Biology and Medicine*，60，4，607—614.

Cresswell，T. (2006). *On the Move: Mobility in the Modern Western World*. London and New York：Routledge.

Cresswell，T. & Uteng，T. P. (2008). Gendered Mobilities：Towards an Holistic Understanding. In Tanu Priya Uteng & Tim Cresswell (Eds.)，*Gendered Mobilities*，1—12，Hampshire：Ashgate.

Cunneen，C. & Stubbs J. (2004). Cultural Criminology and Engagement with Race，Gender and Post-colonial Identities. In Jeff Ferrel et al. (Eds.)，*Cultural Criminology Unleashed*，97—108. London：Glasshouse Press.

Dean，E. T. (1992). The Myth of the Troubled and Scorned Vietnam Veteran. *Journal of American Studies*，26，1，59—74.

Douglas，M. (1992). *Risk and Blame: Essays in Cultural Theory*. London and New York：Routledge.

Garland，D. (2001). *The Culture of Control: Crime and Social Order in Contemporary Society*. Chicago：University of Chicago Press.

Hwang，J. (2018). The Wild West，9/11，and Mexicans in Cormac McCarthy's *No Country for Old Men*. *Texas Studies in Literature and Language*，60，3，346—371.

Manderscheid，K. (2014). The Movement Problem，the Car and Future Mobility Regimes：Automobility as Dispositif and Mode of Regulation. *Mobilities*，9，4，604—626.

Massey，D. (1994). *Space，Place，and Gender*. Minneapolis：University of Minnesota Press.

McCarthy，C. (1985). *Blood Meridian or The Evening Redness in the West*. New York：Vintage.

McCarthy，C. (1992). *All the Pretty Houses*. New York：Vintage.

McVeigh，S. (2007). *The American Western*. Edinburgh：Edinburgh University Press.

Pilkington，T. (1993). Fate and Free Will on the American Frontier：Cormac McCarthy's Western Fiction. *Western American Literature*，27，4，211—322.

Relph，E. (1976). *Place and Placelessness*. London：Pion.

Sennett，R. (1996). *Flesh and Stone: The body and the City in Western Civilization*. London and New York：W. W. Norton & Company.

Scharff，V. (2003). *Twenty Thousand Roads: Women，Movement，and the West*. Berkeley and Los Angeles：University of California Press.

Urry，J. (2000). *Sociology beyond Societies: Mobilities for the Twenty-First Century*. London and New York：Routledge.

Villemez，W. J. & Kasarda J. D. (1976) Veteran Status and Socioeconomic Attainment. *Armed Forces & Society*，2，3，407－420.

Weingroff，R. F. (1996) Federal-Aid Highway Act of 1956：Creating the Interstate System. *Public Roads*，60，1，1－14.

作者简介：

陈爱华，华中科技大学外国语学院教授，研究方向为美国文学。

陈梦颖，华中科技大学外国语学院硕士研究生，研究方向为英美文学。

Author:

Chen Aihua, professor at the School of Foreign Languages, Huazhong University of Science and Technology, specializing in American literature.

Email: chenaihua@hust.edu.cn

Chen Mengying, M. A. candidate at the School of Foreign Languages, Huazhong University of Science and Technology, specializing in English and American literature.

Email: m202375309@hust.edu.cn

压迫、革命与救赎：狄更斯在《双城记》中的共同体构想

郝富强

摘　要：查尔斯·狄更斯在《双城记》中以法国大革命为历史场域，通过贵族压迫叙事、革命暴力书写与道德救赎寓言，构建了多维度共同体形态的对话空间。本文基于斐迪南·滕尼斯的共同体理论框架，系统考察小说中传统社会向现代社会转型期间的四种共同体范式：以血缘为纽带的封建贵族共同体，以复仇为驱动的革命群众共同体，以跨国资本为枢纽的台尔森银行法理共同体，以及西德尼·卡顿超越性牺牲所形塑的道德共同体。本研究揭示，狄更斯通过共同体形态的历时性演进，既完成了他对旧制度结构性暴力的社会病理学解剖，亦对革命现代性进行了批判性反思。狄更斯以卡顿的"替代性受难"为伦理基点，重构了基于基督教博爱精神与启蒙责任伦理相融合的道德共同体理想，这一构想既形成对19世纪英国社会原子化危机的回应，也为当代共同体理论中的价值重建命题提供了历史参照。本文论证狄更斯的共同体想象突破传统二元对立模式，在世俗化语境中实现了宗教救赎叙事向伦理共同体建构的创造性转化。

关键词：《双城记》　压迫　革命　救赎　共同体

Oppression, Revolution, and Redemption: Dickens's Vision of Communities in *A Tale of Two Cities*

Hao Fuqiang

Abstract：Charles Dickens constructs a multidimensional dialogic space of community formations in *A Tale of Two Cities* through narratives of aristocratic oppression, revolutionary violence, and moral redemption allegories set against the historical backdrop of the French Revolution. Drawing on Ferdinand Tönnies' theory of Gemeinschaft and Gesellschaft, this article examines four paradigmatic community models during the transition from a traditional to a modern society: the blood-tied feudal aristocratic community, the vengeance-driven revolutionary mass community, the capital-centered legal-rational community embodied by Tellson's Bank, and the moral community shaped by Sydney Carton's transcendent sacrifice. The research reveals that Dickens, through the diachronic evolution of community forms, not only conducts a pathological critique of structural violence in the ancient regime but also offers reflective commentary on revolutionary modernity. By centering on Carton's "vicarious suffering" as an ethical fulcrum, Dickens reconstructs an ideal moral community that synthesizes Christian agape with Enlightenment ethics of responsibility. This vision responds to the atomization crisis in 19th-century British society while providing historical insights for contemporary debates on value reconstruction in community theories. The paper demonstrates how Dickens' community imagination transcends traditional binary oppositions, achieving a creative transformation from religious salvation narratives to secular ethical community construction.

Keywords：*A Tale of Two Cities*; oppression; revolution; redemption; community

　　《双城记》（1859）作为查尔斯·狄更斯最具社会批判深度的历史小说，以法国大革命为镜像，揭示了英法两国在社会转型期面临的共同体解构与重构命题。尽管学界对该作的历史暴力书写、叙事复调结构、人物原型溯源等维度已有充分探讨，但对其隐含的共同体意识的研究尚存阐释空间。本文认为，狄更斯通过小说中多维共同体形态的历时性演进，不仅构建了社会病理学分析的文学模型，更以超越性的伦理想象回应了维多利亚时代英国的社会整合危机。既有研究为理解狄更斯的共同体书写提供了重要参照系。J. 希利斯·米勒在《共同体的焚毁：奥斯维辛前后的小说》（2019）中揭示了英国文学中共同体机制的崩溃范式；李维屏（2020）系统考证了英国文学中命运共同体的历史谱系与审美维度；殷企平（2013，2014）通过"多重英格兰"理论解构了狄更斯作品中伪共同体的意识形态本质。这些研究虽未直接聚焦《双城记》，却为本文提供了方法论启示——当我们将研究视域从文本内部的结构分析转向外部社会语境的互文性考察，狄更斯对共同体的文学编码便显示出独特的现实指向性。

本文的核心问题意识源于维多利亚时代的社会转型焦虑（殷企平，2017，p. 87）。19 世纪的英国与大革命时期的法国同样面临"陌生化世界"带来的文化危机，这种危机在文学场域中具象化为共同体的解域化与再域化张力。在此背景下，《双城记》通过封建贵族共同体、革命群众共同体、理想共同体与道德共同体的多重变奏，建构起社会批判的立体坐标系。本文试图追问：狄更斯如何通过文学叙事解构传统共同体合法性？革命话语如何催生新的共同体异化形态？作家如何以卡顿的替代性牺牲重构共同体的伦理根基？

本文重点剖析小说中四种共同体形态的嬗变轨迹：以埃弗瑞蒙德侯爵为代表的法国封建贵族共同体揭示旧制度的暴力本质，以德伐日夫妇为核心的革命群众共同体暴露现代性暴力的非理性悖论，以台尔森银行为代表的法理共同体通过契约精神抵御群众暴力的疯狂蔓延，而以西德尼·卡顿的道德牺牲为枢纽的道德共同体则构成超越性解决方案。通过这种多重辩证分析，本文试图阐明狄更斯共同体想象的独创性——他既未沉溺于托利党式的保守主义怀旧，亦未陷入激进主义的革命迷思，而是以基督教博爱精神为基底，构建起责任伦理导向的道德共同体范式。这种文学实践不仅为理解 19 世纪英国社会转型提供新视角，其内含的"关系性存在"哲学对当代共同体理论的价值重构亦具有启示意义。

一、共同体的界定

作为社会学核心概念，"共同体"承载着人类对理想生存形态的深层期待。滕尼斯（Ferdinand Tönnies）在《共同体与社会》中建构的经典二元框架，为理解群体关系提供了重要理论范式。其中，共同体（Gemeinschaft）以血缘、地缘及情感联结为根基（滕尼斯，2019，p. 87），形成具有生命力的有机整体；而社会（Gesellschaft）则建立在理性契约与工具性关联之上，呈现为机械的利益集合体（滕尼斯，2019，pp. 146-147）。这种本质差异在狄更斯《双城记》的群体建构中尤为显著，小说通过革命群众与道德楷模的对照叙事，深刻展现两种群体形态的伦理张力。值得注意的是，基督教传统中的救赎精神作为潜文本，深刻影响着狄更斯对道德共同体的想象维度。

后现代理论对共同体概念的反思呈现出解构主义特质。南希（Jean-Luc

Nancy）提出的"独体"（singularities）概念，试图突破传统共同体的同质化框架（米勒，2019，p. 19）。德里达（Jacques Derrida）则通过"自启免疫共同体"理论揭示现代共同体的内在悖论（程朝翔，2020，p. 4）。这些理论创新虽揭示了共同体运行中的自我消解机制（米勒，2019，p. 19），却存在过度解构之弊。正如殷企平（2016，p. 72）指出的，此类阐释往往忽视社会群体自我修复与重构的能动性。本文在坚持滕尼斯经典定义的基础上，选择性吸收后现代理论的批判视角，将共同体界定为：基于共享身份认同、价值体系与情感联结的动态社会结构，其构成要素涵盖传统纽带（血缘、地缘）、意识形态（政治信仰）及道德责任（牺牲精神）等多重维度。

需要特别辨析的是，共同体的道德理想性使其容易异化为压迫性机制。威廉斯（Williams，2015，p. 40）强调该概念的积极价值面向，而殷企平（2014，p. 120）则提出"伪共同体"概念以揭示其异化形态——这通过《双城记》雅克党的演变轨迹得到充分印证：从具有正当诉求的民众联合，最终蜕变为暴力复仇的恐怖集体。这种辩证视角提示我们，对文学作品中共同体形态的考察，需兼顾其建构性与解构性的双重可能。

二、法国封建贵族共同体：摇摇欲坠的破塔

《双城记》在狄更斯创作谱系中具有特殊的历史纵深，其叙事时空聚焦于欧洲现代性转型的临界点（1757—1794）。这一时期法国大革命引发的政治地震，不仅颠覆了旧制度的权力结构，更彻底瓦解了传统共同体的存在基础。狄更斯将小说创作置于1859年这一特殊历史坐标点——彼时维多利亚时代中期的英国社会虽呈现相对稳定态势，却仍笼罩在欧陆革命浪潮的潜在威胁之中。拿破仑三世治下的法兰西第二帝国实行高压统治，而英法外交关系因奥尔西尼刺杀事件陷入紧张状态，这种现实危机与小说中的历史图景形成跨时空对话，凸显狄更斯对英国社会的政治预警意识。

小说通过法国封建贵族阶层的命运轨迹，具象化呈现封建贵族共同体在历史激变中的结构性危机。以血缘为纽带、以封建伦理为基石的贵族共同体，在启蒙理性与革命暴力的双重冲击下，暴露出其依托传统权威的脆弱本质。这种解构过程具有双重历史镜像意义：既映射法国大革命对旧秩序的颠覆性力量，亦暗指19世纪中期欧洲现代性进程中传统价值体系的持续崩塌。狄更斯借此揭示，任何固守封闭性、排他性特质的共同体形态，终将在现代性浪潮中遭遇合法性危机。

《双城记》中的贵族社会呈现为一种异化的传统共同体形态。在传统社会

结构中，血缘纽带、土地依附关系与共享价值体系共同构建了稳定的社会契约，要求统治阶层承担维系社会秩序与践行道义责任的双重义务。这种共同体模式的良性运作，建立在成员间身份认同的稳定性及其与整体社会结构的有机联结基础之上。然而在 18 世纪末期的法国，这一社会契约发生了功能性解体——贵族阶层通过系统性的经济剥削与政治压迫构建的统治秩序，实质上已蜕变为缺乏道德正当性的"伪共同体"。

狄更斯从辩证的历史视角揭示了这种异化过程的社会根源："那是最美好的时代，那是最糟糕的时代"（狄更斯，2017，p. 3）这一经典悖论，深刻展现了旧制度末期法国社会的结构性断裂。文本中侯爵府邸的穷奢极侈与村民"寻找树叶、野菜果腹"的生存困境形成尖锐对比（p. 139），昭示着贵族阶层已完全背离其传统的社会职能。通过多重赋税体系（国家税、教会税、领主税等）构建的剥削机制，统治阶级将"压迫是唯一不朽的哲学"（p. 150）具象化为制度性暴力，导致社会再生产的不可持续性。

封建贵族共同体的崩溃源于其权力结构的双重异化。达尔内对家族统治的控诉——"由奢华浪费、管理不善、巧取豪夺……堆砌而成"的"摇摇欲坠的破塔"（p. 153）——宣告了封建庇护伦理的终结。当贵族将特权建构在对底层生命的漠视之上，传统社会契约的有机联结已然断裂，不可调和的阶级对抗最终撕裂了整个旧秩序。

贵族特权体系的统治网络由物质剥削与符号暴力共同编织而成。巧克力仪式的文化区隔机制与金币的物化逻辑形成互文结构：埃弗瑞蒙德侯爵的马车碾死平民男孩，并以抛掷金币的姿态消解生命价值——"像是偶尔失手打破一件寻常物件的绅士"（p. 136），其背后不仅是经济掠夺的冰冷理性，更是通过巧克力饮用仪式将剥削审美化的意识形态规训——四个侍从以繁复的流程"把巧克力送入大人口中"（p. 127）的荒诞场景，恰是金币象征的阶级暴力在文化维度上的镜像投射——二者共同构成了特权阶层的双重统治支柱。

这种统治结构的崩溃始于意象系统的自我反噬。当淡褐色液体巧克力在革命浪潮中嬗变为断头台的淋漓鲜血，蛇发女怪（the Gorgons）的石化意象完成了最后的末日审判。侯爵被刺后化为石像的叙事安排，通过三重象征解构了贵族共同体的合法性：石化现象呼应了古希腊神话的"凝视即凝固"法则，隐喻了特权阶层与底层共情能力的丧失；石像冰冷与坚硬的物理特质成为特权阶层道德荒漠化的具象呈现，侯爵家族世代累积的石像群正是这一"伪共同体"的物化表征；在维多利亚时代的偶像崇拜语境下，侯爵篡改《诗篇》24 章经文，宣称"地和地中所充满的，都属于我"（p. 128），这种渎神行为则暴露其自我神化的僭越本质——其石像实为渎神式的人造偶像。这种异化统治最终在四位纵火者从四个方位焚毁府邸的场景中遭遇神圣祛魅——"正在火刑柱上燃烧，在火中挣扎"（p. 284）的石像面容，既是撒旦堕入硫磺火湖的宗教原型再现，也是对"专门为老爷们设计的这个世界"（p. 278）的系统性清算。

狄更斯通过意象群的动态转化机制，揭示了特权体系自我吞噬的必然命运：金币的物化逻辑、巧克力的文化暴力与石像的渎神统治，共同熔铸于革命净化的坩埚。当金币叮当声湮没于断头台的轰鸣，石化意象的永恒秩序幻象随之崩塌，历史辩证法最终完成了对剥削性权力结构的终极裁决。

三、革命群众共同体：磨刀砂轮与断头台

相较于保守的法国贵族共同体，革命群众共同体①在法国大革命期间引发了深刻的社会变革。狄更斯对法国大革命中群众共同体的书写，揭示了集体暴力如何通过多重异化机制复现压迫性权力结构。革命初期以平民（common people）和"贱民"（common dogs）②为表征的底层抗争，在雅克党人的匿名化实践中逐渐丧失伦理主体性——当革命者以"雅克一号，雅克二号……雅克一千号"（p. 263）的数字序列取代个体身份时，暴力工具性与

---

① 依据狄更斯的历史叙事观，"革命群众共同体"特指法国旧制度末期由受压迫者转化而成的革命主体，"革命是群众的作品"（Chisick, 2000, p. 647），其本质属性呈现动态异化特征。这一群体最初作为饱受贵族阶层压迫的受害者存在，承载着作者对结构性暴力的批判；但随着革命进程的推进，其身份发生根本性嬗变——从具有道德合法性的被压迫者蜕变为施行"屠杀与恐怖"的暴力主体。狄更斯通过跨文本比较揭示其特殊性：英国暴民虽在密探克莱的葬礼上展露群体暴力倾向，却受限于宪政体制而未能演变为系统性破坏力量；法国革命群众共同体的危险性正源于其双重身份，既是旧制度压迫机制的产物，又是新暴力秩序的缔造者，这种身份的二重性构成狄更斯对革命伦理困境的核心批判。

② 在《双城记》的语义场里，common people 与 common dogs 的能指系统呈现出贵族话语暴力与底层共同体意识的复杂张力。从词源学维度考察，common 与 community 共享拉丁词根 communis，其原初语义指向"公共性"与"共有性"，这为理解文本中的阶级对抗提供了深层解码路径。当侯爵将 common dogs（Dickens, 2020, p. 240）与 serf 并置时，其试图通过降格化修辞消解底层民众的主体性；而被侯爵刺死的平民男孩临终重复的 us common dogs（p. 243），则构成对贵族暴力话语的反讽性挪用——受压迫者通过对污名化符号的自我指涉，反向确认了被压迫群体的共同体属性。宋兆霖译本对 common 的阐释虽强调其"下贱"（狄更斯，2017, pp. 399−401）的贬义维度，却忽视了该词在叙事进程中经历的语义增殖。当 common people 首现于碾童场景（Dickens, 2020, p. 87）时，其既承载着贵族的阶级蔑视，又暗含底层群体共同生存经验的客观指涉。这种语义的双重性恰恰构成革命动力的生成机制：被压迫者通过对 common 所指涉的集体性要素（生存境遇、价值认同）的自觉体认，逐步将贵族强加的污名符码转化为革命共同体的凝聚符号。词源学层面的"共有性"在此转化为社会学层面的共同体意识，最终催化出颠覆性力量。

人性本质的断裂已然显现。这种断裂在圣安东尼区的空间修辞中进一步深化：贫民窟被拟人化为具有统一意志的暴烈男性主体，"圣安东尼要执行他那可怕的计划了……圣安东尼怒吼道"（pp. 268-269），这样的表述将集体无意识转化为具象的暴力动能，使个体行为责任消解于"热血沸腾"（p. 268）的群体激情中。

曼内特医生的私密日记被征用为公共复仇符号的过程，标志着历史记忆如何被重构为暴力合法化的叙事装置。德伐日夫人编织的毛线不仅调度革命行动，更将个体创伤编织进集体仇恨的经纬，最终使每个"雅克"沦为复仇机器的标准化零件。这种暴力生产机制在德伐日夫人"灵魂，也像硝烟一样，在空中飘走了"（p. 454）的结局中达到顶峰，暴露出革命共同体与贵族压迫体系的内在同构性：前者将人降格为"复仇刀刃"，后者将人异化为"压迫车轮"，二者共同印证权力机制对人性本质的双向扭曲。当革命者以自由之名实施暴力时，其行为逻辑已类似于旧制度的权力压迫机制，使摧毁压迫的利剑反噬持剑者。

狄更斯《双城记》的叙事架构中，革命群众共同体呈现为一种从受害者向施害者转化的异化主体，其核心特征在于暴力机制的自我再生产。巴士底狱典狱长被德伐日夫人"用她那毫不留情的快刀——早就准备好了——把他的头割了下来"（p. 268），这种未经司法程序的即时处决，标志着革命暴力已突破报复性正义的边界，演变为制度化恐怖统治的奠基仪式。勒庞所揭示的群体心理特征——"退化了的意识一旦得到满足，便会认为杀人合法"（勒庞，2015，p. 138）——在此得到文学化呈现：群众集体行为中"无情的人海里恶浪翻腾"（狄更斯，2017，p. 269）的意象，折射出革命激情对个体理性的吞噬过程。这种共同体通过将"苦难的熔炉"（p. 269）锻造的集体记忆转化为复仇动能，使自身沦为压迫逻辑的镜像存在——既是被压迫结构的产物，又是新型暴力秩序的生成装置，最终在吞噬自身的暴力循环中解构了革命合法性。

《双城记》中，革命群众共同体展现出从解放主体异化为暴力容器的轨迹。当卡曼纽拉舞的参与者从"五百来人"幻化为"五千妖魔"（pp. 342-343）时，狂欢仪式已异化为群体极化的暴力发生器——舞动的红帽子与破旧粗毛衣构成的视觉符号，暗示着阶级身份的消解与暴力本能的释放。这种异化在雅克党的清洗机制中达到顶峰：德伐日夫人宣称革命暴力应如"狂风和野火"（p. 420）般无边界蔓延，恰恰暴露了该共同体运作的核心悖论——其存续依赖于不断制造新敌人，甚至将"哀悼或者同情处死犯人的人"（p. 424）

纳入镇压范围，形成德里达所言"自动免疫"式的自我吞噬机制（程朝翔，2020，p. 7）。革命法庭的"磨刀砂轮"（狄更斯，2017，p. 322）作为暴力机械化的终极隐喻，昭示着该共同体已从历史主体退化为暴力装置：当革命程序简化为永动式绞肉机时，其最初追求的正义诉求已被自我再生产的暴力逻辑彻底置换。这种从解放者到施暴者的身份蜕变，构成了狄更斯对革命现代性困境的深刻警示。

从狄更斯的历史哲学看，"革命群众共同体"被建构为暴力递归结构的具象载体。小说借由"用相似的大锤再一次把人性击得走样"（p. 457）的隐喻，揭示该共同体的本质性困境：通过暴力手段摧毁旧压迫体系时，同步复刻了压迫机制的基因密码。当革命法庭将无辜女孩的困惑——"我死了对共和国会有什么好处呢"（p. 437）——转化为献祭仪式时，暴力已异化为自我证成的目的论存在。这种暴力递归机制根植于革命合法性建构的内在悖论：基于敌我二元对立的身份政治，革命政权通过持续建构"他者"作为镇压客体来维持其话语权威——从旧制度特权阶级的物理性清除，逐步演变为对疑似"反革命情感携带者"（包括同情者与普通民众）的系统性规训。卡曼纽拉舞的妖魔化群像与断头台的机械韵律共同构成暴力美学的双重表征，昭示着革命共同体从解放工具异化为压迫装置的轨迹。狄更斯通过这种历史辩证法的书写，不仅解构了革命暴力的救赎神话，更在现象学层面揭示了所有排斥性共同体的宿命——当暴力逻辑成为维系共同体的唯一纽带，其崩溃已内置于自我吞噬的基因序列之中。

四、台尔森银行：理想共同体的初步雏形

狄更斯的文明批判视野跨越海峡，直至英国。英国原子化个体主义与法国革命集体主义构成现代性困境的双重镜像。当奥威尔指摘维多利亚时代新兴阶层"完全缺乏责任感"（Orwell，1940，p. 35）时，其揭示的正是资本逻辑对共同体意识的消解——这种病征在《荒凉山庄》的钢铁大王朗斯韦尔忽视劳动者（殷企平，2014，p. 115）和《双城记》"永恒坚冰"（狄更斯，2017，p. 14）的隐喻中形成互文性指涉。小说中突兀介入的第一人称独白"任何一个人，对别的人来说，都是深不可测的奥秘"（p. 14），以冰封意象解构了工业社会的人际联结神话：当个体将秘密"带进坟墓"（p. 14）的宿命成为普遍生存状态，社会关系已异化为互不渗透的孤岛群。这种批判性书写在台尔森银行的制度想象中获得辩证解药——其虽沾染因循守旧的保守性，却通过契约精神构建起抵御集体暴力的理性框架，暗示着狄更斯对有机共同体

的隐秘追寻。

在狄更斯的共同体叙事中，台尔森银行作为制度性存在的复杂性，折射出作家对现代文明转型的深刻省思。这个"因循守旧"的金融机构虽被诟病为"子民们只要一提出建议……就会被剥夺继承权"（p. 63）的保守主义堡垒，却在法国大革命的暴力狂潮中显露出独特的文明韧性。其雇佣体系将年轻人"像块干酪似的藏到长满斑斑青霉"（p. 64）的封闭性，恰与约翰·格劳斯指认的"发霉气味变成正面意义的美德"（Gross，1972，p. 27）形成价值悖论——这种制度性腐朽在动荡年代反转为稳定性的保障。通过滕尼斯的理论透镜可见，台尔森银行既非纯粹"建立在血缘、地缘和精神之上"（滕尼斯，2019，p. 87）的传统共同体，亦非完全遵循"契约、法律和理性关系"（pp. 146-147）的现代社会，而是创造性地将契约精神注入传统机构，构建起抵御革命暴力的制度缓冲带。

当洛瑞先生宣称"吃台尔森银行的饭已六十年"（狄更斯，2017，p. 290），其职业伦理超越了个人主义时代的原子化生存，却又未陷入革命集体主义的暴力旋涡。银行雇员"替台尔森银行握手"（p. 174）的异化状态，在特定历史语境中转化为对抗非理性暴力的文明铠甲。这种辩证价值在伦敦的总行成为流亡贵族"总部和聚会场所"（p. 288）时尤为凸显：台尔森银行以价值中立的契约框架，为敌对阶级提供了超越仇恨的共存空间。狄更斯通过这种制度想象，既批判工业社会的人际疏离（"永恒坚冰"），又拒绝革命暴力的集体癫狂，最终在西德尼·卡顿的救赎性死亡中，完成了从法理（Legal-rational）共同体向道德共同体的终极跃升。

五、道德共同体：从深渊里升起的美丽城市

狄更斯的道德共同体主要通过西德尼·卡顿（Sydney Carton）这一人物体现出来。卡顿的牺牲体现出狄更斯对宗教叙事与人文精神的深刻思考，通过模仿、延续和转化基督教的救赎叙事，狄更斯将宗教原型作为道德情感的原始编码，为人文主义价值观和道德共同体提供了叙事载体。

卡顿英文姓氏 Carton 所蕴含的隐喻"木乃伊盒子"（Cartonage）（Baldridge，1990，p. 646），暗示着被个人主义异化的存在状态——才智卓越却深陷存在主义困境的"硬纸箱"，恰是维多利亚时代社会原子化个体的缩影。然而这种封闭性在救赎逻辑中被辩证转化：当卡顿三次援引《约翰福音》11 章经文"信我的人，虽然死了，也必复活"（狄更斯，2017，p. 386，p. 387，p. 462），其不仅模仿基督的替罪羊原型，更通过"超越牺牲进入复

活层面"（Rulo，2009，p.20）的终极献祭，将肉身死亡升华为精神永生的仪式展演。这种对拉撒路复活叙事的创造性重写，使卡顿的断头台受难既是对十字架事件的文学转译，又是对启蒙理性局限的超越性回应。狄更斯借此建构起独特的基督论范式：在"信仰危机"的现代性语境中，通过卡顿"虽死犹生"（狄更斯，2002，p.5）的伦理实践，将基督教救赎叙事转化为道德共同体的精神基石。这种"诗意信仰"既非传统教义的简单复刻，亦非世俗道德的替代品，而是以神秘主义维度重构了现代社会的伦理秩序（Sroka，1998，p.145）。

在狄更斯的伦理叙事中，革命群众共同体与卡顿式道德共同体的分野，本质在于暴力循环与救赎叙事的根本对立。当革命者将断头台神化为"新出生的名叫吉萝亭的厉害女人"（狄更斯，2017，p.310）并建立"人民的祭坛"（p.409）时，断头台已然取代十字架，成为"革命仪式的中心"（Rosen，1998，p.175），其暴力实践已异化为伪宗教仪式——用勒庞所言的"新宗教信仰"（勒庞，2015，p.58）取代基督教救赎逻辑，使"葡萄酒变成鲜血"（狄更斯，2017，p.457）的圣餐礼沦为机械献祭。

卡顿的救赎叙事则通过对基督教原型的创造性转化，建构起超越历史暴力的道德共同体范式：其临终预言的"从深渊里升起的美丽城市"（p.463），既挪用《启示录》中"新耶路撒冷"的末世意象，又修订其"从天而降"的神学设定，将救赎锚定于穿透历史黑暗的世俗伦理实践：

> 我看到……一大批从旧压迫者的废墟上兴起的新压迫者，在这冤冤相报的机器被废除之前，一一被它消灭。我看到**从深渊里升起一座美丽的城市，一个卓越的民族**。……我看到前一个时代的罪恶，以及由它产生的这一个时代的罪恶，**都赎去罪孽、得到抵偿**（making expiation for itself），并渐渐消亡。（p.463）①

卡顿临终的弥赛亚式预言建构了超越历史暴力的伦理乌托邦，"天国之城的价值战胜了世俗之城所陷入的历史循环"（Chisick，2000，p.656）。其预言的"从深渊里升起的美丽城市"，通过对《启示录》末世意象的创造性转写，实现了神圣叙事与世俗伦理的辩证统一。传统基督教末世论中，"新耶路撒冷"作为"从天而降"（《启示录》21：2）的神学符号，强调上帝主权对现世秩序的终极救赎；而狄更斯将救赎坐标重置于"深渊"（《启示录》9：1—

---

① 黑体为笔者所加，译文略有改动。

2）——这个囚禁邪恶势力的神学空间，在此转化为孕育新生的历史母体。这种空间诗学的倒置，将救赎动力从神圣恩典转向人类伦理实践：天国之城的降临不再依赖末世审判的垂直介入，而是需要穿透"旧制度压迫与革命暴力循环"构成的历史黑暗地层。

这种世俗化的救赎逻辑在代际命名中具象化，以卡顿为露西后裔命名的行为，既非对个人主义的复归（Baldridge，1990，p.651），亦非对集体主义的妥协，而是通过"名字的永生"实现道德基因的代际传递。露西的孩子卡顿二世长大以后成为"杰出公正的法官，备受人们尊敬"（狄更斯，2017，p.464），而这个孩子的孩子也以卡顿命名。卡顿二世的法官形象构成"弥赛亚-替罪羊型"人格的世俗转写，其司法实践承载着三重救赎维度：作为"赎罪羔羊之子"，他承袭了精神上的"父亲"代罪受难的伦理基因；作为"杰出公正的法官"（p.464），其审判权杖既隐喻基督再临的终末论审判，又具象化为现代社会的司法理性；而黑袍所象征的世俗律令，则成为契约伦理的制度化肉身。这种三重身份的复合体，本质是狄更斯对救赎机制的创造性重释——当卡顿一世在断头台完成"道成肉身"的终极献祭，卡顿二世便以司法天平实现了"道成律法"的伦理转换。

法官席上的卡顿二世既非单纯的神学审判者，亦非冰冷的法条执行者。其司法权威源自十字架形象的双重合法性：垂直向度的神圣授权——"冤冤相报"（p.463）暴力循环的终结，呼应着《启示录》"不再有死亡，也不再有悲哀、哭号、疼痛"（21：4）的末世承诺；水平向度的世俗契约——通过"永恒坚冰"（狄更斯，2017，p.14）人际异化的消融，重构基于权利-义务平衡的现代共同体。这种司法人格的吊诡性正在于其悖论统一：黑袍之下既跃动着十字架救赎的血脉，又流淌着启蒙理性的精魂。当审判锤击碎旧制度的暴力递归链条，狄更斯暗示真正的正义既需圣爱的伦理温度，亦需契约的法理刻度。

这种命名政治学实质是历史暴力的诗学救赎。当卡顿三世的姓名继续在时空中延展，狄更斯暗示真正的共同体再生机制不在制度建构的宏大叙事，而在微观伦理的星火传递。那座从深渊升起的新城，最终通过代际记忆的毛细血管，将天国之城的圣爱（agape）编码为现世共同体的精神染色体——当法官的长袍取代了贵族的绶带，当契约精神重铸了十字架的救赎逻辑，卡顿的"肉身消亡-精神永生"辩证法便完成了对现代性困境的终极超越：暴力递归的齿轮在此停转，历史的地平线上终于升起人性的曙光。

在当代社会结构性裂变的语境下，狄更斯建构的道德共同体范式显现出超越文学想象的社会实践价值。殷企平（2016，p.76）指认其"作为一种文化实践"，实则揭示了该理念对制度缺位的补偿机制——通过卡顿"舍生取义"的具身化伦理实践，狄更斯将抽象道德律令转化为可感知的行动哲学。这种实践性特质在当代尤具启示意义：面对市场经济催生的"信任荒漠化"与"人际原子化"，传统共同体的情感纽带与契约社会的法理框架皆难以应对价值共识的坍塌。卡顿式的救赎叙事通过"自我消逝成全共同体存续"的极端化展演，为弥合个体与集体的裂隙提供了伦理示范——其以圣爱超越爱欲（eros）和仇恨的升华路径，将道德责任从私人领域提升至公共精神维度。

这种道德实践的力量在于其对社会关系的重构效能。当阶层对立的加剧使社会沦为工具性关系网络时，卡顿的终极牺牲揭示了维系共同体的核心机制：个体通过超越性伦理选择突破利益计算的囚笼，在"消逝—重生"的辩证运动中重建有机联结。狄更斯通过三代卡顿命名的代际传递（狄更斯，2017，p.464），暗示道德基因可通过文化记忆实现跨时空增殖，这种非制度化的价值传承机制，恰为当代共同体重构提供了另类路径——在制度性保障缺位时，个体的伦理觉醒仍能通过示范效应激活群体性道德自觉，形成抵御价值虚无的精神抗体。

结　语

在《双城记》的共同体叙事中，狄更斯以手术刀般锐利的文学笔触，剖解了现代性转型期的文明困境。封建贵族共同体、革命群众共同体与法理共同体构成三棱镜式的认知范式，共同折射出19世纪社会变革的深层悖论：血缘纽带的封建秩序因其道德腐化而崩塌，革命暴力在摧毁旧压迫时复刻着权力压迫的基因密码，而契约型社会虽维系着表面稳定，却陷入"永恒坚冰"（狄更斯，2017，p.14）般的原子化困局。在这三重困境的交织中，卡顿以基督论为原型建构的道德共同体，通过用生命照亮他人的终极伦理实践，实现了对历史暴力循环的超越——其临终预言的"美丽新城"（p.463）既非宗教末世论的天国投影，亦非启蒙理性的世俗乌托邦，而是将救赎逻辑锚定于现世伦理行动的"第三空间"，它作为卡顿预言的具象化，更暗含狄更斯对"共同体再生"的独特诠释——唯有以利他主义为黏合剂，将个体命运编织进共同体的经纬，方能打破历史暴力的闭环式循环。

这种共同体想象彰显着狄更斯作为"制度批判者与制度缔造者"

（Orwell，1940，p. 10）① 的双重身份：当其将旧制度的解剖刀指向维多利亚时代社会的"纲常名教"时，文学叙事本身已转化为新型价值共同体的建构装置。在数字时代的人际疏离与价值虚无中，《双城记》的启示性愈显锐利：卡顿的"消逝—重生"辩证法不仅是对历史暴力的救赎，更昭示着破解现代性困境的密钥——唯有将个体生命嵌入超越性伦理的星丛，在"深渊"（狄更斯，2017，p.463）般的历史黑暗中践行圣爱，方能使散落的原子重聚为有机的星座。这座从文学想象中升起的"新城"，最终指向所有时代共同体重建的核心命题：如何在制度缺位处培育道德自觉，在价值荒原上撒播精神火种。

引用文献：

程朝翔（2020）. 免疫、自启免疫与自启免疫共同体：文学理论与跨学科的生命政治学隐喻. 社会科学研究，6，1−10.

狄更斯，查尔斯（2017）. 双城记（宋兆霖，译）. 沈阳：春风文艺出版社.

狄更斯，查尔斯（2002）. 双城记（宋兆霖，译）. 北京：北京燕山出版社.

勒庞，居斯塔夫（2015）. 乌合之众（胡小跃，译）. 杭州：浙江文艺出版社.

李维屏（2020）. 论英国文学中的命运共同体表征与跨学科研究. 外国文学研究，3，52−60.

米勒，希利斯（2019）. 共同体的焚毁：奥斯维辛前后的小说（陈旭，译）. 南京：南京大学出版社.

滕尼斯（2019）. 共同体与社会：纯粹社会学的基本概念（张巍卓，译）. 北京：商务印书馆.

殷企平（2014）. 多重英格兰和共同体——《荒凉山庄》的启示. 外国文学评论，3，110−125.

殷企平（2013）. 朋友意象与共同体形塑——《我们共同的朋友》中的文化蕴涵. 外国文学研究. 4，41−49.

殷企平（2017）. 经由维多利亚文学的文化观念流变. 浙江外国语学院学报，5，83−91.

---

① 这是乔治·奥威尔的用词，原文是 In *Oliver Twist*，*Hard Times*，*Bleak House*，*Little Dorrit*，Dickens attacked English institutions with a ferocity that has never since been approached. Yet he managed to do it without making himself hated，and，more than this，the very people he attacked have swallowed him so completely that he has become a national institution himself. 奥威尔以 institution 的双关修辞，揭示了狄更斯在英国社会中的悖论性存在。当其以《双城记》等作品猛烈攻击英国体制（attacked English institutions）时，自身却成为"国家机制"（national institution）——彭镜禧"言为士则，行为世范"的译法精准捕捉到这种双重性：狄更斯既是旧制度的解剖者，又是新价值体系的奠基人。奥威尔所述"被批判者全盘接受批判者"（the very people he attacked have swallowed him）的现象，本质是文学力量制度化的表征：其作品在解构社会痼疾的同时，重构了英国的文化基因与道德标尺。

殷企平（2016）. 西方文论关键词：共同体. 外国文学，2，70－79.

Baldridge，Cates（1990）. Alternatives to Bourgeois Individualism in *A Tale of Two Cities*，*Studies in English Literature 1500－1900*，30（4），633－654.

Chisick，Harvey（2000）. Dickens' Portrayal of the People in *A Tale of Two Cities*. *The European Legacy*. 5（5），645－661.

Dickens，Charles（2020）. *A Tale of Two Cities: Authoritative Text*，*Context*，*Criticism*，（Ed.），Robert Douglas-Fairhurst. New York：W. W. Norton & Company.

Gross，John（1972）. A Tale of Two Cities. In Charles E. Beckwith（Ed.），*Twentieth Century Interpretations of A Tale of Two Cities: A Collection of Critical Essays*. New Jersey：Prentice-Hall.

Orwell，George（1940）. Charles Dickens. In *Inside the Whale and Other Essays*. London：Victor Gollantz LTD.

Rosen，David（1998）. *A Tale of Two Cities:* Theology of Revolution. *Dickens Studies Annual*，27，171－185.

Rulo，Kevin（2009）. A Tale of Two Mimeses：Dickens's *A Tale of Two Cities* and René Girard. *Christianity and Literature*，59（1），5－25.

Sroka，Kenneth M.（1998）. A Tale of Two Gospels：Dickens and John. *Dickens Studies Annual*，27，145－169.

Williams，Raymond（2015）. *Key Words: A Vocabulary of Culture and Society*. New York：Oxford University Press.

作者简介：

郝富强，英语语言文学博士，山西大学外国语学院讲师，主要研究方向为英美文学、美国研究。

Author:

Hao Fuqiang, Ph. D. of English language and Literature, lecturer at School of Foreign Languages, Shanxi University. His research interests mainly cover British and American literature and America studies.

Email: haofq@126.com

失效的"英国病"解药：《一把尘土》中的乡绅记忆

何柏骏

摘　要： 伊夫林·沃看似呼应第一次世界大战后的回归乡村风尚，将庄园生活视作应对"英国病"的精神避难所，实则对乡村情结给予了隐性批判。在《一把尘土》中，由于空间入侵和代际交往受阻，作为集体记忆的乡绅记忆传承中断，揭示出该乡绅价值在培育宗教信仰和骑士精神等内容上的缺憾以及应对外部变化的落后和保守，个体对乡绅记忆的移植因既缺乏实在的空间框架也面临失败。主人公在海外探险中构想乌托邦的过程是殖民行为和对乡绅价值的实践，但由知识和文明粉饰的文化殖民因世居部落的抵抗和殖民地居民的反征服而被挫败，影射的是乡绅精神的不合时宜以及英国殖民统治的式微。

关键词： 伊夫林·沃　《一把尘土》　"英国病"　乡绅记忆　空间

A Failed Cure for the "British Disease": Gentry Memory in *A Handful of Dust*

He Bojun

Abstract： Evelyn Waugh seemingly echoes the trend of returning to countryside after the First World War, seeing manor life as a spiritual refuge from "British Disease", but he actually gives a covert criticism of countryside complex. In *A Handful of Dust*, due to spatial invasion and impeded intergenerational interaction, the inheritance of gentry memory as collective memory is interrupted, which reveals the gentry values' deficiencies in its cultivation of religious belief and chivalry as well as its backwardness and conservatism in response to external changes. The individual's attempt to transplant gentry memory also fails because of the lack of an actual spatial frame, and the protagonist's envision of utopia in the overseas exploration serves as a practice of colonization and gentry values. But the cultural colonization embellished by knowledge and civilization is thwarted by the resistance of the indigenous tribe and the colonial citizen's counter-conquest, which alludes to the untimeliness of gentry spirit and the decline of British colonization.

Keywords：Evelyn Waugh；*A Handful of Dust*；"British Disease"；gentry memory；space

雷蒙·威廉斯（Raymond Williams）提出，"在英国有一种并不稳固但持续存在的针对乡村知识的激进立场，它纯粹而激烈地反对工业主义、资本主义、重商主义和对环境的开发，热衷于乡村的生活方式、情感、文学和知识"（Williams，1973，p. 36）。基于乡村相对淡薄的工商业氛围，英国作家知识分子视其为城市所代表的现代社会的对立面，并赋予乡村"避难所"角色，认为乡村提供了和城市不同的生活模式和精神理想。第一次世界大战（简称"一战"）之后，西方文明和英国社会遭受的冲击促使部分英国作家将目光投向乡村的安宁环境和知识传统。英国讽刺作家伊夫林·沃（Evelyn Waugh，1903—1966）在《一把尘土》（*A Handful of Dust*，1934）中便着力对比都市景观和乡村生活。小说名取自艾略特（T. S. Eliot）的长诗《荒原》（*The Waste Land*，1922）中的一行诗："我给你看那一把尘土中的恐惧。"（1997，line 30）《荒原》被认为是刻画"一战"后西方社会中的精神废墟的经典之作，这行诗出自描写万物的死寂和荒芜的第一章"死者的葬礼"（"The Burial of the Dead"）。沃对此诗的援引是对艾略特的致敬，更是以此小说回应"一战"后英国社会的衰退，同时也是为《一把尘土》剖析"一战"后英国人的精神状况做铺垫。小说讲述伦敦近郊的赫顿庄园中一个乡绅家庭的变故，以及托尼·拉斯特去往亚马孙丛林寻找遗落之地却被永久囚困的故事。主人公对乡绅生活的追求、逃离和想象构成主要故事线索，这既是乡村田园意象在空间上的迁移，又是其在时间上的演进，小说刻画的关于乡绅生活的记忆作为一种过去经验的再现同时借助了这两种介质。乡村语境中的乡绅身份和价值观念还牵涉英国社会的精神症候以及英国殖民统治的衰落。有论者也关注到作品对社会精神危机的考察，比如审视聚会和派对的盛行、年轻人依赖父母的寄生行为及两性道德伦理的淡漠等。据此，巴尔图提出，沃在小说中只是呈现这些社会性悲剧但未提出解决或重建方案（Bartu, 2019, p.4）。然而，笔者认为，作品对与乡村生活相关记忆的再现并非缺乏思想内核的经验呈现，而是包含对价值观念的传承，并探讨英国社会面对现代都市困境的精神出路。但是，此作品情节的悲剧性发展揭露的不是乡村愿景的救世功能，而是其保守、滞后的一面。当前研究有所忽略的是，在这部充满反讽的小说中，对乡村情结的批判或许才是作家隐蔽的着力点。此立场在小说中逐渐显现，而且在很大程度上与具有时间向度的记忆的流变形成共振。乡绅记忆的传递困境折射出沃对乡绅价值的反观。另外，作为集体记忆的乡绅记忆既是内容又是行为，其可传递性特质在指向过去的同时观照当下和未来，具有时间上的回顾性、现时性和延伸性。以集体记忆视域为楔子，我们可以窥见小说主人公回忆中的和理想的乡绅生活。小说旨在依托乡村空间传递乡绅价值观，为"英国病"提供精神和价值指引。但由于遭遇空间入侵和代际交往断裂，基于家庭纽带的乡绅记忆中断，主人公在海外寻找的遗落之城仅是投射其个体乡绅记忆的乌托邦，而非实在的"空间框架"，他作为个人也难以延续乡绅记忆。海外探险作为殖民行为遭到世居部落的抵抗和殖民地居民的反征服，丛林法则对知识与文明的愚弄和反拨是对乡绅价值和英国殖民统治的挑战。

一、"英国病"与返乡潮：赫顿庄园中的乡绅记忆

"一战"后的英国都市受"英国病"困扰，呈现出疲乏、堕落的精神景观。伊夫林·沃不仅捕捉到此现象，且以回归乡村为文学题材，通过提倡乡绅文化和生活模式提供精神庇护。《一把尘土》中的赫顿庄园一开始便被视为开展以情感为纽带的代际交往的理想的空间框架，以此传递作为集体记忆的乡绅记忆和乡绅价值。

"英国病"（British Disease）多用于描述 20 世纪中后期英国的社会经济颓势，但它指涉的英国国力的相对性衰落于"一战"后甚至更早时期已露端倪，且关涉经济以外的文化、心理等维度。19 世纪中后期起，美、德等经济体在第二次工业革命中崛起，冲击了英国由第一次工业革命奠定的领先地位。"一战"后，受战争等多种因素影响，英国国力的衰退愈发明显。"20 世纪 20 年代，英国经济表现出出口萎缩、开工不足、设备闲置、高失业率、低增长率等症状。除通货膨胀症状还未具备外，通常所谓的'英国病'已经全部呈

现出来。"（杨宏山，2002，p. 9）学界对"英国病"的讨论不限于经济领域。马丁·威纳（Martin Wiener）指出，"英国病"之所以难以解决，是因为其"深刻的根源在于国家的社会结构和精神状态"（Wiener，2004，p. 3），需要考察的是"社会和心理因素与经济因素的关联"（p. 4）。巴里·萨普勒（Barry Supple）也认为，除了经济的衰退，人们需严肃对待围绕国家的衰落展开的其他方面的争论，譬如"道德和文明堕落的阴郁氛围、社会的混乱和失范以及传统体系的恶化"（Supple，1994，p. 441）。"英国病"不囿于经济，是综合性社会症候。从文化心理角度看，它揭示出英国国民精神的病态。在英国本土，它主要体现为追求物质和感官享受、精神空虚等现象。沃在《一把尘土》中通过描绘约翰·比弗和布伦达等人的生活影射"英国病"，并将乡村设置成应对精神危机的临时出口。小说一开篇未立刻聚焦故事的中心场景——赫顿庄园，而是以倒叙的方式讲述比弗在伦敦的寄生式生活，有意对比都市生活和乡村生活。二十五岁的比弗离开牛津大学后先到广告公司工作，随后由于经济萧条失业，和母亲生活在一起。他每天大部分时间守在电话旁等候他人邀约，在物质和精神上都依赖母亲的扶持。经济的萎靡并未影响都市的娱乐风气，伦敦的家庭聚会层出不穷，托尼的妻子布伦达正是在派对中迷失并和比弗日渐生情，但最终又被比弗抛弃。小说刻画这类社会小群体，旨在书写处于两次世界大战之间的英国国民低迷、疲乏的精神生活的一个侧面，正如小说叙述者所说，"全英国的人此刻都在苏醒，浑身不适，情绪沮丧"（Waugh，2003，p. 16）。

英国文学文化界对乡村的普遍推崇和反复再现在某种意义上使乡村成为其国民精神和身份的一种文化符码，部分作家在"一战"后掀起一波返乡热潮，试图在乡村田园寻求精神慰藉和改善社会现状的力量。乡村是英国文学不竭的取材来源，威廉·华兹华斯（William Wordsworth）的诗歌是浪漫主义文学中书写自然和乡村的典范，自他之后，乔治·艾略特（George Eliot）和托马斯·哈代（Thomas Hardy）则用小说充分描绘了维多利亚时期的英国乡村。虽然不同时期的作家都热衷于描绘并发掘乡村的独特之处，但他们的关注点并不相同。多琳·罗伯茨（Doreen Roberts）在为乔治·艾略特的《亚当·贝德》（*Adam Bede*，1859）写的序言里指出，华兹华斯笔下的人物是离群的，诗人没有呈现出对集体生活的认识，而艾略特对完整的乡村社会的描写则是开拓性的（Roberts，2003，p. xii）。还有论者认为，在政治冲突和社会斗争的背景下，从哈代到"二战"后的诗人都反复赞扬乡村提供的隐退之所和治愈之力（Locatelli，2013，p. 156）。"一战"之后，一些作家或前往乡村居住，或以乡村为书写对象，他们主要以回溯和借鉴乡村传统的视角看待乡村。费瑟斯通以莫顿（H. V. Morton）等人的旅行书写为例指出，对乡村生活的怀旧情绪，以及可从英国乡村重新发现能凝聚社会的传统的观点启发了众多作家（Featherstone，2013，p. 91）。从历史语境看，乡村包含的并非只是物理的风景，还有英国历史孕育出的以贵族庄园和乡绅阶层为代表的乡村生活模式和价值观念。其中，乡绅阶层（the gentry）更是具有中间性的、流动量大的、覆盖面广的核心人群。此阶层于 12 世纪兴起，到十七八世纪已在英国拥有很高的经济政治地位，它通常指大贵族之下、普通民众之上的中间阶层、人群和集团，大体包括由从男爵、骑士、从骑士和绅士构成的地主阶层以及城市的富商和各类地位较高的专业人士（王晋新，2002，p. 45）。乡绅阶层作为乡村的精英与核心人群培育和塑造了在英国社会影响深远的乡绅、绅士文化。从题材上看，《一把尘土》回应了战后的回归乡村热潮，正是在此地，作为乡绅家族的托尼一家试图通过模仿历史、传承家庭记忆，实践理想的乡绅生活，来对抗空虚、堕落的现代城市图景。

作为物理空间的赫顿庄园被视为传递乡绅记忆的理想场所，此记忆是个体性的，更是集体性的，且主要基于家庭成员间的交往，是家庭性的，那么乡绅记忆也是一种家庭记忆。哈布瓦赫（Maurice Halbwachs）指出，要了解人的心理过程必然要以个体为分析点，然而，"人们通常正是在社会中才获得了他们的记忆。也正是在社会中，他们才能回忆、识别和对记忆加以定位"（Halbwachs，2002，pp. 68－69）。由于个体隶属不同群体，集体记忆作为涵盖性术语（umbrella term）还包含更具体的记忆分支，例如家庭记忆、宗教记忆、阶级记忆等。记忆指向过去，属于回忆，回忆关涉时间和空间。扬·阿斯曼（Jan Assmann）基于哈氏提出的记忆的集体性和社会性观点充实了对记忆的形式和媒介的论述，他指出，"回忆形象需要一个特定的空间使其被物质化，需要一个特定的时间使其被现时化，所以回忆形象在空间和时间上总是具体的……回忆也根植于被唤醒的空间"（Assmann，2015，p. 31）。"被唤醒的空间"指的就是回忆的"空间框架"，例如房屋对于家庭记忆的作用（p. 31）。集体记忆离不开集体中个体间的交往与互动。对此，扬·阿斯曼从集体记忆的发生方式角度提出交往记忆（communicative memory），认为它"存在于个体之间，产生于人与人之间的交往，情感在交往记忆的形成过程中起到了关键性的作用"（Assmann，2016，p. 19）。赫顿庄园不仅是托尼在前半生开展家庭交往的空间，还是他和下一代在情感交往中维系和传承乡绅记忆以及乡绅价值的核心场所。托尼从父母手中接管此哥特式建筑后，让屋内的摆设和物件保持旧式风格——尽管此做法不合潮流，而且他从幼年至今一直住在按中世纪亚瑟王主题打造的卧室。此卧室承载了他的家庭交往记忆，他在小时候能从这儿让父母听见他的声音，该房间也成为展示其一生各阶段交往记忆的空间，存放着他上学时的留影以及和亲人、爱人在一起的照片。赫顿庄园在乡绅记忆的延续中扮演了理想的"被唤醒空间"的角色。作为集体记忆的乡绅记忆的传承还依赖家庭内部的交往，尤其是代际交往，儿子约翰·拉斯特是保证该记忆得以维系的重要成员。托尼常在此跟约翰灌输乡绅观念和坚守赫顿庄园的重要性："穷人说的一些话，绅士是不说的。你是绅士。等你长大了，整个房子和其他很多东西都归你所有。"（Waugh，2003，p.23）乡绅记忆承载着价值观、理念和准则等内容，且具有外在表征。托尼以绅士为模范培养儿子。除了他所强调的绅士风度和礼仪，乡绅记忆还整合了骑士精神和宗教信仰。庄园内有私家马场及帮工，约翰也拥有自己的小马驹，此地基本满足培育骑士精神的条件。宗教信仰是乡绅子弟在孩童时代接受的另一项基本教育，托尼家族有着基督教信仰，约翰自小也随父亲定时去附近的教堂做礼拜。包裹着绅士礼仪、骑士精神和宗教信仰等乡绅家庭传统和生活方式的乡绅记忆正是通过亲情的纽带在家庭中代际传递。

　　为回应都市中的"英国病"，《一把尘土》虚构了一个乡绅生活蓝本，呼应了"一战"后英国社会追求乡村生活的风尚。赫顿庄园被塑造为承载家庭记忆和个体间传递交往记忆的空间，这看似为延续乡绅精神提供了优良条件，但其中代际交往的内容和方式存在的隐患成为作者批判乡村理想的靶子。

二、空间入侵与交往受阻：乡绅记忆的集体性危机

　　作为乡绅记忆的空间框架的赫顿庄园因遭到外部入侵，其私人性和家庭属性被削弱，家庭成员在其中的情感交往受到阻挠，儿子约翰之死导致集体记忆的代际传递断裂。作为集体记忆的乡绅记忆遭遇传承危机，这折射出赫顿庄园传承的乡绅价值在培育宗教信仰和骑士精神等方面的缺陷，以及乡绅风度面对外部变化时的保守和软弱。

　　托尼和妻子对赫顿庄园的用途的迥异态度预示了两者关系的疏远和破裂，并且为作为家庭空间的赫顿庄园的公共化埋下伏笔，从而妨碍该空间中的情感交往，破坏了乡绅记忆的交往空间。托尼具有避世心态，他热爱赫顿庄园，但不喜交际，也不愿邀请外人做客。对他而言，这所房子不应有外人打扰，而布伦达持相反态度，她认为大房子的价值恰好在于宴请客人。托尼表示："我们一直住在这里，我希望约翰能在我之后把它维持下去。我们应对自己雇

用的人、对这座房子尽义务。这座房子必定是英国生活的一部分，一旦它……将是严重损失……"（Waugh，2003，p.28）虽然托尼未明确指出赫顿庄园的内涵，但结合他提到的该庄园关联的人和物以及对儿子的期望，他所说的"英国生活的一部分"大体上就是他珍视的乡绅生活理想，那么其未尽之言包含了对这座房子承载的内容也即乡绅生活理想受到威胁的担忧。约翰·比弗的到访很大程度上属于不请自来，因为托尼并未主动邀请他，相反是比弗趁着喝酒的兴头要求去做客。比弗的入侵打破了赫顿庄园的宁静，从他之后陆续有更多人前来，而且他们的闯入是破坏性的。以比弗为例，他对赫顿庄园的设施和条件颇有微词。对布伦达而言，比弗讲述的灯红酒绿的伦敦生活令她心动，这促使她后来频繁离开赫顿庄园，并以学习经济学课程为借口在伦敦租房，最终和比弗走到一起。

家庭空间和社会公共空间有别，城市被认为是能提供最丰富的、以交际为目的的公共活动的空间，而家庭常被视作较为私密的空间，两者之间一定意义上存在互斥。理查德·桑内特（Richard Sennett）认为，18世纪见证了城市规模的扩张以及咖啡厅和剧院等公共空间的发展，为非贵族的普通城市人提供了更多公共活动空间，然而在整个19世纪，在资本主义对公共空间的冲击下，出现了一种抵制公共秩序的现象："家庭变得越来越不像一个特殊的、非公共领域的中心，而是越来越像一个理想的避难所，一个完全自在的、比公共领域具有更高道德价值的世界。"（Sennett，2008，p.23）按照托尼的设想，赫顿庄园脱离公共秩序且具备私有化的空间意义，这也说明他为何不想让外人进入。不同于主要作为家庭活动空间的赫顿庄园，为布伦达和比弗等人开展派对和聚会活动的伦敦家庭成为具有公共性的空间，它们不光为亲友开放，还接纳朋友的朋友等更为陌生的群体。同时，鉴于其社交属性和公开性，公共领域中往往能滋生私人空间不具备的情感关系，因此，"公共领域是一个违反道德的行为时有发生并且得到容忍的地方，在公共领域中，人们可以违背各种礼仪规范"（桑内特，2008，p.27）。布伦达享受具有公共性的家庭空间中的情感交际，她受这类空间的包容性影响逐步弃置家庭伦理。如果赫顿庄园作为私人空间对于托尼而言是具有避难所性质的，那么对布伦达而言那里或许是"受难所"，所以她选择逃离，摆脱一个被乡绅家庭记忆占据和被相应价值观浸透的场所，从而和陌生人在公共空间中交往。

除了追求公共空间的交往，布伦达还试图将伦敦家庭空间的公共化属性嫁接至赫顿庄园，这造成了两种人群对这一空间的争夺。时常出入于伦敦家庭聚会的布伦达不满足于被邀请，她还邀约比弗太太等人到赫顿庄园做客，以实现她认为庄园该有的价值。她和托尼的分歧以及她的出格行为虽在赫顿庄园就已有苗头，但真正的实践只限于伦敦的公共空间中。然而，布伦达和友人计划将珍妮带入赫顿庄园取悦托尼，以此取代她本人的位置和抵消她的不忠行为。此做法引入了伦敦家庭聚会内含的公共空间的道德模糊性和伦理自由度，潜在改变了赫顿庄园本来的家庭空间属性与其中的交往方式。陌生人或朋友间的情感交际逐步置换原有的家庭亲情纽带，乡绅记忆的承载空间和传递形式被破坏，赫顿庄园渐渐沦为布伦达和波利夫人等开展非家庭交往的场域。小说叙述者也有意强调空间入侵导致的托尼的被边缘化，文中写道："偶尔几个女人会展开对话，她们习惯用自己的行话，而托尼完全听不懂，那是小偷的俚语，但每个词的音节又调换了位置。"（Waugh，2003，p. 80）家庭记忆的维系和延续离不开成员间的交往，父母的教育和陪伴是交往记忆产生并传递乡绅传统和观念的具体途径。外部入侵破坏该记忆的空间框架，而记忆内容的失真以及交往成员的缺席阻碍了真正的乡绅记忆的传承，此结果反映出赫顿庄园传承的乡绅价值本身的落后、保守等弊病。由于布伦达长期不在家，其家庭空间的核心成员只有托尼和儿子约翰，父子俩仍保持着模式化的生活：阅读、做礼拜、骑马等，只不过两人相处的时间变多了。叙述者提道："托尼和约翰又成了朋友，但这周的日子过得很沉闷。"（Waugh，2003，p. 83）布伦达在代际交往中是缺席的，但托尼对儿子的教导多少是流于表面的。他只顾及让约翰学习骑术，却未留意对其骑士风度和绅士品性的塑造，这样的骑士精神教导并不成功。自本·哈克特负责指导约翰骑马以来，约翰只对本毕恭毕敬，转而用言语贬损包括庄园仆人在内的穷人，说明他并未习得真正的骑士精神。此外，虽然托尼父子定期去教堂，但托尼父亲生前就资助的乡村牧师的布道词是落后陈腐的，没有与时俱进，字里行间仍是维多利亚女王时期的人和事以及如何效忠女王陛下（Waugh，2003，p. 32）。骑士精神和宗教信仰是赫顿庄园承载的乡绅记忆以及乡绅价值的核心内容，然而，这两方面教育均因为托尼重形式、轻内核而存在瑕疵。

　　虽然布伦达不断重塑以赫顿庄园为中心的家庭记忆传递空间和个体间交往方式，但是托尼秉承的绅士风范由于过于谦让和包容，无形中助长了妻子的背离，这体现出乡绅精神保守的一面。首先，他未坚守赫顿庄园的私有性，让渡了这一空间，未制止妻子的行为。其次，他没有努力维系家庭纽带和个体间的情感交际，面对妻子的离家行为，他不质询和干涉，表现得消极无为。对于约翰在乡村狩猎会上坠马身亡，旁人均表示："嗯，不是谁的错，事情就这么发生了。"（Waugh，2003，p. 106）托尼不仅认同此说法，而且首先担心的是如何跟身在伦敦的妻子解释，害怕对方难以接受。但讽刺的是，布伦达因牵挂着情人比弗，在得知真相后反倒松了一口气，儿子的安危并非其首要关切之事。托尼是家庭中维系乡绅记忆和实践乡绅价值观的核心个体，但其在过程中表现出的软弱与纵容没能保证家庭记忆的有效维系。约翰之死不仅直接导致夫妻决裂，而且从交往记忆来看，乡绅记忆的代际传递直接中断，因为交往记忆并不能摆脱时间的制约。"交往记忆就是日常的集体记忆……发生在家庭、邻里、职业群体、政治党派、协会和民族等群体内部的个体成员之间，最大特征就是时间的有限性。"（赵静蓉，2015，pp. 13 − 14）对于时间的有限性，扬·阿斯曼认为，"交往记忆通常在三代人之间循环……"（阿斯曼，2016，p. 23）由此，如果从托尼的父辈算起，赫顿庄园的家庭记忆作为一种集体记忆的交往和传递在第三代人这里将面临中止。

托尼一家的乡绅记忆的传承从记忆的空间和内容、交往形式和集体内个体的变动等方面遭到破坏。私人性的家庭空间遭遇外部入侵，从而一定程度上被公共化，公共领域中的道德缺失行为被嫁接至赫顿庄园。以骑士精神和宗教信仰为核心的乡绅家庭教育在内容上的疏漏是对教育初衷的消解，布伦达的出格行为反映的是都市风气对乡绅价值的挑战。托尼对外部变化的漠然体现出乡绅风度软弱无为的一面，是对乡绅记忆传承危机的消极应对。

三、构想乌托邦与反帝国叙事：个体对乡绅记忆的移植延续

由于家庭成员间交往记忆的中断，托尼力图作为个体延续其乡绅记忆。南美丛林中的遗落之城是他幻想的乌托邦，并非物理上可抵达的、能唤醒记忆的空间框架，他对乡绅记忆的移植将以失败告终。构建乌托邦也是殖民行为，托尼一行以知识和礼仪为核心的乡绅做派粉饰其海外探险行为，但他们的文化殖民被世居部落的抵抗以及殖民地居民的反征服挫败，影射了乡绅精神的不合时宜以及英国殖民统治的衰落。

托尼在知识分子俱乐部结识梅辛杰医生，二人探寻的未知之城是托尼试图嫁接个体乡绅记忆的想象的产物，但这一个体性传承因缺乏承载空间而失败。虽然个体记忆受制于集体性框架，但这不代表个体失去记忆的主体性，毕竟真正完成记忆的是具体的个体。哈布瓦赫虽强调集体记忆，但不否认个体记忆的存在。针对哈氏的这一观点，刘易斯·科瑟（Lewis A. Coser）补充说："社会阶级、家庭、协会、公司、军队和工会都拥有不同的记忆，这些不同的记忆通常都是由其各自的成员经历很长的时间才建构起来的。"（Coser，2002，p. 40）尽管作为家庭记忆、集体记忆的乡绅记忆在赫顿庄园

的维系与传递中断，但托尼作为记忆主体仍有记忆主动权，他个人未放弃延续乡绅记忆。海上航行刚开始时，托尼便幻想城市的样子，但他脑中的画面是以赫顿庄园为模板的乡村田园生活。叙述者说："这个画面是哥特风格的，那些风向标、小尖塔、滴水嘴、城垛、穿梭、窗花格、亭子和平台，完全是另一处赫顿庄园……山顶上有一座珊瑚般的城堡，在树林和溪水间点缀着雏菊，郁郁葱葱的景色中到处可见满身纹路的神奇动物和大大小小对称的花朵。"（Waugh，2003，p.160）托尼寻找的不是完全未知的领域，而其实就是新的赫顿庄园。在其接近设想的目的地时，"他的思绪回到了他刻意避免的那些事情上，回到了赫顿庄园高高的榆木大道和正在发芽的灌木"（p.168）。当同伴溺亡，托尼在丛林中孤立无援，他在幻觉中抵达一座城市，但该城市中的景观仍是赫顿庄园式的："杏花和苹果花在空中盛开，花瓣铺满一地，就如散落在赫顿庄园的果园里。金色的圆顶和石膏塔尖在阳光下闪耀。"（Waugh，2003，p.203）即使乡绅记忆的集体交往已中断，托尼仍然尝试觅得一处和赫顿庄园近乎一致的、可以嫁接其个人的乡绅记忆和田园憧憬的空间，但这仅是幻象，由于缺乏实在的操演场所，其个体的乡绅记忆将难以延续。

主人公的转场不仅投射、移植其乡绅记忆，还携带隐蔽的帝国意识，但习惯性地以知识、说理和教化为交往模式的绅士作风在蛮荒之地遭到当地部落的漠视和抵制。托尼和梅辛杰带有殖民性质的海外探险是失败的，而托德提供了"成功"的殖民范本，是对前者所代表的殖民方式的反拨。陈丽（2019，p.71）指出："将殖民地视为富有的田园风景的避世之地，看似随意的'乡村'描述实则渗透着观看主体———白人殖民者的集体无意识，暗示出视觉体验带来的自由想象。"为移植乡绅记忆，托尼在海外探险中将遗落的城市想象为赫顿庄园式的乡村田园，但这一视觉性想象内含了白人殖民行为的集体无意识，这种无意识赋予托尼一种特权，即当其需要新的乡村，便可前往海外寻找殖民地并将其发掘、开拓成田园。然而，托尼、梅辛杰二人由知识和礼仪包装的殖民行为并不奏效，反而遭到印第安部落的抵触和愚弄。梅辛杰作为旅途的引导者有探险经历，出发前便表示自己同当地印第安部落中的派－怀人很熟络，而且他对自己的知识和经验储备很自信。他虽然提出要买上两支机枪，但也直言："在紧要关头，哪怕没有机枪我也能应付。"（Waugh，2003，p.158）在马库西部落居民的陪同下，梅辛杰依然充分信任和依赖知识工具。他用罗盘测定路线，每小时查看气压表，每日用白天最后一点时间绘制图表，还借助医学经验用碘酒、棉花等给印第安人疗伤。梅辛杰用知识影响和教化马库西人，但换来的是对方的愚弄。部落居民罗莎充当二人的翻译，也被他们视为比其他部落居民更文明的人。他们对她说："你是理智、文明的女性，你还和黑人绅士福布斯先生生活过两年。"（p.186）但是她一直向二人索要香烟，却不答应随其同行。同部落的男性也以不同派－怀人来往为由拖延、搪塞托尼一行提出的造船任务和出发请求。没有当地部落居民的引导，二人依靠地图赶路，托尼因发烧留在同伴在地图上标注的"紧急宿营基地"，梅辛杰在去下游寻求帮助时溺亡。托尼二人探险的失败反映的是蛮荒和丛林对由知识和礼仪粉饰的殖民行为的抵抗。

梅辛杰死后，托尼被殖民地居民托德搭救。托德以让托尼阅读英国作家查尔斯·狄更斯（Charles Dickens）的作品为借口将其永久囚禁。托尼作为英国白人乡绅对托德的教化失败了，乡绅努力维系和实践的知识和文雅反倒成为对抗英国殖民意识形态的工具。托尼对英国人身份的强调、对记忆中的赫顿庄园的主观投射以及复制其乡绅认知和习惯的做法暴露了他的殖民者心态。托德的居住环境近似于隐居式的乡村田园，有着托尼憧憬的生活模式。他的房子是泥土制的，家里养有牲畜，他在草原上放牧，还拥有香蕉和芒果种植园（p.204）。身处异乡的托尼的记忆是错乱的，继续以非理性的方式移植其乡绅记忆。他对着空气说话，话里指责妻子的朋友们，也提到他在森林中发现的和城市不同的景象。托尼一看见托德的小屋便自动代入自己的乡绅身份和喜好。他提醒托德别让比弗太太看见这间屋子，否则她会刷上一层铬（p.204）。比弗太太的喜好是托尼追求的田园生活的对立面，她曾提出要改造赫顿庄园，但她显然不可能来到这里。托尼此刻所在的空间并非赫顿庄园，甚至不在英国。在逐渐清醒后，托尼急于将此地和英国联系起来，而托德是英属殖民地圭亚那人，并不认同自己是英国人。与其说托尼是以"同为英国人"为由拉近自己和托德之间的距离，不如说他试图以英国人身份震慑他眼中的英国殖民地居民。在武断地移植乡绅记忆的同时，他错误地认知了自己的身份和处境。他错误地认为在这片殖民地上国别、身份和知识应带来优越的地位。他视这里为他在寻找的那个"新赫顿"，而且赋予自己一种庄园主身份或者说主人翁角色。小说多次刻画托尼为托德读书的情形，后者都是津津有味地听着。叙述者有意将此行为和托尼作为乡绅时的育儿日常类比，如果说托尼作为父亲为小孩读书是进行教育，那么他给不识字的托德读书则是教化。托德称赞托尼的口音和阐释，表示托尼仿佛是自己的父亲再世（p.210）。这似乎暗示了一种潜在的上下位关系，而灌输文化知识的托尼是两人中的上位者。然而，叙述者很快推翻这一潜在的上下位关系，同时也推翻了看似正在形成的英国白人殖民话语。叙述者使用"主人"一词，但它指的不是托尼而是托德，拥有枪支的他既是草原上的印第安人的主人，更是托尼如今的主人；他既救了托尼的命，又掌控着他的命。作为听书者的他搪塞和回绝了托尼屡次提出的离开的请求。托尼以文明人和知识分子的方式同托德打交道，企图用文学影响托德，这沿用了梅辛杰的知识感化思路。以托德为主导的关系的确立戳破了托尼移植的乡绅记忆和身份以及他对英属殖民地的简单认知，同时也是对托尼身上携带的以文明教化为手段的英国白人殖民者思维的反拨。

对于生活在英属殖民地的托德的行为，巴尔图指出，托德带着潜在的殖民主义思想，理所当然地凭借混血儿身份在荒野中建立了一个小型的个人帝国（Bartu，2019，p. 9）。托德身上的殖民主义思想和他在荒野中建立的秩序是对英国殖民统治的藐视和对抗。乡绅托尼的殖民倾向体现在他想当然地预设英国的知识和礼仪可以教化殖民地居民，托德显然背弃甚至嘲讽了这一理念。有论者指出："沃驳斥了高尚野蛮人神话（noble savage myth）的救赎力量，反过来否定了传统的英国性叙事中引以为傲的征服神话。"（Phillips，2021，p. 292）小说中，高尚野蛮人神话体现为作为白人殖民者的托德等人对丛林部落和殖民地居民的理想化认识，即认为对方可以接受知识和文明的驯化。枪支是文明社会发明的暴力工具，知识教化则是文明人惯用的软暴力手段。所谓的生活在殖民地中的野蛮人同时使用文明人擅长的两种殖民手段来奴役后者。相对于代表文明和知识的英国本土，托德所在的南美殖民地象征野蛮。托尼在此地移植乡绅记忆，践行乡绅身份，却反被所谓的野蛮行为挫败。托尼在此处和他在英国乡村的处境既有联系，又有不同。身处赫顿庄园的他作为乡绅遭遇的是乡村和城市所代表的两种文化之间的冲突，而当他开启海外冒险后，他在途中遭遇的是两种文明的冲突。他的乡绅身份和价值观念与文化殖民相融合，从他下意识的表现来看，对他而言，这种融合是自然发生的，也是作为所谓上位者的英国白人理应享有的权利，因为乡绅践行的是以知识和说理为根基的教化，而文化殖民也主要挪用所谓文明社会的知识和礼制驯化野蛮人。小说讥讽了这两种价值观念的融合。乡绅托尼的探险失败反映出英国乡绅作风在海外殖民中的脆弱和无用，同时也说明了英国文化殖民逻辑的失效以及其殖民统治受到的挑战。

"一战"的震荡和美国的崛起致使英国逐步丧失霸权地位，曾经的日不落帝国对海外殖民地的控制减弱，印度、埃及、加拿大等地纷纷爆发了抗议活动和起义，帝国霸权被削弱成为不争事实。乡村看似为解决工业化社会和现代都市的精神弊病提供了路径，但乡绅价值理念和生活模式非但不能完成这一使命，反倒因无力应对都市风尚而暴露出内在缺憾。《一把尘土》主人公的海外之行将探讨英国的颓势和"英国病"议题的语境置于英国本土之外。乡绅价值观念在整部小说中代表一种传统的英国文化，但这一价值观念在英国的海外殖民中遭到抵制和反征服。如果说国民精神的疲乏是"英国病"在英国社会内部的一种表现，那么英国国力的孱弱以及英国文化影响力的式微则不仅仅见于英国本土，文化殖民手段的失败直接揭示的是英国殖民统治的没落。伊夫林·沃借小说完成了一种讽喻，即乡绅观念或者乡村价值观并不能成为"英国病"的解决方案，相反，在某种意义上还是该症候产生的原因之一。作者力图从两个方面表明对乡村精神的过度发掘和追求在一定程度上应对英国在物质和文化方面发展的颓势负责。一方面，作为英国文化传统的重要组成部分的乡村对英国社会的影响是深远的，这为持保守立场的人提供了庇护。尽管英国在近代率先实现工业化，但与工业化相悖的乡村却被认为是英国主流意识形态的重要来源。正如阿伦·豪金斯（Alun Howkins）所述："自 1861 年以来，英国就已成为一个城市化与工业化的国家……然而英国的意识形态和英国性很大程度上是乡村的。最重要的是，大部分的英式理想也是乡村的。"（Howkins，2014，p.85）也因如此，像托尼这样的乡绅才可以安然地在这一传统的英式理想的庇护下，选择旧时的庄园生活模式以及人际交往方式，并且漠视英国都市生活的发展以及英国之外的殖民环境的复杂化。另一方面，从工业助推下的现代社会发展的逻辑来看，英国乡村孕育的价值观念有其守旧的一面。当世界的潮流在于工商业的发展和扩张，因循过去的生活方式、推崇人和自然的和谐、抵制人工和科技的田园牧歌模式的做法体现的便是乡村的制约之力。这在部分学者看来恰恰是保守的、妨碍现代性和进步潮流的力量。威纳（M. J. Wiener）便指出，导致英国在 19 世纪末和 20 世纪全面衰落的一个文化诱因便是英国文化中的乡村价值观，一个本质性原因在于它不是"进步的，而是保守的，它的最大任务（和成就）在于驯服已经不明智地发动起来的危险的前进车头，并使之变得'规矩'起来"（Wiener，2004，p.6）。笔者认为，对以乡绅精神为代表的英国乡村文化的批判性反观暗合了《一把尘土》的潜在立场。在英国本土，以家庭为单位维系的乡绅观念不但没能抵御"野蛮"的都市习气，反而显露出这一价值观内在的过时与保守。托尼追求的乡绅理想在海外殖民过程中同样受挫，彰显了作者对乡绅价值的又一层反讽。

结　语

英国的乡村庄园生活被预设为应对都市"英国病"的理想空间，乡绅价值观是赫顿庄园传递的乡绅记忆的核心内涵，是以托尼为代表的知识分子的行为准则。在小说中，这一乡绅精神推崇宗教信仰、骑士精神、倡导知识和绅士风度等理念。赫顿庄园承载的作为集体记忆的乡绅记忆的传承因私人性空间遭到入侵和代际交往受阻而中断，该结果也揭示出乡绅价值片面、落后和保守的一面。主人公海外探险、构想乌托邦的方式难以实现其个体乡绅记忆的传承，其寻找"新赫顿"的过程是由乡绅价值驱动的殖民活动。该行为招致世居部落和殖民地居民的反抗和挫败，折射出乡绅观念的失效以及英国殖民统治的式微，"英国病"已蔓延至本土之外的帝国殖民统治。伊夫林·沃通过将乡村塑造成应对堕落的都市习气的避难处，把探寻"英国病"的根源的视角从英国都市转移至作为文化后方乃至文化根基的乡村。但是小说着力刻画的乡绅理想不是"英国病"的解药，反而因不能适应英国社会内外的变化与挑战，暴露了自身的局限与缺陷。《一把尘土》看似迎合"一战"后的英国文学潮流，即力图从英国乡村获取某种挽救现代社会危机的经验，实际上对乡村情结和绅士观念给予了冷静反观和犀利嘲讽，展现出一位讽刺作家的独特视野。

引用文献：

阿斯曼，扬（2015）. 文化记忆：早期高级文化中的文字、回忆和政治身份（金寿福、黄晓晨，译）. 北京：北京大学出版社.

阿斯曼，扬（2016）. 什么是"文化记忆"？（陈国战，译）. 国外理论动态，6，18－26.

陈丽（2019）. 作为意识形态的风景：《乡村与城市》中的视觉政治. 广东外语外贸大学学报，6，66－73＋154.

哈布瓦赫，莫里斯（2002）. 论集体记忆（毕然、郭金华，译）. 上海：上海人民出版社.

科瑟，刘易斯（2002）. 导论. 载于莫里斯·哈布瓦赫. 论集体记忆（毕然、郭金华，译）. 上海：上海人民出版社.

桑内特，理查德（2008）. 公共人的衰落（李继宏，译）. 上海：上海译文出版社.

王晋新（2002）. 论近代早期英国社会结构的变迁与重组. 东北师大学报（哲学社会科学版），5，41－49.

杨宏山（2002）. "英国病"的根源及启示. 社会科学战线，5，8－15.

赵静蓉（2015）. 文化记忆与身份认同. 北京：生活·读书·新知三联书店.

Bartu, C. M. （2019）. The Doomed Struggle of Tony Last with the Society and the Individual in Evelyn Waugh's *A Handful of Dust*, *Gaziantep University Journal of Social Sciences*, 18（2），1－12.

Eliot, T. S. （1997）. *The Waste Land*. Christopher Ricks（Ed.）. San Diego：Harcourt Brace & Company.

Featherstone, S. (2013). A. J. Cook, D. H. Lawrence, and Revolutionary England: Discourses and Performances of Region and Nation in 1926. In Claire Westall and Michael Gardiner (Eds.), *Literature of an Independent England: Revisions of England, Englishness, and English Literature*. Hampshire: Palgrave Macmillan.

Howkins, A. (2014). The Discovery of Rural England. In Robert Colls and Philip Dodd (Eds.), *Englishness: Politics and Culture*, 1880−1920. London: Bloomsbury.

Locatelli, Angela (2013). Constructions of Space: The Literary Configuration of "the English Countryside". In Saija Isomaa, Pirjo Lyytikäinen, Kirsi Saarikangas and Renja Suominen-Kokkonen (Eds.), *Imagining Spaces and Places*. Newcastle upon Tyne: Cambridge Scholars Publishing.

Phillips, M. (2021). First Miles Philips, and Then Tony Last: The Noble Savage Myth in Hakluyt and in Waugh's *A Handful of Dust*, *The Comparatist*, 45, 287−299.

Roberts, Doreen (2003). Introduction. In George Eliot, *Adam Bede*. Ware: Wordsworth Editions Limited.

Supple, B (1994). Presidential Address: Fear of Failing: Economic History and the Decline of Britain. *The Economic History Review*, 47 (3), 441−458.

Waugh, E. (2003). *A Handful of Dust*. London: Penguin Books.

Wiener, M. J. (2004). *English Culture and the Decline of the Industrial Spirit, 1850−1980*. New York: Cambridge University Press.

Williams, R. (1973). *The Country and the City*. New York: Oxford University Press.

作者简介：

何柏骏，四川大学外国语学院博士研究生，研究方向为英美文学。

Author:

He Bojun, Ph. D. candidate of College of Foreign Languages and Cultures, Sichuan University. His research interests are British and American literature.

Email: hehebojun@163.com

记忆的回味：饮食研究视角下的《士兵如何修理留声机》

赵易安

摘　要：德国作家萨沙·斯坦尼西奇在小说《士兵如何修理留声机》中描绘了经历波斯尼亚战争的亚历山大对战争记忆的追寻和反思。亚历山大的第一人称叙述细致刻画了由饮食与记忆构成的复杂意义网络，进食感知、饮食习惯和就餐仪式等食物体验不断构建、延续和改写记忆，亚历山大在不同阶段对记忆的对抗、压抑和接纳体现在具体饮食行为之中。本文采用文化学研究视角，从饮食书写角度剖析小说中战前爷爷去世、战时流亡埃森以及战后重返波斯尼亚三个阶段中，主人公对待记忆的认知变化过程和重建过往的尝试，并指出，文本中断裂的、间断的记忆叙述方式呈现了更真实的现实。

关键词：波斯尼亚战争　饮食研究　记忆　萨沙·斯坦尼西奇

The Aftertaste of Memory: An Analysis of *How the Soldier Repairs the Gramophone* from the Perspective of Food Studies

Zhao Yian

Abstract：In his novel *How the Soldier Repairs the Gramophone*，German writer Saša Stanišić describes Alexander's search for and reflection on his memories of the Bosnian War. Alexander's first-person narration accurately depicts the complex network of meanings constituted by food and memory. Eating experiences such as food perceptions，eating habits and rituals continually construct, perpetuate and rewrite memories, and Alexander's confrontation, repression and acceptance of memories at different stages are embodied in specific eating behaviours. This article adopts the perspective of cultural studies to analyse the main character's cognitive changes and attempts to reconstruct the past in three different phases of the novel, namely the death of his grandfather before the war, his exile in Essen during the war, and his return to Bosnia after the war, from the perspective of food writing, and suggests that the text's fractured and interrupted memory narratives represent a truer reality.

Keywords: Bosnian War; food studies; memory; Saša Stanišić

《士兵如何修理留声机》（简称《士兵》）是波斯尼亚裔德国作家萨沙·斯坦尼西奇的长篇处女作，一经问世就引起文学界高度重视，于出版当年入围德国图书奖短名单，此后被译成三十余种语言出版。如同斯坦尼西奇的其他作品，《士兵》具备明显的半自传色彩。作家本人在十四岁时因波斯尼亚战争与母亲一起流亡至德国，经历了适应异国生活的挑战，也面对了故乡成为废墟的痛苦。这些个人经历反映在出生地同样为维舍格勒的小说主人公亚历山大身上，他以讲述自我经历的方式不断追寻和反思自己的记忆。围绕亚历山大经历战争、流亡埃森以及重回波斯尼亚三个不同阶段的记忆书写不仅是小说的叙述主线，也是现有研究分析该作品时的重点（Finzi，2008，pp. 245－254）。过去自我的讲述与当下自我的回溯相互交织，呈现出关于童年经历的记忆被掩蔽、被改写直至被纠正的过程。针对成年后对被保留在潜意识中的童年记忆的发掘，西格蒙德·弗洛伊德用"屏障记忆"（Deckerinnerung）来表示主体构建的记忆对最早期童年记忆的覆盖和干扰作用（Freud，1931，pp. 385－396），这一现象恰好反映了亚历山大所遭遇的记忆困境。

在对记忆书写的研究中，饮食作为构建记忆的"重要引擎"往往被忽略，文化人类学教授乔·霍尔茨曼将这一现象归因于饮食和记忆两者自身的不确定性，饮食本质上是涵盖生理、心理、社会等维度的多层次主题，记忆则指涉更多截然不同的过程。当两者相连，"它们都在不同程度上发生变化"（Holtzman，2006，p. 362），使研究变得难以把握。不可否认的是，食物作为极其普遍的记忆载体，是"与记忆主题结合的理想选择"（Sutton，2001，p. 6）。一方面，以味觉为主的具身体验能够传递强烈的记忆线索。另一方面，饮食活动贯穿了私密和公共交往，以其象征性将琐碎的日常经验与广泛的文化模式和政治过程联结在一起，成为构建记忆的稳定方式。从小说所呈现的饮食场景同样可以看出，食物作为创造身份认同的文化媒介对于主人公亚历山大检索、形成和重塑记忆有着积极作用。以此为出发点审视《士兵》，亚历山大对饮食体验的讲述与他在不同人生阶段对待记忆的认知在斯坦尼西奇的笔下呈现出独特的关联性。由此，饮食这一表征铭刻了主人公在探索身份认同过程中对待战争记忆态度的不断变化。

一、对抗：饮食作为遗忘手段与延续记忆的尝试

在涉及饮食和记忆关系的研究中，食物明确地被视作"创造或维护身份认同"（Sutton，2001，p.5）的重要因素。《士兵》中亚历山大讲述童年的起点是波斯尼亚战争爆发前夕，围绕饮食产生的感知使得当时仍为孩童的主人公被迫意识到，原本由塞尔维亚族、穆斯林族和克罗地亚族构成的南斯拉夫共同体面临瓦解。在此过程中，饮食不再以其丰富的内涵编码记忆，而是作为遗忘的手段，宣告过去完全终止。

亚历山大的爷爷斯拉夫科的葬礼是小说的开始，也是南斯拉夫即将崩溃的信号。丧葬宴席是"借助食物进行纪念和遗忘的重要场所"（Holtzman，2006，p.372），它不仅帮助人们完成"应对悲伤的第一步"（Wehner，2014，p.40），让人们意识到逝者的离去，也使逝者在公共层面上得以遗忘。对于亚历山大个人而言，饮食带来的丧失感不仅源于葬礼时因爷爷突然去世仍未来得及收拾的"装着晚饭剩下的鱼刺的餐盘"（斯坦尼西奇，2023，p.5），还来自爷爷总出现的厨房里如今"没有爷爷的任何东西"（p.20）。亲人的突然离世使得亚历山大难以接纳食物作为遗忘的媒介，无法借此方式与爷爷告别。对于丧葬宴席的其他参与者而言，接纳斯拉夫科的去世不仅表示理解这一个体的离开，还意味着整个时代的落幕。作为南斯拉夫社会主义联邦共和国和共产主义者联盟忠实的追随者，"身上挂了无数的党的勋章"（p.80）的斯拉夫科亲眼见证和亲身经历了约瑟普·布罗兹·铁托为这个国家带来的改变。包括斯拉夫科在内的一代人的逝去促使人们再次感知到原本民族共同体的瓦解。葬礼仪式上的食物因此承载了人们对划时代历史转变的感知。原有身份被迫抹去，创造新身份困难重重，这使所有仪式参与者面对食物呈现出相似的、违反惯例的态度：男性站在厨房围成一圈把自己灌醉，女性用勺子不断搅动着杯子里的咖啡，没有任何人食用糖果、糕点或饮用咖啡。

饮食成为遗忘过去、重塑记忆的手段，一方面表现在它作为重要的组成

部分，出现在以接受逝去为目的的葬礼仪式中，另一方面也体现为它作为符号承载的附加意义被抹去和改写。维勒托沃地区定期举办的李子丰收节与亚历山大的童年时光紧密相连。"成熟的果实压弯了枝头，漫山遍野，就像布满了天空"（p. 20），人们的脸上也泛着相应的甜蜜。基于充裕的物质供给，维勒托沃的村民在每年的特定时间节点聚集在一起，通过规律性的共同进食凝聚成统一体。当地的各种物产作为无法分割的整体被平等地赐予每个人，所有村民均超越民族和宗教而紧密地联合在一起，即便是步行距离长达半日的佩希奇家族也被视作亚历山大爷爷母家的邻居，他们跨越看似遥远的距离分享"带点酸味的山羊奶"（p. 33）。

因此，李子丰收节的仪式以周期性、重复性对作为文化符号的李子进行了编码。它对亚历山大而言本是延续记忆的重要方式，但是在主人公对童年经历的讲述中，战争爆发前民族间的紧张气氛使得这一符号的所指发生扭转。在一次庆典中，卡门科出于对乌斯塔沙和圣战者的仇恨突然闯入庆典，用枪声打断了吉卜赛人演奏的欢曲，狂热的民族主义情绪取代了这一集体原本对多民族融合的共同信念，饮食的文化负载随之荡然无存，李子不再被赋予南斯拉夫共同体跨越民族差异的共享思想。在成年后的回忆中，亚历山大将它重新描述为"布满灰尘的"，这一作为维勒托沃地区代表性物产的食物因停滞在过去而沾满尘垢，不再受人关注。李子在此转变为"遗忘"的媒介，其意义的改写迫使亚历山大意识到应该忘记过去的美好。

对于童年亚历山大而言，通过饮食进行遗忘不仅意味着与童年生活告别，更代表着他"对自己的国家和身份的个体建构也将解体"（Matthes & Williams，2013，p. 32），他将不得不意识到以往所认同的上下融合的、消除了宗教和阶层区分的南斯拉夫是想象层面上的共同体，意识到"表面上的民族和谐田园诗被破坏了"（Haines，2011，p. 109），转而寻找新的身份认同。波斯尼亚战争爆发前的民族分裂带来的不确定性被投射到作为个体的亚历山大身上，他开始自我质疑："我是南斯拉夫人——所以也像南斯拉夫那样分裂。"（斯坦尼西奇，2023，p. 52）由于无法在父母不同的族群背景中直接选择其一来重新定位自己，亚历山大将自己视作如南斯拉夫一样"不确定的东西"（p. 52）。

面对难以接受的身份认同危机，童年亚历山大在无意识中与之对抗，抗拒将饮食作为遗忘手段去理解以爷爷的去世为开端的终止和死亡。一方面，他不自觉地忽视食物自身被赋予的"遗忘"功能，不愿相信举办葬礼意味着爷爷斯拉夫科永远离去，将死亡视作"不必要的、不幸的、不应该的"

（p.15），坚信自己能在将来给予他"复活的能力"。另一方面，他敏锐地感知到斯拉夫科的去世代表着共产主义者联盟的"魔法棒"（p.7）在这个国家不再起作用，对于包括李子在内的、寄托多民族融合信念的食物，他否认它们原本的文化建构意义被抹去并被重新阐释，而试图通过自己的方式维护记忆的连续性，借助绘画"造出不会终结的东西"，"画没有核的李子，没有堤坝的河流，还有穿着短袖的铁托同志"（p.16），由此在表面上暂时逃避了民族主义导致的分裂所带来的身份认同危机，在想象中阻止了南斯拉夫共同体的瓦解趋势。

童年亚历山大的对抗尝试表明，与食物相关的过去的回忆不仅仅是重新组合的过去叙事的片段，它将"个人与各自祖先的历史、社会文化身份、种族、生活方式、口味和偏好联系起来"（Lee，2023，p.1）。饮食记忆基于集体层面的共同价值观，成为跨越民族、宗教区隔的不同人所共享的食物叙事，由此超越食物本身的物理属性，成为构成身份认同的重要因素。当外界因素突然打破和试图中止饮食的特定文化象征，身份及其背后的叙事、传统和知识失去载体，将使得记忆的重新塑造在无意识中遭遇抗拒，人们以此维持原本的记忆叙事。此处的抗拒恰恰是形成屏障记忆的前提。

二、压抑：饮食作为感知剧变的方式与屏障记忆的产生

1992年至1995年的波斯尼亚战争是小说的主要事件，也是主人公亚历山大叙述的重点。处于青春期的亚历山大目睹了战争爆发，并且亲身经历了发生在家乡维舍格勒的围城战以及随之而来的种族清洗，直至1992年春末侥幸逃离。这场主要针对维舍格勒波斯尼亚穆斯林族人的大屠杀伴随着强奸、纵火、枪击等残酷手段，有数百人遇害。随着旧时代的消逝和原有价值体系的全面崩溃，亚历山大眼中的现实被完全颠倒，关于维舍格勒的安定、祥和的记忆不断被挑战，战争期间食物本身和围绕饮食产生的感官体验构成了主人公重新认识自身与周围环境的关系、寻找自身定位的核心。

维舍格勒的陷落被从孩童视角描绘成一场盛大的婚礼：由大胡子新郎们组成的军队在街道上连续九日肆意扫射，以庆祝自己迎娶了这座城市做新娘。① 这场围绕饮食展开的盛宴虽然具备通常意义上婚礼的所有元素，却从各个角度解构自身。首先，作为"新郎"的士兵们并未像通常婚宴上一样聚

---

① 此处婚礼的比喻可能影射波黑内战的直接导火索，即1992年3月1日在波黑全民公决是否脱离南斯拉夫独立期间，一场塞尔维亚族婚礼遭到波斯尼亚族袭击，这一暴力事件经发酵演变为武装冲突，后升级为内战（马细谱，2020，p.337）。

集在同一空间内围坐在桌子旁，而是分散在当地居民的房间内，面朝不同方向。这种分布形式违反了共餐对人类关系的认知与建构作用（Grignon，2021，p. 24），使得参与者无法通过基于饮食的密切社会交往来维系关系共同体。其次，士兵们没有按照正常方式来进食。有的直接站着拿着鸡腿啃，有的则"直接用手抓肉，串到有缺口的刀子上，再从刀尖上吃肉"（斯坦尼西奇，2023，p. 125），凌乱的房间中"地毯上散落着餐刀、叉子、盘子、调料和一只大鞋子，有人在那里面倒过牛奶"（p. 125）。用餐者抛弃社会公认的礼仪规范，不再将饮食视作运用文化负载系统化组织不同个体的方式，只将食物用于满足饱腹这一基本生理需求。士兵们虽然边庆祝边在轮舞中看似欢快地歌颂着食物："我们这些会享受的人喝着李子烧酒"（p. 130），但是歌声中却伴随着狗的号叫声、人们的哀鸣声以及孩子的哭喊声，从根本上揭露了狂欢轮舞背后的死亡恐怖。① 原本象征丰收喜悦的李子在此处又一次与新的所指联系在一起，对目睹这一场景的亚历山大来说它意味着战争的哀痛和残酷。

亚历山大亲身参与的饮食体验进一步强制改写了他关于维舍格勒的记忆。士兵们未经邀请便加入了居民们的用餐，坐在桌旁粗鲁地开口问道："有什么吃的？"（p. 111）一方面，士兵的介入颠覆了原本建立在亲缘关系基础上的食物供给和分享，使人们的日常饮食被置于权力结构之下。在亚历山大眼中，士兵"一定要冲进来，一定要知道每个人叫什么名字"，而且母亲们也并未像催促孩子们吃饭时那样邀请士兵："快来吃饭，士兵们，快要凉了。"（p. 111）这些描述都暗示着士兵们的加入是违反原本就餐成员意愿的，围坐在餐桌边的用餐者们也因此不再是平等的、超越个体差异的社会化存在（Simmel，2009，p. 158），而是处于死亡威胁之下、因恐惧而被迫服从的个体。另一方面，食物本身也由于战争而匮乏，与战争爆发前维舍格勒引以为傲的物产丰富不同，此时人们只能用豌豆和面包来果腹，生存成为他们唯一的目标，食物的口味及其附加含义在此刻都显得无足轻重，妈妈们只是机械地"在豌豆里加了盐，搅动着锅里的汤"（斯坦尼西奇，2023，p. 117），就算亚历山大觉得豌豆难以下咽，他"也还得吃掉"（p. 111）。

对于亚历山大来说，人类存在本质的完全解构是战争带来的最强烈的记忆，从饮食角度则表现为从"吃食物的人"到"被吃的食物"的转变。维舍格勒的人们不再被当作真实存在的、具备尊严的人类，而是成为满足欲望的

---

① 此处照应了德语文学中常见的死亡之舞（Totentanz）的母题，表面狂欢的背后是虚无，无论是此刻跳舞的士兵，还是处于痛苦中的村民，都将在战争中走向死亡（Buchheit，1928，p. 14）。

对象。在这场名为婚礼实为入侵战争的飨宴中，维舍格勒的人们被极为残酷地对待。士兵想要热腾腾的面包，便不断催促村民阿梅拉加快揉面的速度，而后又将其他人赶出房间，把阿梅拉作为发泄性欲的对象。食欲和性欲在此叠合，在士兵的眼中，阿梅拉与食物并无区别，两者都是予取予求的对象。人的存在价值因战争而被解构，成为欲望主体的附属品。在这种取向之下，生命自身的价值被无视，哈桑大爷被迫一天又一天"把处决掉的人的尸体扔进德里纳河"（p.321），塞亚德叔叔被叉起来"像烤羊羔一样"（p.321）炙烤。

在战争爆发前，面对作为遗忘手段的饮食，亚历山大还能够与它们被赋予的新意义对抗，坚持在想象中延续它们原来的记忆建构作用，以维护自己的身份认同。在战争真正爆发、维舍格勒被大规模入侵以后，不仅饮食被完全解构至只用以满足生理需求，人类自身也沦为连生存都无法保障的、被战争吞噬的"食物"。现实与过去形成了强烈的反差，颠覆性的经历使得亚历山大无法再对战争的残酷视而不见，无法延续食物在最初负载的文化含义，只能因无法接受和理解所感知到的这一切而使这一段记忆开始出现空白（Freud，1912，p.35）。

在此背景下，流亡德国埃森的经历一方面"成为一种缓冲"（Matthes & Williams，2013，p.29），使亚历山大在地理意义上远离摧毁维舍格勒的暴力和冲突，另一方面却加剧了亚历山大对家乡记忆的压抑和封锁。他逐渐意识到原本代表和平与幸福的南斯拉夫已经不复存在："那地方已经是一个新地方了，去那儿不叫回去，而是去一个新的地方。"（斯坦尼西奇，2023，p.167）

对处于无根状态下的亚历山大一家而言，饮食是感知异文化环境的方式，同时也是基于当地社会积累和重塑记忆的载体。流亡中的他们被塑造为无言的他者，电视报道将保卫维舍格勒的人们描绘为侵略者，宣称战争的目标是解放维舍格勒，当地村民自身的遭遇和认知在此过程中被掩盖，亚历山大一家也因此遭受排挤。他们的无归属感同时折射在对饮食的感知上：在战争物资匮乏时还坚持对豌豆和面包做简单调味的家庭，在新年前夜这一重要的时刻认为"煮什么都无所谓，反正都不好吃""喝什么都无所谓，反正都帮不了我们什么"（p.148），他们产生了"比任何时候都强烈的没有家的感觉"（p.156）。

在融入德国的迫切需求下，亚历山大的自我被割裂为两个部分，"有一个亚历山大留在了维舍格勒和维勒托沃"，"而另外一个亚历山大生活在埃森"（p.154）。为了建构在埃森的身份认同，留在维舍格勒和维勒托沃的那个亚历山大的自我的记忆被完全封锁，一切对过去的回忆都在心理防御机制的作用下被完全压抑，亚历山大不愿再唤醒那些"在想到维舍格勒的时候所产生的艰难的答案和沉重的想法"（p. 154）。他忽略战时由饮食体验感知到的剧变，并用家乡"一切还如当初一般美好"的构想来取代，形成了弗洛伊德所提出的"屏障记忆"（Freud，1931，p. 387）。记忆中的空白在它的帮助下被填补，亚历山大也因此得以尝试融入新的文化环境中。

还需注意的是，记忆的掩蔽并不意味着遗忘。相反，由于痛苦的情感是对关于童年严重的、悲惨的记忆进行"防御的动机，而继续这些想法的动机是无法抑制的"（Freud，1899，p. 219），因此看似无足轻重的记忆片段将在妥协下"以病态的强度和清晰度"（p. 219）浮现，因其具备的巨大力量一直伴随着主体（Freud，1912：37）。对于亚历山大而言，关于爷爷去世、维舍格勒陷落和南斯拉夫共同体完全瓦解的记忆因强烈的痛苦而被抑制，与之相关的"最琐碎的、最不相关的"（Freud，1899，p. 219）记忆图像替换了能够激发被掩蔽记忆的经验，在他的思想深处留下不可磨灭的痕迹。在德语课上学写题为《埃森，我们喜欢你》的作文时，亚历山大故意将德语城市名"埃森"（Essen）理解为发音相同的"食物"（das Essen），并写下了布雷克卷的做法，试着向每个人解释其中的肉馅。对制作布雷克卷的执着照应了亚历山大构想家乡"一切还如当初一般美好"时列出的"没有吃完的布雷克卷"（斯坦尼西奇，2023，p. 346），这一食物看似对他的童年记忆无关紧要，却在他琐碎的叙述中作为联想图像出现，因与引起回忆障碍的重要元素相邻而被保留下来。它不仅是维勒托沃李子丰收节聚餐中出现的众多食物之一，也是南斯拉夫颇具代表性的食物——亚历山大曾经无法想象"一个没有布雷克卷的国家"（p. 153）。流亡德国期间对战争记忆的掩蔽，以及在作文中重现布雷克卷制作方式，以此抗拒展现认同埃森和德国的作业，体现出亚历山大在无意识中对记忆的选择。虽然关于童年经历的记忆本身遭受抵抗和压抑，但是其涉及的关系过程、情感、联系等内部行为却在当下显现（Freud，1931，p. 387），参与到亚历山大的记忆塑造和自我定位中。

饮食自身具备的感官复杂性和社会关联性使它成为记忆产生、维持、掩蔽和改写的重要场所，亚历山大对自身战时和流亡期间饮食体验的回溯呈现出其屏障记忆生成和强化、真实过去被压抑和封锁的完整过程。在阿斯特莉特·埃尔看来，"记忆不是过去感知的客观映像，更不是过去的现实。它取决于检索的情况，是主观的、高度选择性的重构"（Astrid，2005，p. 7）。在每一次检索中，记忆都将随着当下的具体情况发生变化。经历战争的亚历山大借助包括饮食在内的日常实践不断更新对自我与周围环境关系的认知，在目睹家乡陷落、被迫融入异文化环境的极端痛苦和迷茫下实现了对童年记忆的重新梳理，试图在通向未来的、寄托希望的德国身份和隐蔽的、无法割舍的南斯拉夫身份之间努力重新定义自身的文化归属。

三、接纳：饮食作为跨越时间的纽带与记忆的重拾

在这部"考察前东方的地点和空间如何随着政权更迭和记忆转变发展而不断被重新概念化"（Haines，2015，p. 145）的移民小说中，斯坦尼西奇笔下的亚历山大在两次地理位置转移中经历了"双重颠倒"（Uca，2019，p. 186），因战争离开维舍格勒后又再次踏上了返乡之旅。他在多年异国生活后借助南斯拉夫的眼光去重新观察遭遇战乱洗劫的故乡，形成了介于熟悉与陌生之间的张力场，这促进了他对记忆的进一步反思。对于被屏障记忆取代的童年片段而言，"其中的基本内容大多已经被忽略"（Freud，1899，p. 221），早期的经历因一直被压抑而不再完整，使得处于身份不可靠性和变动性之中的亚历山大难以在他"未完成、中断和复杂的历史"（Matthes & Williams，2013，p. 40）中定位自我，"回到过去"（Freud，1931，p. 391）成为摆脱这一情况的唯一方式。作为相对稳定的物质性存在，故乡这一特定地理空间内的饮食承载着个体在过去涉及政治、经济、民族、文化和家庭等方面的意义，并帮助他与当下的自我建立关联，对过往饮食记忆的探索和重新叙述是对过去的自我的再次解读，个体的历史记忆在此过程中同样随着当下的理解发生变化。

霍尔茨曼指出，"以食物为中心的怀旧情绪"（Holtzman，2006，p. 367）是散居或移民研究中反复出现的主题。家乡的食物和饮食习惯能够激发移民的社会文化记忆，为他们提供"带有象征意义的庇护感、舒适感、归属感和民族感"（Lee，2023，p. 3），对于重返维舍格勒、渴望在这片自己生长的土地上再次亲身重复幼时饮食实践的亚历山大而言，食物作为承载童年回忆的载体发挥了更强烈的作用。亚历山大试图在此与过去的自我建立联系，证实他借助屏障记忆在表面上实现的由童年至成年的叙事连续性。在他眼中，花园里的黄李子仍是原来的味道，勾连起他童年调皮偷摘黄李子吃的回忆。维舍格勒的邻居们也仿佛并未改变，五楼玛格达家的咖啡是他人生中喝的第一杯咖啡，二楼米洛米尔家的咖啡依旧煮得很浓，"两口下去，就只剩下咖啡渣了"（斯坦尼西奇，2023，p. 303）。围绕食物生产和消费形成的日常实践活动为他提供了与食物相关的记忆，通过"重复的标记来构造时间"（Sutton，

2001，p. 31），其中包括食物的口味、制作的方式以及用餐的体验，从幼时延续至当下的进食习惯重现了过去发生的周期性事件，使得"时间在某种意义上静止"（Holtzman，2006，p. 365）。亚历山大曾经作为南斯拉夫儿童的视角，与经历流亡重返故乡后的视角融合交织在一起，个体记忆与现实开始发生互动，他仿佛在维舍格勒的废墟之上看见了记忆中故乡的幻影，并试图构建当下与过去的相似性，以此与过去的自我对话。

相较于流亡期间对自身童年记忆的压抑和封锁，此刻亚历山大因回到家乡这一具有特殊意义的地理空间，故而对记忆的态度更为开放，以更主动的姿态参与到与记忆相连的饮食实践中。小说中多次提示亚历山大喝牛奶时的习惯，在流亡期间奶奶曾在写给他的信中提及："晚上会有热牛奶。你总是刚好等十二分钟，然后就喝掉热牛奶。"（斯坦尼西奇，2023，p. 182）亚历山大却从未对此做出任何回应。回到维舍格勒后，奶奶仍延续原来的习惯，用燃气灶给亚历山大煮牛奶，亚历山大则仍准确地等待十二分钟后喝下牛奶。亚历山大曾因对"留在了维舍格勒和维勒托沃"（p. 154）的自我的回避而主动忽视和遗忘这一仪式化行为，却在当下为重拾被掩蔽的童年记忆、试图讲述和塑造自己连贯的历史而重新遵守它，饮食在此成为亚历山大在成年后与过往建立联系的桥梁。

虽然表面上亚历山大能够在维舍格勒找到过去与当下的连接点，但是正如弗洛伊德指出的："在大多数重要的和其他方面无可辩驳的童年场景中，人们会在记忆中看到自己作为孩童的样子，知道自己就是这个孩子，然而他却如同一个局外人一样观察着这个孩子。"（Freud，1899，p. 229）回忆中的自我与现实中处于此时此地的自我仅能短暂而有限地叠合在一起，前者与维舍格勒的人们共享和传承同样的文化记忆，因相似的生活方式、社会交往和知识体系形成了共同的归属，后者因当地政治变化和个体地理位置迁移塑造了混杂的身份认同，在与村民的交往中不断认识到，自己不再能够被简单地划为维舍格勒的一员。

亚历山大在与米洛米尔交谈时，发现对方"身上带着关节炎"（斯坦尼西奇，2023，p. 303），并且不断谈起战争期间对手榴弹和狙击手的恐惧和担忧，未在维舍格勒经历战争全程的亚历山大无法与对方共同拥有的这段记忆，这时刻提醒着他对维舍格勒记忆的残缺。与此相似的是，亚历山大拜访曾在慕尼黑附近生活了八年的玛丽亚时，对方用德语与他交流，并用"裹了面包糠"（p. 326）的猪排这一慕尼黑常见食物来招待他。虽然两人在战争初期曾一同在地下室"靠着长墙的胶合板桌子"用餐，一同听着母亲们"充满忧虑的声音",一同注视着"角落里的炉灶"(p. 327),但是一切终究发生了变化,遭遇过战争的家乡不断用细节提醒着亚历山大,过往的自我无法连贯地抵达当下,原始的童年印象已经被屏障记忆取代和加工。亚历山大在返乡前坚持的是"伪造的记忆"(Freud,1899,p. 230),他无法再借由这一叙述方式在故乡找寻到归属感。他与维舍格勒的其他人不存在共同的过去,无法以"我们"的叙事为基础去构建记忆。在同样的地点与同样的人相处,屏障记忆的虚构性被揭示,童年记忆的断裂得到验证。

一旦克服回忆的阻力,唤醒记忆的熟悉路径就会毫不费力地出现(Freud,1931,p. 394)。亚历山大追寻记忆的最后一站是他意识到童年中断和民族发生剧变的开端,即斯拉夫科的去世。不同于童年时抗拒饮食作为遗忘过去的手段、坚持维护记忆的连贯性,亚历山大在真正意识到南斯拉夫共同体的瓦解和自身单一文化身份的消亡,并重新面对被长久压抑的战争记忆后,开始承认过去与现在的自我间不可避免的错位,并与奶奶一起前往维勒托沃为爷爷做安魂弥撒。他不再回避食物在丧葬场合中承载的终结和告别的意义,而是作为仪式参与者积极地拥抱饮食在此刻塑造的记忆。亚历山大在爷爷墓前放下了土豆、烧酒和葡萄酒,在想象中的爷爷头部所在之处插了一根烟。在用餐时,他注意到"爷爷那根烟上的灰弯了下来"(斯坦尼西奇,2023,p. 360),仿佛逝者一同加入共餐中,克尔斯马诺维奇家族在这场宴会中得以团聚。亚历山大对此表现得尤为积极,虽然刚刚吃过一顿,但在用餐时"就像好几天没吃过饭似的"(p. 360),并且"又吃又喝又吃又喝又吃"(p. 361)。亚历山大对待丧葬仪式饮食环节的态度发生转变,不仅表明他已经接受斯拉夫科的去世,也暗示他终于能够走出想象中"未完结的童年"(p. 342),与战争影响下个体记忆和身份认同的突然断裂达成和解。

在小说开始处,童年亚历山大曾在爷爷的棺木前许下诺言:"无穷无尽地讲故事,永远都不要停止"(p. 25),这个诺言是亚历山大对于遗忘和终结的抗拒,而这也成为形成屏障记忆的开端。小说中亚历山大的第一人称讲述最终随着安魂弥撒的散场走向尾声,成年后的亚历山大在此刻终于不再执着于将记忆塑造为延续的、不中断的,无论是消逝的时代和瓦解的南斯拉夫共同体,还是残酷的战争和充满迷茫的流亡,都通过他的重新探索和找寻清晰地保留在记忆中。他决定打破"永远都要把故事讲下去的诺言"(p. 362),开始将目光从过去转向当下,转向此时此地的自我:"我在这儿。"(p. 364)

结　语

在讨论移民写作时,斯坦尼西奇强调目前的"移民文学"概念基于"作者的背景和社会地位这些松散而次要的相关事实"（Stanišić，2007，p. 2），简单地将不同文学作品归入同一类中，使得"以作品主题为中心的视角"（p. 2）被忽略。由此，对于具有强烈自传性色彩的作品《士兵如何修理留声机》而言，我们同样不应仅仅将关注点放在当代政治进程突变影响下包括作家本人在内的移民群体所遭遇的民族冲突与文化碰撞之上。小说通过童年叙述和成年反思的相互交织，切实地反映出战争爆发、地域流动等变迁对于个体日常生活及记忆的塑造及改写，恰恰体现出作者眼中文学所具备的独特的"不受边界限制的创造力和创新性"（p. 2）。

　　针对战前爷爷去世、战时流亡埃森以及战后重返波斯尼亚三个不同阶段，对小说中描绘的饮食这一日常实践进行的解读，能够分析出主人公记忆在产生、保存、检索、改写等过程中的动态变化。首先，当食物因政治变迁从编码记忆的载体转变为创造遗忘的手段，亚历山大无法接受记忆历时性的中断和身份的模糊化，通过维护食物原本的附加意义拒绝记忆断裂。其次，面对在饮食体验中感知到的战争下人类存在本质的消解和异文化环境中自我的割裂，亚历山大在寻找新的身份认同的过程中逐渐形成屏障记忆，童年经历虽然不再被主动回忆，但借助饮食载体一直与主体相伴并产生影响。最后，亚历山大在返乡之旅中通过复制童年饮食经历的失败尝试，意识到屏障记忆的虚构性和童年记忆的断裂，重新接受饮食承载的新意义，同意将空白和缺陷视作记忆的可能状态。

　　针对饮食的心理感知和围绕食物的具体行为在小说中主人公的第一人称讲述中得到细致刻画，对食物的解码渐次传递出波斯尼亚战争时期政治变迁和社会变革下个体在不同阶段对自身记忆的质疑、迷茫和审视。亚历山大弥合记忆裂缝、延续童年自我的尝试宣告失败，但呈现在读者面前的未完成的、中断的、复杂的历史却是更可靠的真实。

引用文献：

斯坦尼西奇，萨沙（2023）. 士兵如何修理留声机（史敏岳，译）. 上海：上海人民出版社.

马细谱（2020）. 南斯拉夫通史. 上海：上海社会科学院出版社.

Buchheit, G. (1928). *Der Totentanz，Seine Entstehung und Entwicklung*. Berlin：Horen-Verlag.

Erll，A.（2005）. *Kollektives Gedächtnis und Erinnerungskulturen. Eine Einführung*. Stuttgart/Weimar：Metzler.

Finzi, D.（2008）. Wieder Krieg Erzählt Wird，Wie der Krieg Gelesen Wird. Wie der Soldat das Grammofon Repariert von Saša Stanišić. In Marijan Bobinac (Ed.), *Gedächtnis, Identität, Differenz-Zur Kulturellen Konstruktion des Südosteuropäischen Raums und ihr Deutschsprachiger Kontext*, 245−254, Tübingen: A. Francke.

Freud, S. (1899). Über Deckerinnerungen. In Carl Wernicke & Theodor Ziehen (Eds.), *Monatsschrift für Psychiatrie und Neurologie Band VI*, 215−230. Berlin: Verlag von S. Karger.

Freud, S. (1931). Erinnern, Wiederholen und Durcharbeiten. In Sigmund Freud (Ed.), *Schriften zur Neurosenlehre und zur Psychoanalytischen Technik*, 385 − 396. Wien: Internationaler Psychoanalytischer Verlag.

Freud, S. (1912). Über Kindheits-und Deckerinnerungen. In Sigmund Freud (Ed.), *Zur Psychopathologie des Alltagslebens*, 34−41. Berlin: S. Karger.

Grignon, C. (2001). Commensality and Social Morphology. An Essay of Typology. In Peter Scholliers (Ed.), *Food, Drink and Identity. Cooking, Eating and Drinking in Europe Since the Middle Ages*, 23−33. Oxford, New York: Berg.

Haines, B. (2011). Saša Stanišić, Wie der Soldat das Grammofon Repariert: Reinscribing Bosnia, or: Sad Things, Positively. In Lyn Marven & Stuart Taberner (Eds.), *Emerging German-Language Novelists of the Twenty-First Century*, 105 − 118. Rochester: Camden House.

Haines, B. (2015). Introduction: The Eastern European Turn in Contemporary German-Language Literature, *German Life and Letters*, 68, 145−153.

Holtzman, J. D. (2006). Food and Memory, *Annual Review of Anthropology*, 35, 361−378.

Lee, K. (2023). Cooking up Food Memories: A Taste of Intangible Cultural Heritage, *Journal of Hospitality and Tourism Management*, 54, 1−9.

Matthes, F. & Williams, D. (2013). Displacement, Self-4(Re) Construction, and Writing the Bosnian War: Aleksandar Hemon and Saša Stanišić, *Comparative Critical Studies*, 10, 27−45.

Simmel, G. (2009). Soziologie der Mahrlzeit. In Georg Simmel (Ed.), *Soziologische Ästhetik*, 155−162. Wiesbaden: VS Verlag.

Stanišić, S. (2007). How You See Us: on Three Myths about Migrant Writing, *International Writing Program Archive of Residents' Work*, 5, 1−4.

Sutton, D. E. (2001). *Remembrance of Repasts*. Oxford, New York: Berg.

Uca, D. (2019). "Grissgott" meets "Kung Fu": Multilingualism, Humor, and Trauma in Saša Stanišić's Wie der Soldat das Grammofon repariert, *Symposium*, 73, 3, 185−201.

Wehner, L. (2014). Abschied Nehmen und Loslassen. In Lore Wehner (Ed.), *Empathische Trauerarbeit*, 33−41. Wien: Springer.

作者简介：

赵易安，复旦大学德语语言文学博士研究生，主要研究领域为现当代德语文学。

Author:

Zhao Yian, Ph. D. candidate of German language and literature, Fudan University. Her research fields include modern and contemporary German literature.

Email: ichbinangela@126.com

爱情、死亡与写作的疾病

——论杜拉斯《死亡的疾病》的三重意涵

徐同欣

摘　要：《死亡的疾病》是杜拉斯晚年完成的一篇短篇小说，也是代表着杜拉斯作品主题的微小原型。布朗肖在《情人共通体》中指出，"死亡的疾病"中"死亡"既指爱情的受阻，也指爱情自身的运动。本文认为，"死亡的疾病"实则具有三重意涵，即生命至尊性的丧失、朝向他者的爱欲和朝向死亡的写作。文本记叙着朝向死亡的爱情，而文本自身又是爱欲化的，通过断裂和空无的写作行为完成自身的爱欲化表达，而二者皆朝向了逼近死亡的异域空间。这三重意涵共同凸显出杜拉斯作品中爱情、死亡和写作三位一体的关系，让写作对象、写作行为和死亡本身相互指涉。由是《死亡的疾病》跨越了作品和作者的界限，使得文本和写作行为本身共同打开了情人共通体的空间，让写作成为一种献祭自身的行动。

关键词：杜拉斯　爱情　死亡　写作

The Malady of Love, Death and Writing: On the Triple meaning of Duras's "The Malady of Death"

Xu Tongxin

Abstract："The Malady of Death" is one of Marguerite Duras's short stories in her later years and serves as one of her thematic prototypes. In *Community of Lovers*, Blanchot points out that "death" signifies both the obstruction of love and the movement inherent in love itself. This thesis argues that the short story embodies threefold meanings: the loss of the sovereignty of life, the love toward the Other, and the writing toward death. The text narrates a love that moves toward death, while the text itself is an eroticized text, which completes its own eroticized expression through the act of writing of rupture and emptiness, both of which address the alien space approaching death. These three layers of meaning together underscore the trinity of love, death, and writing in Duras's works, interlinking the object of writing, the act of writing, and death itself. Thus, "The Malady of Death" transcends the boundary between the work and the author, enabling the text and the act of writing to open up a space that embodies the lover's discourse, making writing an act of self-sacrifice.

Keywords: Duras; love; death; writing

《死亡的疾病》（"The Malady of Death"）是杜拉斯（Marguerite Duras）晚年完成的一部短篇小说。在此之前，她已经是一名以隐晦写作著称的作家，她写小说，写剧本，拍电影，不断结交情人，将他们抛弃，重头来过。杜拉斯的文本常受到同时代法国理论家们的关注，拉康、布朗肖、克里斯蒂娃等都专门讨论过她的作品。她与理论家们交往甚多，作品中"无师自通"地回响着各种后现代理论的声音，尽管其后的《情人》（L'Amant）为她赢得了龚古尔奖，让她声名远扬甚至一度被误认作通俗作家。相较于《情人》自传性写作的水到渠成，《死亡的疾病》历时数月完成，不断删减至无可再减，没有时间地点，人物面孔模糊，难以称其为"故事"。布朗肖称其为一段记叙（récrit），用趋近荒芜的文字记叙一个不可能的事件。

布朗肖曾针对这部作品写作《情人共通体》（"La Communauté Des Amants"）讨论其不可再现的爱情关系，为理解此文本敞开了一条路径。布朗肖曾指出，"死亡的疾病"中"死亡"既指爱情的受阻，也指爱情自身的运动（布朗肖，2016a，p.66）。事实上，《死亡的疾病》记叙的不是具体的男人和女人间发生的事情，它的整个文本架构都建立在空白、停顿、海浪声、光与影和风之上，朝向爱的未知和空无，朝向世界的缺场。爱欲犹如疾患，裹挟着死亡的多重意涵。本文认为，《死亡的疾病》是杜拉斯众多作品中的微小原型，其中"死亡的疾病"实则具有三重意涵，即生命至尊性（souverain）的丧失、朝向他者的爱欲和朝向死亡的写作，而这三重意涵共同凸显出爱情、死亡和写作三位一体的关系，让写作对象、写作行为和死亡本身相互指涉。

本文将阐释"死亡的疾病"之多重意涵，靠近杜拉斯笔下顽疾。

一、过度的丧失

《死亡的疾病》写了什么？一个男人用金钱买了一个陌生女人的连续数个夜晚，男人要在这个女人的身上尝试爱，她是他的第一个女人。在此之前他从未对女人有过欲望，从未"看见"过一个女人。女人在夜晚来到男人的房间，男人以为女人是妓女，但女人说不是，并说因为她看见了男人身上的某种无法命名的疾病，直到他们共度过一些夜晚后，她才逐渐指出那就是"死亡的疾病"。男人进入了女人的身体，他看见了一切。之后某个时刻，女人离开了，契约结束了，女人在夜里消失。从此男人在这个世界上再也认不出这个女人。他试着讲述他们经历的这些夜晚，但失去了语言。男人在爱情到来前便失去了它。

《死亡的疾病》首先是关于爱的故事，关于爱的不可能性，这几乎贯穿了杜拉斯的全部写作。杜拉斯说，真正的爱情无一例外都是丑闻，无法被社会容忍。在这一点上她认同巴塔耶的观念，爱的丑闻包含着恶，一种过度（excès）之恶，它是生命存活必然的、无用的耗费，与社会所要求的具有建设性、功用性的秩序相违。爱是一种过度，它能像瘟疫一样扩散，是过剩生命力恣意挥霍所带来的破坏和毁灭。爱的毁灭和激情早先出现在《如歌的中板》（*Moderato Cantabile*）中，它以一场真实的死亡作为发生在身体之内的死亡的替代物；在《广岛之恋》（*Hiroshima mon amour*）中它化身为人类文明废墟之中扭动的身体；到了《副领事》（*Le vice-consul*）、《劳儿之劫》（*Le Ravissement de Lol V. Stein*）、《爱》（*L'amour*）中，它又化作精神的疯癫，徘徊在空际海岸那"盐的深渊"，在理智的边缘不断试探。然而在《死亡的疾病》中，爱的不可能性变成了一种无事发生的空无，甚至无法从字里行间确认它的到来和消失。爱就如同一个被召唤的幽灵从夜晚的森林深处穿过房间，穿过陌生人沉睡的空旷的床，沉入大海深处。

面孔模糊的男人是死亡的疾病的携带者、受害者，他没有能力去爱，也从没有体验过爱。他按照可以实现的方式去"购买"这种可能性，想要尝试"这一身体暗含着的生育的风险"（杜拉斯，1999，p.205，有改动）。而在这场交易达成之前，他的生命中虽然"在任何的地方都碰到过她，在旅馆里，在马路上，在火车上，在酒吧里，在书里，在电影里，在您身上……"（杜拉斯，1999，p.205）但他一直避免这种"不合时宜"的激情，并相信能因此而保持自由。正如女人问男人："杀死一个情人，把他仅仅留给你自己，带走他，拐骗他，不顾一切法律、道德，您没有过这种感受，从来没有过吗？"男人回答说："从来没有"，于是女人道："死人很奇怪。"（p. 221）

布朗肖在评论中指出，男人身上没有任何东西符合过度的运动，"他遏制了它们，取消了它们，因为它们是一种自身展露（自身显现）的生命的表达，而他总已经被剥夺了那样的生命。"（布朗肖，2016a，p.56）这首先表现出死亡的疾病的第一层含义，即生命至尊性的丧失。"过度"观念来源于巴塔耶对爱欲和至尊性的思考。在巴塔耶看来，人类生命本质上不是生产和保存的过程，而是不断耗费甚至挥霍能量的过程，如同馈赠万物生命的太阳燃烧自身。人类社会建构的秩序规则将目标放置在生命的能量之上，让能量被有组织地运作，被精心计算来服务于谋划。这是生命本身被压抑和确立起理性主体的过程，也是让个体的存活受制于主体孤立状态的过程。对耗损生命能量的拒斥让人丧失了至尊性，人服务于社会的经济法则，成为理性世界的奴仆。相反，人若想找回至尊性，让生命力沸腾，就要用耗费的方式让一切活动以其自身为目的，朝向不被理性计算的过度运动。战争、祭祀、情欲，这些充斥着暴力的活动皆能中断世俗社会要求的谋划运作，无保留地挥霍资源，破除禁忌。情欲正是依靠暴力的盲目运动侵犯着主体，让人进入忘我的高潮，让生命为其本身流溢。在这个意义上，暴力的情欲肯定了生命本身，而男人恰恰从来没有用自身生命从事耗费的运动，而是谨守着"那令人绝望的单调的确定性，在每一天、每一夜里，无可救药地重复着无爱的套路"（杜拉斯，1999，p.224，有改动）。死亡的疾病是他丧失生命力的征兆，因而女人看到他的第一眼就已意识到，"他即将死去，在没有任何生命死去之前，而他对此一无所知"（杜拉斯，1999，p.213，有改动）。

因为生命力的贫乏，男人被囚禁在自身的孤独中，他让人联想起拉合尔的副领事，他们独自活在自我世界的王国之中，与自己的影子互为同类。别人无法靠近他，言语无法击穿他。正如女人对男人说："您只了解死人的身体的优雅，像您自己一样的优雅。"（杜拉斯，1999，p.218，有改动）男人的孤独首先是封闭主体所占有的同一性的孤独，是布朗肖所说的"世上的孤独"，也是列维纳斯所说光和认知所照亮的存在者。这样的主体通过光的世界——一个被意识照亮的世界——将自身的存在结合并隔离成一个孤立的单子，获得了自我的统一性。由于这种统一，他专注于自身的重量，拥有属于主体的视域，而事物皆能够从主体出发被作为认知的对象，作为被光照亮之物与主体关联而被纳入世界之中。孤独的存在者拥有一个无他者的理性世界，在世界之中他所遭遇的人皆是具有可辨识、可区分的普世性外观的存在者们，一些被列维纳斯称作"人形材料"的穿着衣服的存在者，与其所维系的"社会关系靠形式来建立，它所保护的那些表象为所有的模棱两可都披上了一层真诚的外衣，让它们见容于世俗社会"（列维纳斯，2006，p.37）。对男人来说，女人一开始就是一个失去了面孔、需要在抽象的社会符号中辨认的对象。男人以金钱为契约购买一个女人的夜晚，是他所掌握的自身同一性关系的延伸；他以男子气概所秉持的逻辑惯性，认为一个女人若接受男人的金钱并与之发生关系，她就应当是妓女，是他消费的欲望的延伸物。尽管男人声称要尝试爱，却将爱当作待认识的未知之物，而非无知之物。他应当掌握她，而她应当被占有，保持沉默，绝对服从，"像农妇在收获后在谷仓里，当她们筋疲力尽睡着了的时候让男人来找她们"（杜拉斯，1999，p.207，有改动）。他要熟悉一个女人的身体，这个身体已然在他脑海中确认过形式，身体是"一双乳房""一种味道"，它拥有"那里"，如同他听说中的比"真空更有韧劲的天鹅绒"。女人的身体不是他异的，而是男人安排自己肉身的地方。男人以为身体是一种感觉的零件，寻找那些象征着爱的符号，乳房、生殖器、腿和胳膊，而女人的身体应该"逐渐习惯它的形状，任凭摆布，就像修女任凭上帝摆布一样"（杜拉斯，1999，p.207，有改动）。女人的身体是那一处"世界的地方"，是男人要深入的地点，在此处他能够放置爱，以便填满他世界的一处空缺。

尽管男人在欲望的驱使下欲求着他者，但这种欲求始终是从他自身的同一性出发的，而男人甚至无法意识到他的封闭对他者的错失，他对这种痛苦的原因保持无知。男人的孤独不仅因为他无从遇见他者，也因为他被安置在特殊的场域内，在此过程中男人也正在逐渐"变得孤单"。从叙述中可以看到，男人的房间属于夜晚，这房间被森林、海洋和天空包围，被一望无际的黑暗和空无包围：

> 天空飘着濛濛细雨，在没有光的天空下大海依旧是黑色的。您听到它的声音。黑色的海水断续上涨，它越来越近。它翻涌着。它不停地翻涌。长长的白浪穿过它。一个长浪重新跌入了白色的喧嚣。黑色的海是强有力的。远处有一场暴风雨，经常这样，在夜里。您看了许久。您忽然会觉得黑色的海是在代替别的东西翻涌，代替您和床上这个昏暗的形体。（杜拉斯，1999，p.216）

男人独自注视着黑色的大海，听着永无止境的喧嚣，他目睹海浪起起落落上演无始无终的戏剧，就像目睹了自身无休止地陷落在无从挣脱的存在的恐怖之中。这是一种布朗肖所说的"根本的孤独"，一种"以我作为中心基点去感受我所感受的东西的权利在消失、在隐没"（布朗肖，2003，p.258）的孤独。这种孤独可以说就是总体性的存在本身，它"在我身后"被"我"主体性的存在掩藏起来。孤独的存在如同黑夜，为此布朗肖借鉴了列维纳斯称之为 il y a 的状态。il y a 是所有人和事物消失之后所剩余的空无，是一切存在者诞生前的混沌。它并非纯粹虚无，而是在虚无之上存在的无人称、无形式的中性力场（le champ de forces），如同天黑后万物遁没的空旷，如同寂静卧室里的沙沙作响，是像空气一样无限延展着的寂静的轰鸣。这是所有存在者的存在所占据的场域，是存在者在确立自身之前被困入的稠密泥沼，它丧失了一切运动的起点和终点，既没有开始也没有终结，既没有过去也没有将来。由于存在者尚未获得一个诞生的瞬间，被光照亮的世界也尚未出现，存在者被囚禁在无法消失亦无法实显的存在之恶中，没有出口，无处逃离，没有入口，无法后撤。文本中，男人正处在这样的黑夜中，四面被延展的空无包围着，他面对墙壁痛苦地徘徊，无所事事，焦虑不已。他只能待在那里看着床上因睡眠而逃逸的女人，整夜忍受着令人发疯的浪声，在寒冷中"不明其因地呜咽"。这是存在的监狱，一个没有他者亦无主体的牢房，空无挤压了形单影只的男人，他的呜咽"被拦在了您的边缘和您的外部，它们无法与您重聚以便由您哭泣而出。面对着黑色的大海，靠着她睡觉的那个房间的墙壁，您为自己而悲伤，像一个陌生人会做的那样"（杜拉斯，1999，p.214）。男人的哭泣被拦在"外部"，被拦在一个主体可能掌控的意识之外，它永远无法由"我"哭泣而出，因为恐惧和孤独的被动性已全然在"我"之前的存在之中。在巨大的痛苦里，男人的呜咽接近于受难，哭泣已不是主体在哭，而更像无从进入世界的"幼童式的颤抖"。由是，男人不仅无法出离自我的孤独，他的自我同样不断被吞没，被迫陷落于自身存在所依附的黑夜。这是存在的封闭的孤独，是"死亡的疾病"所招致的孤独，它弥散在男人身旁。一些评论中指出《死亡的疾病》书写的是无法去爱女人的同性恋者，而在杜拉斯的语境里所谓的爱同性者，更应该被理解为只能爱自己同类之人："男人一生真正的伴侣只能是另一个男人，在雄性的世界里，女人在他方。"（杜拉斯，2017，p.162）

男人是醒着的病患。列维纳斯用失眠中的警觉来形容存在对自我的裹覆。失眠是对存在的守候，是一种不得不存在而无法遁入睡眠的状态，人在失眠时处在匿名的无对象的警觉中，自我的外在和内在都消失了，存在无时间性地、永无休止地存在着，没有一个瞬间能够开启一个裂口终止这漫长的守夜。

记叙中男人就处在这样的失眠之中，被他自身的孤独占据，备受存在之重。相反陌生女人却在"远古的疲惫"中一次次睡去，女人似乎以自己的"疲惫"姿态来回应着存在的压迫，睡眠让她将意识置放于他处，恰如《圣经》中的约拿被裹挟在狂风巨浪中时走进船舱入睡，从无休止地拍打着的海浪声中获得暂时的安宁。布朗肖认为这是女人既在场又不在场的一个特征。沉睡躲避了男人的凝视，正如杜拉斯的许多作品中出现过的沉睡的女人。在《爱》中永远沉睡下去的劳儿·V. 施泰因，沉睡是她在沙塔拉的"监狱"散步时的屏障；在《副领事》里的安娜－玛丽·斯特雷特，沉睡让她旁若无人，无法被簇拥在身旁的求爱者们触及；在《广岛之恋》里来自内维尔的法国女人，她创伤的记忆沉睡了，疯狂才能被悬置。沉睡是一种对存在者的保护，因为清醒后的世界只会被波澜壮阔的爱推向无世界的荒芜，推向毁灭的激情。

二、他者的黑夜

男人的孤独是存在者受困于其自身的孤独，这种孤独无法被任何人分担，即使是女人的在场也无法让他获得安慰。正如列维纳斯所说，存在者能去分摊别的东西，唯独不能分摊自身的存在，"孤独，显现为那标记着存在之事件本身的隔离"（列维纳斯，2020a，p.31）。男人无法出离自身，或者说正是对女人的求知欲停留在了无法靠近的挫败之中，才加剧了这份孤独，此时男人尚未注意到他者。正如男人对女人大声讲述的那个精神分析式的童年故事，布朗肖指出，这是希望以乱伦的方式将女人作为他的母亲去爱，由此将女人"限定为母亲的替代者"，而女人始终拒绝男人的限定，将他执着的强迫视为其广阔的疾病形式之一（布朗肖，2016a，p.81）。

然而，与女人的相处加剧了黑夜的延展。当女人问起男人是否在她的陪伴下少了一些孤单，男人却处在"认为自己孤单及其反面自己正变得孤单的混淆中"，并且发现这是和女人在一起的缘故。男人恰是因为被这匿名的存在包围着，逐渐遁入了黑夜，他者才有机会到来。女人是绝对的他者（l'Autre），因为他者来自黑夜，他者召唤着黑夜，在黑夜中呼唤着"我"去聆听她的言语，在看不见的深处正邀请"我献身于对她的回应"，迫使"我"进入黑夜去凝视这个呼唤"我"的形象。在这一点上，女人对男人身上散发无名疾病的最初回应，就是她决定和他交易夜晚的原因。女人天然地能面对他者，因为她知晓何为爱及爱的被动性，而男人尚未参悟，他相信爱可以来自主观的意愿，他从未爱过任何人，从未在其自身的存在外部遭遇巨大的他异性。记叙中，女人是沉默、赤裸的，她以她的"面容"出现，裸体就是她的面容，仅凭其脆弱性防御着男人的凝视且对困扰着世界的事无动于衷。"您注视着这个形体，您从中发现了可怕的威力，可憎的脆弱，虚弱，无与伦比的虚无的不可战胜的力量。您离开房间，您回到面向大海的平台上，远离她的气味。"（杜拉斯，1999，p.215）表面上她是将身体和时间作为供男人探索自己欲望的、泯灭个性的工具化对象，然而很快我们便看到事实并非如此。女人不仅用她的睡眠防御着这种捕捉，即便她醒来，他的存在本身也呈现出布朗肖说的"在场的缺席"，她的存在已然逃逸出任何将其作为整体把握而在其身上的叠加。作为与"我"面对面的他者，她永远无法被接纳。于是，男人原先以为的占有不过是他拥有的"一双构想了她并同时相信自己正在触摸她的物质的手"（布朗肖，2016a，p.57）。不论男人如何抓住这个躯体，男人发现的只是凝视对女人躯体的把握所带来的挫败和愚昧：

> 您告诉她：您一定是美丽的。
>
> 她说：我就在这里，在您面前，您自己看。
>
> 您说：我什么也看不见。
>
> 她说：尽力去看，您付的钱里包含了它。
>
> 您抓住这个身体，观察它不同的部位，您把它翻过来，倒过去，您看着它，您重新看它。
>
> 您放弃了。
>
> 您放弃了。您停止了对这个躯体的触摸。
>
> 直到那一夜您才明白，人们并不能了解眼睛看见的东西，手和身体触摸的东西。您发现了这种忽视。
>
> 您说：我什么也看不见。（杜拉斯，1999，pp.211-212，有改动）

女人"在场的缺席"同样也是一种"缺席的在场"，因为他者虽然不容被"我"把握，却在与"我"的存在的直接性关系中成为"我"存在外部的存在，始终以脆弱赤裸的肉体纠缠着"我"，向"我"宣告着它自身的权威。在与男人签订的契约中，女人占据了这个房间，她以他者的姿态保持自身的独立和不可化约性。她只属于夜晚，像天空、森林和海洋一样蔓延着，而白昼将驱散她的面容，为她披上"干净而抽象"的外衣，让他永远无法再将她认出。正如列维纳斯指出，他者之于"我"的他异性不是二者之间的差别，而是与"我"之间根本上无法消除的间距。他者的他异性跨越了"我"存在的中介，对"我"的存在直接言说，这种言说不隶属任何作为交换系统的语言，而是他者的肉身对"我"直接作用的、让"我"无法拒绝的话语。正如当男人发现他那与女人之间"不可逾越的界限"便是女人逼视他的目光，他者的目光超越了"她眼睛的颜色"，迫使男人吼叫、畏惧，推她"转向墙壁"。男人终于意识到了自己的盲视，意识到对他者主题化后的挫败无力，这时男人才能开始真正回应他者并朝向他者而运动，而爱欲的关系只有在运动中才能展开。

爱欲如何发生？黑夜中的男人质问女人爱怎样降临，女人给出了答案：

> 她回答您：也许来自宇宙逻辑中一次不意的断裂。她说：比如一个差错。她说：绝不会是一个意愿。您问：爱的感觉还会来自别的东西吗？您恳求她说出来。她说：爱可以来自任何事物，来自夜禽的一次飞行，来自一次睡眠，来自睡眠中的一次梦，来自对死亡的接近，来自一个词语，一场谋杀，来自它自己，来自自己本身，不知怎样它就来了。她说：看。她分开她的双腿，在她双腿间的空洞中您最终看到了黑夜。（杜拉斯，1999，pp. 224－225，有改动）

爱的发生具有纯粹的被动性，它就像命运到来的时刻可以被任何偶发性的事件激活，却绝非出于主体的意愿。爱如果是朝向他者的运动，就更是朝向死亡的运动。这正是"死亡的疾病"的第二层含义：朝向他者的爱欲，对爱的寻求本身就是致死的，死亡策动在他者的躯体之中，"是这个展开在您面前的形体宣布了死亡的疾病"。"我"愈靠近他者就愈靠近死亡，正是他者的存在宣布了死亡。布朗肖指出，死亡永远异在于"我"，死亡就是那"可能的不可能性"，永远无法进入主体的经验，始终在其自身的到来中逃逸。真正的死亡从来不是由我自主掌控的，死亡也不是"我"生命整体的一部分。因为"我"的死已然不是"我"在死，而已经是什么在死，"我"只能在去死的道路上无限趋近于死亡而永远无法抵达死亡。在朝向死亡的运动存在的无限空间中有着无限时间，它也是布朗肖所说的"中性空间"，一个主体的自我持续消亡的状态。在这个意义上，死亡就是他者的形象，他者如同死亡一样的他异性让其外在于"我"。确切地说，是他者在爱欲关系之中保持着不可通达、永远在到来的状态。正如男人发现"死亡的疾病"就在女人身上，并且"她始终活着，活着时她召唤着谋杀"，而原先的他"只了解死人的躯体的优雅"，以至于二者之差异最终突然显现在了男人的面前。死人的躯体可以说是已死的、同质的物，它再无可能召唤欲望将其占有，一个活着的躯体才蕴藏谜一样的死亡，它策动着不安，让人怀疑，驱动着"我"去寻求不可触碰之物。"我"回应着他者的肉身的言语，在其上寻找无法寻得的爱的归属，这样盲目而躁动的"爱抚"或许是情人之爱最形象化的表达："爱抚寻找的不是在接触中所给予的手掌之柔滑和温热。构成爱抚之寻找的本质的是，爱抚并不知道它在寻找什么。这种'不知道'，这种根本的无序，是其关键……爱抚就是对这种没有内容的纯粹将来的等待。它由持续增长的饥饿构成，由永远都会更丰厚的允诺构成，朝向一种不可把捉的新视角敞开。它被不可胜数的饥饿所喂养。"（列维纳斯，2020b，p.85）

"我"向他者无限靠近的运动，打开了爱欲所维系的中性空间，它是那浸没了他者和"我"自身的黑夜，也正是在这样的黑夜之中，与他者的关系才真正成为可能。他者和"我"之间由于没有了光，没有了世界的中介，便开启了布朗肖所说的"情人的共通体"，它只能在与死亡的联系中被爱欲的激情维系，它是被动且偶发的，因他者的他异性而绝不可能与"我"合二为一成为融合式的整体。由于它不具有任何对象之间的共同属性所限定的集合，抗拒着维系社会团体的同一性元素，情人的共通体本质上是在与他者的他异性当中显现的"无关系"状态，爱欲本身失去了对象，共通体只能在不断朝向不可能性的运动中自我消解。这种在场的模糊性，这种悬而未决的激情，无法获得任何持存形式的肉身。他者不仅和"我"一样浸入了黑夜的孤独——这黑夜原先为"我"的存在所依存，他者同样外在于"我"所依存的黑夜，与他者间的爱欲便是"我"全然向着这外部敞开。正如布朗肖再次谈到了特里斯坦和伊索尔德的神话，他们"各自是没有尽头的黑夜，既不在黑夜中融合，也不在黑夜中统一，而是被黑夜永远地驱散了"（布朗肖，2016b，p.373）。在这个意义上，他者才是真正无限的存在，不仅驱散了光，也打开了黑夜。同样，他者和"我"永远也不处在同一时间中，而是在不可把握的将来之中，如同死亡作为一个将来的事件。这是爱的不对称性，他者所撤入的将来不归属于任何人，与一切现在所欲掌控的关系彻底分离。它让情人的共通体成为一个否定的共通体，保持着这种自我弃绝的建构，"我"与他者总是在"被一个与'已经不再'携手同行的'尚未'（pas encore）所分开"（布朗肖，2016a，p.68）。

当记叙中的男人紧紧抓住了女人的躯体，感受到来自黑夜外部的激情。这黑夜不再是白昼的对立，而是那另一种夜。当他从绝对的空洞中看到了全部，我们可以说，男人在这朝向死亡的匆匆一瞥中什么也没看到，他所抓住的就是这空无（rien）。他依旧是盲视的，而这盲视已不再被属光的世界遮蔽，盲视是对黑夜的守候，因而他们的房间外即便是在晨曦中也"还没有太阳"，"黑暗依旧落在大地上，浓浓的"。女人就在这夜晚离去了，或者说，在他们激情的黑夜中逃向黑夜。正如情人之爱是避光的存在，白昼之中我们永远无法再穿过那差异来面对彼此，确认对方的面容。情人的共通体一经发生便开始消散："很快您放弃了，不再寻找她，不在城里，不在黑暗中，也不在阳光下。即便如此您能够用唯一适合的方式让这爱存活，在它发生前失去着它。"（杜拉斯，1999，p.226）

三、写作的顽疾

"死亡的疾病"还有第三种含义：朝向死亡的写作。对于杜拉斯而言，它就是爱情的疾患的变体，是不得不去写作的顽疾。正如布朗肖在《情人的共通体》中将这篇作品称为一段记叙。记叙用来指称杜拉斯对爱情的书写，它不再试图讲述任何完整的故事，不再试图成为一件完成式的作品（œuvre）。如果在《情人》中还残存着主动建构的可供理解的爱情叙事，那么在《死亡的疾病》中，爱情被动性的纯粹的运动已无法言说，仅仅能够通过写作行为本身被宣布。在这个意义上，"死亡的疾病"本身正是爱情的书写的隐喻，是情人共通体的建构。这样的共通体的共在又总是不以确定性的位置为目标，不断改变和驱散着自身，形成和见证着这个世界上微小的战争机器。写作是爱欲的阵地，是被社会话语排挤的爱欲逃向的空间，它扰乱秩序，摧毁成见，败坏道德，崩坏宏大的共同体叙事，毫无建设可言，对杜拉斯而言，这恰恰就是她的政治。写作和爱欲如同死亡，把白昼的世界推向了极端，推进那个尽头的阴影里。作家需要走出白昼的秩序，走向阴影，并从阴影走入一个无法进入而永远在外部的黑夜。

杜拉斯的写作可以说是对布朗肖写作观念的一种实践。布朗肖在《文学空间》（*L'Espace Littérature*）中谈道，作品本身就是这黑夜所留下的痕迹，向我们揭示根本的孤独。这根本的孤独是那存在的中性，因而作品并不试图完成什么，也不是未完成的，作品仅仅存在着，不传达不表象，无法成为任何无限精神的替代品。孤独在艺术中，在写作中，凸显出了存在的肿胀。虽然如此，写作者和阅读者仍然能够进入作品，如同进入黑夜一般，冒着被孤独吞没的风险，听到寂静的沙沙作响在语词中显现。于是写作成为这样一种活动：作家已远离了世界，只身朝向作品召唤的空无，投入自身，献祭自身；作品是一个写作者永远无法掌握之事，他只能听从作品的召唤而无法停留。作品与作家永远保持着这段间距，写作的手不是那把控现实之手，而是一只有病的手，这病手沦陷于被动，它不得不开始且永远无法停止，它就是那中性空间的、永不停歇的存在本身。作家努力用那可以被控制的手与这有病的手保持联系，获得停止和开始的控制力。写作只是朝向那无休止的运动，开始，永远重新开始，在得到作品的瞬间重新陷落至挫败。在这个意义上，杜拉斯的写作与爱欲的激情何其相似，召唤爱欲的激情同样也在召唤写作，让写作者献祭自身，去触碰充满诱惑和危险的夜的孤独。写作是去挣脱日常生活意义的锁链，让事物挣脱出使用功能的依附，不必完成指涉，却能交流不可交流之物。她写了关于爱的种种却最终什么也没写，因为爱，缺少那个绝对的词，绝对的指认，只能在不断的指认中运动。爱欲中的他者的黑夜就是那象征秩序终止的不透光处，是男人在女人身上寻求的不是任何地点的空洞。

杜拉斯说："写作仿佛是处在黑夜之中。写作可能发生在我之外，在某种时间混乱之中：即处于写与已写、着手写及应该写、对其显在的知与不知、意义充盈、涵泳其中与臻至无意义境界这两者之间。世界上存在着暗黑团块这种意象并不带有什么危险性质。"（杜拉斯，2007，p. 35）这"暗黑团块"放在了作家面前，无法忽视，成了心疾。写作是这种处在茫茫天地间走向荒凉的必然，它让人想起布朗肖在《文学空间》里讨论的那个托尔斯泰所写的故事。故事中的俄国富商勃列科诺夫带着仆人尼基塔在大雪中迷了路，他带着信心和果敢走进了雪里却一直找不到方向。他看见仆人冻僵的身躯，乐观地脱下自己的衣服给了尼基塔，就像他成功地经营生意时那样自信。然而，某种外部的事情意外发生了，死亡爬上了他的身，他对此全然无知无觉，他倒下了。很快，他冻死了。布朗肖认为勃列科诺夫的死无关道德和善，只因他走进茫茫白雪中，死亡成了他身上不可理解的必然。同样，写作就是处在这生与死之间，经受着勃列科诺夫冻僵的身躯失去知觉的考验。在那里，语言无法再向前，只有野蛮的、缺乏任何规划的写作才可能进入。野蛮地写并野蛮地活，这就是杜拉斯的生活本身，如她在《写作》（Écrire）中告诉世人作家的秘密那样，写作要把自己投入井底，写出死亡一般的恐惧，写出这种恐惧所持续的时间以及其过程如何难以忍受。这是异常缓慢与艰难的无限的时间，是从生到死的时间，也是从自我到他者的时间。这或许是她执着于毁灭的原因，她用笔杀掉了人，别的什么正在杀死她——一个写作的人：不是我在死，而是什么在死；不是我在写作，而是有人在写作。

于是，一个具有异域感的空间诞生了，在写作中杜拉斯创造了孤独，孤独弥散在她诺弗勒堡的大房子里，具有了存在的物质性，进入那里就进入了白日梦的无处撤退的失眠。这便构成了杜拉斯的世界，或者说是世界永恒的缺场，在那里，爱情、写作和死亡近乎三位一体。写作和爱情有近乎置换的意味，正如她待在情人们身边时也总忍不住要去写，从始至终只有写作时纸和笔触碰的沙沙作响。一个真正的作家要做的是让写作从未离开过他，而她的确做到了。写什么呢？那必然是爱。在这个意义上，《死亡的疾病》最大限度地实现了杜拉斯写作中的自我指涉：作品记叙了爱情和爱情的不可能性，而对不可能的爱情的记叙是写作行为自身的爱欲化表达，二者皆朝向了逼近死亡的异域空间。那些极度贫乏的文字，那些构不成故事的故事，面色苍白像被放干了血液。生命没有回忆，没有档案，只剩下幽灵穿行在一个个视野尽头的荒蛮国度，一群理智清醒的主体看不见的断壁残垣。这残垣是爱发生的痕迹，是爱的侵蚀留下的失败和创伤，它让语言的钢筋水泥崩坏。正如克里斯蒂娃在《黑太阳：抑郁与忧郁》(*Black Sun: Depression and Melancholia*) 中将杜拉斯作品称为"再现的危机"(a crisis of representation)，它来自人类社会内部意义系统的崩解，来自象征媒介遭遇了"上帝之死"后的洗劫(Kristeva，1992，pp.221－223)。因为在 20 世纪那个极度混乱，充斥着战争、杀戮、原子弹、集中营的历史时空，种种灾难均由死亡的激情主导，它带来过量的冲击与负荷，如同弗洛伊德所说，它是由死亡冲动驱动的文明内部的熵增。从未有过如此巨变使得再现只能使用如此稀少的象征媒介，死亡已经变得在日常语言中难以浮现，只闪烁于无法言语的片段，能写作出的也只是那毫无净化作用，无法宣泄、无从纾解的文学。它将读者拉入了空无的表达，拉到某种病症无法指称的部分，让字句和死亡的病症融合，它是抑郁症的共谋，亦是死亡的共谋。世间在杜拉斯笔下到处散播着写作的痛苦。

献身于对写作的回应，献身于对爱欲的回应，最终以回应他者，回应那在人旁侧的死亡。杜拉斯让生命变成了这场死亡的瘟疫。于是，白昼不再有太阳，黑夜不再有星丛，情人们在黑色海面上铺开白色床单。

引用文献：

杜拉斯，玛格丽特 (1999). 死亡的疾病（王东亮，译）. 上海：上海译文出版社.

杜拉斯，玛格丽特 (2007). 物质生活（王道乾，译）. 上海：上海译文出版社.

杜拉斯，玛格丽特 (2017). 杜拉斯谈杜拉斯：悬而未决的激情（缪咏华，译）. 桂林：广西师范大学出版社.

布朗肖，莫里斯 (2003). 文学空间（顾嘉琛，译）. 北京：商务印书馆.

布朗肖，莫里斯 (2016a). 不可言明的共通体（夏可君、尉光吉，译）. 重庆：重庆大学出版社.

布朗肖，莫里斯 (2016b). 无尽的谈话（尉光吉，译）. 南京：南京大学出版社.

列维纳斯，伊曼努尔 (2006). 从存在到存在者（吴蕙仪，译）. 南京：江苏教育出版社.

列维纳斯，伊曼努尔 (2020a). 伦理与无限（王士盛，译）. 南京：南京大学出版社.

列维纳斯，伊曼努尔（2020b）. 时间与他者（王嘉军，译）. 武汉：长江文艺出版社.

尉光吉（2019）. 爱的三重奏——布朗肖的黑夜体验. 文艺研究，2，28−36.

Kristeva, Julia. （1992）. *Black Sun: Depression and Melancholia*. （Leon S. Roudiez, Trans.）. New York：Columbia University Press.

作者简介：

徐同欣，同济大学哲学系博士研究生，研究方向为法国理论。

Author:

Xu Tongxin, Ph. D. candidate of Department of Philosophy, Tongji University. Her research interest is French theories.

Email: holicalex@163.com

跨学科研究 ● ● ● ● ●

当代"新苏格兰电影"中的新女性主义电影叙事
——以《默文·卡拉》为例①

胡沥丹

摘　要： 自20世纪90年代末至新千年初的十年间，英国电影产业经历了一次显著的复兴，苏格兰电影亦随之蓬勃发展。在这一背景下，如何界定苏格兰民族电影引发了英国学界的广泛讨论。作为当代最具代表性的苏格兰电影作者之一，琳恩·拉姆塞（Lynne Ramsay）以其风格独特的"新女性主义电影"为"新苏格兰电影"赋予了更加丰富的内涵，同时也体现了当代苏格兰电影发展中的跨地性特征。本文主要以其代表作《默文·卡拉》（*Morvern Callar*，2002）为例，分析这部电影如何将跨地性和新女性主义电影叙事相结合来表征民族身份消解之下主体性的游移。

关键词： 新苏格兰电影　新女性主义电影　电影叙事

New Feminist Cinema in Contemporary New Scottish Cinema: *Morvern Callar* as an Example

Hu Lidan

Abstract： Between the late 1990s and the first decade of the new millennium, the

---

① 本文为四川大学"从0到1"创新研究项目"电影情动叙事研究"（项目编号：2023CX02）中期成果；本论文得到四川大学"优秀青年教师海外访学计划"资助。

British film industry experienced a striking revival, and Scottish cinema flourished in step with it. In this context, the question of how to delineate Scottish national cinema sparked wide-ranging debate within British academia. As one of the most representative contemporary Scottish auteurs, Lynne Ramsay has, through her distinctive brand of "new feminist cinema," enriched the notion of "New Scottish Cinema" while foregrounding the translocal dynamics that shape its present development. Focusing on her landmark film *Morvern Callar* (2002), this article explores how the work intertwines translocality with new feminist narrative strategies to chart the fluidity of subjectivity amid the dissolution of national identity.

Keywords: New Scottish Cinema; new feminist cinema; film narrative

　　有关苏格兰电影与英国电影的关系在新千年以来越发成为令电影研究者关注的问题，许多学者认为在"英国电影"的范畴之下有必要强调其不同的民族身份构成。自 20 世纪 90 年代以来苏格兰电影已经具有形成自身谱系的可能性。[①] 邓肯·皮特里（Duncan Petrie）在《映像苏格兰》（*Screening Scotland*）一书中追溯了英国电影史中反复出现的与苏格兰有关的主题，并认为在这些电影中苏格兰成为观众的一处"想象性空间"，为逃离某种困境和建立一种自我认知提供了可能性，而这样的表征常将苏格兰置于英格兰或者欧洲国家的"他者"位置（Petrie，2000，p. 156）。新千年以来，以皮特里为主要代表的英国电影学者提出了"新苏格兰电影"（New Scottish Cinema）这个说法，以强调苏格兰电影自 20 世纪 90 年代经历复兴之后所形成的新格局。按皮特里的定义，但凡苏格兰出资拍摄的或者主题涉及苏格兰的电影都可归为"新苏格兰电影"（p. 169）。同时他也意识到界定的复杂性，指出很多电影的拍摄和发行资金来源往往跟英格兰有紧密关系，而在电影风格方面苏格兰电影又跟欧洲艺术电影有很深的渊源。在皮特里之后，陆续有学者质疑"新苏格兰电影"中强调的民族特质。比如萨拉·史翠特（Sarah Street）从电影的"民族风格"和资金构成两方面论述了"新苏格兰电影"这一标签的

---

　　① 史蒂夫·尼尔（Steve Neale）指出欧洲艺术电影不仅在好莱坞之外的全球电影市场发展出了一席之地，并且被用于培育特定国族的电影产业和电影文化，比如法国、德国和意大利的本土艺术电影利用了具有标志性的文化和体制语境。本文所谈的"新苏格兰电影"也属于艺术电影范畴（Neale，2002，p. 103）。

含混性。史翠特认为那些被看作"新苏格兰电影"重要代表作的影片，比如《猜火车》（*Trainspotting*，1996），在最初发行的时候被作为英国电影产业复兴的标志来进行国内和世界市场推广，其苏格兰性（Scottishness）恰恰是被弱化掉的（Street，2009，p. 140）。并且这类影片在风格上非常接近英国 20 世纪 60 年代的"新浪潮"电影，因而很难说"新苏格兰电影"与英国电影存在非常显著的区别。另外，有学者指出苏格兰电影在资金获取和团队组成上明显体现了跨国（transnational）的特点，这也影响了当代苏格兰电影的风格走向。比如，乔纳森·莫里（Jonathan Murray）认为苏格兰电影在新千年以来进一步卷入了电影的全球化制作和发行当中，因此边界更加模糊（Murray，2012，pp. 400-418）。莫里强调了苏格兰电影与北欧电影产业的频繁接触，也指出了当代苏格兰本土电影人对移民及种族多样化问题的关注。

总的来讲，虽然很多学者从民族性、电影风格/文化、电影产业等方面对"新苏格兰电影"做了分析，却少有文章具体讨论这些影片中与女性有关的表征问题以及女性影人的行业经验。正如皮特里所注意到的，这些"新苏格兰电影"的主题主要集中在"当代""城市"和"男性气质"这样的关键词上（Petrie，2000，p. 156），研究者们也大多从这些方面入手，因为这些也是英国现实主义电影研究所关注的核心议题。然而不应该忽略的一个事实是"新苏格兰电影"中一些非常有分量的电影出自女性导演之手，她们的创作使得苏格兰电影呈现出更丰富的面向，值得研究者做深入的探讨。

本文参考英国作家、电影学者苏菲·梅尔（Sophie Mayer）对"新女性主义电影"（New Feminist Cinema）的界定来探讨琳恩·拉姆塞作品中的女性主义意味。同时，有别于将"新苏格兰电影"置于"跨国主义"（transnationalism）框架的研究路径，本文将从跨地性（translocality）的视角来分析拉姆塞的电影实践。跨地性挑战了区域研究中隐含的地域限制，"强调世界是在不同尺度的跨界过程中构成的，并由此对空间差异进行生产和再生产"（Greiner & Sakdapolrak，2013，p. 375）。因此，跨地性超越了"跨国主义"所蕴含的民族-国家和地缘政治的局限，以更开阔的视角看待不同地域之间（跨国或者国家内部）的资源、资本和文化等的流动及融合过程，"打破空间与地点、农村与城市、核心与边缘的二分的地缘概念"（p. 380）。拉姆塞的电影轨迹正是横跨了苏格兰、英国、其他欧洲和美洲国家而建构起一种既包容、又非常个人化的影像创作方式。

一、研究背景

自 20 世纪 90 年代末，随着政治与影像生产方式转型的开启，英国的女性导演迎来了更多的电影拍摄机会。1997 年新工党（New Labour）成为执政党后对于女性权益的维护成绩卓著。如克莱尔·安斯利（Claire Annesley）和弗朗西斯卡·盖因斯（Francesca Gains）所说："我们可以观察到的是，新工党意识到女性作为拥有行动力的政治和社会公民的重要性……"（Hockenhull，2017，p. 31）新工党领导的政府试图改善先前保守党政府所忽视的性别歧视等状况，既扶持女性就任行政机关重要职位，也关注社会底层女性因贫困所承受的负担（p. 31）。在电影产业改革方面，新工党拓展了对本土电影的资助范围。2000 年英国电影委员会（UKFC）的成立标志着英国电影资金运作模式的重要转折，它将彩票资金（lottery funding）引入电影制作体系，为本土电影提供资金和院线播放机会。此外，英国电影委员会设立的各项基金（首映基金、发展基金、新电影基金）为大量的新电影项目和新电影导演提供了资助。女性导演诸如安德里亚·阿诺德（Andrea Arnold）、琳恩·拉姆塞、顾伦德·查达哈（Gurinder Chadha）等都曾受益于发展基金。英国电影委员会除了注意到电影产业中的性别和种族等问题，还设立了女性电影和电视奖（Woman in Film and Television Awards），以表彰业内杰出女性的贡献。金·隆吉诺托（Kim Longinotto）、莎拉·加芙隆（Sarah Gavron）和阿马·阿桑特（Amma Asante）等都曾获奖。2000 年至 2011 年期间，英国电影的数量有明显增长，女性导演的人数在 2009 年达到英国电影史上的顶峰，占了英国电影导演人数的 17.2%（p. 1）。此外，数码摄像机（DV）自 90 年代以来的日益普及和工艺升级使得电影拍摄的门槛降低。这对于女性来说益处是显著的：一方面，导演无需大量资金投入便可进行影像实验；另一方面，数码摄影机小而轻的便携特点也减轻了体能消耗，拓展了（特别是纪录片）电影实践的疆界。

帕特里夏·怀特（Patricia White）在《女性的电影，世界电影》（*Women's Cinema*，*World Cinema*）一书中指出，自 90 年代末，随着克莱尔·德尼（Claire Denis）、苏珊娜·比尔（Susanne Bier）、莎米拉·玛克玛尔巴夫（Samira Makhmalbaf）和莫菲达·特拉特里（Moufida Tlatli）等女性导演的作品先后亮相于各大主流电影节，多样态的跨国女性电影（transnational women's cinema）终于在 21 世纪获得了一定的能见度（White，2015，p. 8）。在此基础之上，苏菲·梅尔在其专著《政治动物：新女性主义电影》（*Political Animals: The New Feminist Cinema*，2015）当中提出了对"新女性主义电影"（new feminist cinema）的界定。"新女性主义电影"的"新"主要体现在其对近百年来几次女性主义思潮的反思，因而

"新女性主义电影"并非特定的女性主义思潮的附属，而是汲取了这些女性主义运动的历史经验，同时也与新千年的各种电影文化有紧密联系（Mayer，2015，p.6）。在她看来，性属（gender）与阶级、性别（sexuality）和种族等一样，已然是社会复杂网络中不可割裂的存在。梅尔认为电影的女性主义意义在于其必须体现出一种介入公共活动或话语实践的政治立场。因此，在她看来，新女性主义电影应该实践"表征的正义"（representational justice），以公开姿态"反抗持续性的性别暴力及其在银幕上的不断复现"（p.18）。此外，除了观照历史经验，梅尔指出，"新女性主义电影"的诉求不应局限于性别平等，还应关注全人类的当下处境。

从当代英国女性的电影创作中，观众可以看到非常丰富而立体的性别角色，她们具有不同的年龄层次、扮演不同的家庭和社会角色、分属不同的社会阶层。这些导演对纪录片、艺术片、遗产电影和商业大片等类型的创作领域都有所涉猎。本文作者将目光聚焦于琳恩·拉姆塞，这位当今苏格兰/英国影坛最有活力和才华的女性导演。拉姆塞的新女性主义影像通过其跨地性叙事以及对女性刻板印象的颠覆性表征既消解了民族身份对电影艺术的桎梏，又将女性的困境推向个体的存在主义维度。

本文将拉姆塞定义为广义上的"电影作者"（auteur），其作者身份常常成为电影作品的风格标记。而这种强调作者身份、把女性作为主体的立场与新女性主义电影研究有密切的关系。正如科林·科隆帕尔（Corinn Columpar）和苏菲·梅尔指出的，许多女性导演作品因为影片中较明显的"自我"（self）痕迹而被批评为"自恋"；吊诡之处在于，如果"电影作者"是男性，他们的"自恋"通常会被解读为一种才华的体现（Mayer，2015，p.196）。本文作者认为女性导演对于作者身份的强调传达了对自我建构的需要，这种需要反映了一个问题：观众在很多电影里看不见真正的女性，她们是通过男性眼光建构起来的符号，其指涉往往就是关于女性的陈词滥调：天使或者妖妇。女性电影作者通过电影所不断表达的自我建构诉求，就是对此类"表征的暴力"的反抗。这种自我建构并非限于"自恋"的封闭空间，它是开放的、流动的，饱含着对生命意义的追问。而正是这种"不确定性"（unpindownability），会引发电影话语生产主导者的焦虑——女性电影作者很可能成为一套稳固叙事体系的挑战者或者反叛者。

拉姆塞出生于苏格兰格拉斯哥，20世纪90年代中期以短片进入电影行业，并收获了戛纳电影节的短片奖项。作为一名非高产导演，目前她仅有四部故事片上映。本文主要以其代表作《默文·卡拉》（*Morvern Callar*，

2002）为例来探讨她的新女性主义电影叙事艺术。下文首先追溯"新苏格兰电影"的跨地性特点，然后通过对电影的具体分析来讨论拉姆塞对跨地性和女性主体性问题的表征，最后在余论部分指出其电影创作轨迹所映射的意义。

二、苏格兰的艺术电影叙事

比尔·道格拉斯（Bill Douglas，1934—1991）作为苏格兰艺术电影叙事风格的奠基者对当今苏格兰及英国电影有不可忽视的影响。他的电影艺术特色已经体现出与欧洲艺术电影的跨地性连接，其作品区别于其他有关苏格兰的刻板表征，对贫苦环境中人类生存的现实主义关怀和独特的诗意美学彰显了电影作者在影片风格上的引领作用。道格拉斯一生只拍了四部影片，代表作是"童年三部曲"。这三部自传性电影都是在 20 世纪 70 年代完成的，包括：《我的童年》（*My Childhood*，1972）、《亲人们》（*My Ain Folk*，1973）和《回家的路》（*My Way Home*，1978）。前两部影片具有很强的自传性，根据他在一个贫穷的苏格兰煤矿小镇的成长经历改编而成。在三部曲中，道格拉斯运用了许多静态影像和无声处理，赋予影片一种特殊的戏剧张力，有人将他的风格描述为"诗意现实主义"（Noble，1993，p. 127）。电影中那些具有神秘化倾向的超现实风格镜头呼应了欧洲著名导演伯格曼、费里尼和杜辅仁科的艺术创作。

约翰·考伊（John Caughie）指出，道格拉斯的作品展现了一种欧洲艺术电影的传统品质（Caughie，2007，p. 106）。大卫·波德维尔（David Bordwell）从美学的角度对欧洲艺术电影进行了界定，强调其与经典好莱坞电影的对立。20 世纪六七十年代欧洲出现了一批成熟的电影作者，他们的作品以一种具有自我意识的方式探究现实和虚构之间的关系。一个显著特点便是影片人物"缺乏明确的欲望和目的"（Martin-Jones，2009，p. 218），在叙事上极大弱化因果联系，呈现出松散的形式，重在表现人物的复杂心理状态。在这种美学观念的影响之下，电影作者作为具有创造力的个体而凸显。波德维尔所定义的欧洲艺术电影风格除了在道格拉斯的作品中体现，也在其去世之后的 90 年代的苏格兰电影中显现。为了突出其本土特色，汉娜·迈克吉尔（Hannah McGill）将道格拉斯的风格定义为"与贫民窟紧密联系在一起的苏格兰愁苦主义（Scottish miserablism）"（McGill，2018），儿童、贫穷、乡村是影片着力表现的对象。八九十年代出现了一批追随道格拉斯风格的苏格兰艺术电影创作者，同时，凸显"愁苦"特色的电影风格也在新千年之后获得了继承和拓展，大卫·马肯兹（David Mackenzie）和拉姆塞就是其中的代表性人物。

　　除了迈克吉尔指出的本土化特色，道格拉斯"童年三部曲"在制作上也体现了跨地性特点。三部曲的拍摄团队大部分是英格兰人，由后来成为英国电影协会主席的马蒙·哈桑（Mamoun Hassan）投资。苏格兰电影协会当时并没有给予支持，这是因为苏格兰官方主要资助有利于提升苏格兰形象的对外宣传影片。由此可见，即使是在苏格兰艺术电影发展的初期，其与英格兰及英国其他电影机构也已经颇有渊源。而苏格兰艺术电影在 90 年代的振兴也离不开来自英格兰方面的资金和国家政策的支持。除了苏格兰电影制作基金（Scottish Film Production Fund）、格拉斯哥电影基金（Glasgow Film Fund）以及苏格兰－盖尔语电视协会（Scottish-Gaelic television committee），不可忽视的其他重要资金来源包括：英国电视制作公司第四频道（Channel 4）、英国广播公司苏格兰频道（BBC Scotland）、英国国家彩票（National Lottery），以及来自法国、丹麦甚至美国的投资。

　　当年道格拉斯在制作电影时，并没有考量任何有关苏格兰电影工业或者文化表征的问题，而 2000 年以后苏格兰艺术电影的创作者们把目光投向了国际电影节。由于逐渐参与国际语境，"新苏格兰电影"面临着国际"电影节政治"的影响（Martin-Jones，2009，p. 220），因此需要平衡这样一种状况：在国际上取得成功既需要保留具有辨识度的"民族标识"，又要求文化上的通达。拉姆塞的电影创作体现了近年来苏格兰艺术电影的叙事策略。她的第一部剧情长片《捕鼠者》（*Ratcatcher*，1999）完美继承了"苏格兰愁苦主义"的特色。然而在之后的电影创作中，对苏格兰性（Scottishness）的凸显转变为模糊国族背景的叙事，其对个体身份和主体性之不确定性的表达被赋予了普遍化的意义。

三、跨地性与新女性主义电影叙事

　　从《捕鼠者》中可以较为明显地看出道格拉斯"童年三部曲"的影响，"儿童"和"贫穷"是影片的主题。这部电影所反映的儿童心理创伤事件被设置了标识性明确的地点和历史背景：影片立足于苏格兰，以格拉斯哥为拍摄地点，以 20 世纪 70 年代真实历史事件（清洁工人大罢工）作为故事背景。在电影中城市社区成为堆满黑色塑料袋的垃圾场，孩童在散发恶臭的池塘边玩耍，度过与老鼠为伴的童年，空气里凝结着孤独和无处诉说的压抑。拉姆塞的第二部影片《默文·卡拉》也延续了神秘而克制的风格，但在展现苏格兰风景的不同面向时显示出对苏格兰身份认同的暧昧态度。该片的跨地性特点首先体现在其资金来源和发行链上。该片由英国广播公司苏格兰频道、国家彩票、苏格兰电影委员会、苏格兰银幕（Scottish Screen）、格拉斯哥电影基金及加拿大亚特兰提斯同盟（Alliance Atlantis）共同资助。发行链既包括欧洲的发行公司，如 C-Films（荷兰）和 Maatschappij voor Cinegrafie（荷兰），也有美洲地区的发行公司，如 Argentina Video Home（阿根廷）、Alliance Atlantis Home Video（加拿大）和 Palisades Pictures（美国）等。由于此前《猜火车》的巨大成功，《默文·卡拉》被寄予厚望，甚至被冠以"女性版《猜火车》"的头衔（Neely，2008，p. 160）。与《猜火车》一样，这部电影也改编自苏格兰作家艾伦·沃纳（Alan Warner）的同名小说，投资方认为这部小说的改编电影能吸引到当年热捧《猜火车》的观众，但实际收效并没有预期那样卓著。拉姆塞在《默文·卡拉》中所采用的具有明确女性主义意味的表征手法恐怕会使很多观众望而却步。

　　《默文·卡拉》的故事围绕在奥本（Oban，苏格兰高地小镇）的一家超市打工的年轻女人默文·卡拉展开。她的作家男友完成了小说写作之后突然自杀身亡。默文把小说的作者署名换成自己并寄出投稿，随后又取出男友留下的丧葬费与好友拉娜（Lana）一起前往阳光灿烂的西班牙。但旅行似乎并没有解决她生活中的问题，回到苏格兰之后她决定再次出走，然而究竟去向何方成为电影留下的一个悬念。

　　夏洛特·布朗斯顿（Charlotte Brunsdon）指出 20 世纪 90 年代以来英国女性导演作品中的主角常以"绝望的女孩"（desperate girls）的形象出现，比如：《不被爱的人》（*The Unloved*，2009）中的露西（Lucy）、《红色之路》（*Red Road*，2006）中的杰姬（Jackie）、《鱼缸》（*Fish Tank*，2009）中的米娅（Mia）以及《树荫》（*The Arbor*，2010）中的安德里亚（Andrea）（Brunsdon，2012，p. 462）。这些女性在以往的英国电影里通常是被边缘化的或者不可见的。詹姆斯·莱格特（James Leggott）也有类似提法，称这些女性角色为"被损害的年轻女性"（damaged young women）（Leggott，2008，p. 103）。影片着力表现女性的内心伤痛，但又拒绝为她们离经叛道的行为动因做出确切解释。《默文·卡拉》中的默文既是"绝望的女孩"，又是"被损害的年轻女性"。但不同于女性受害者的刻板印象，面对男友突如其来的自杀行为，默文的反应不是歇斯底里或者自我压抑，而是利用契机做出改变。后文将从民族身份、自然环境以及"家"的空间这三个方面来讨论默文这个人物多重定位（multiply-located）的跨地主体性（translocal subjectivities）（Conradson & Mckay，2007，p. 168）。

　　《默文·卡拉》主要在苏格兰和西班牙取景拍摄。这种实景拍摄的方式和导演对非职业演员的选择既体现了英国社会现实主义电影创作的显著特点，也承接了欧洲艺术电影脉络里的新现实主义电影传统。不过在这部电影中，只有饰演拉娜的演员凯瑟琳·麦克德莫特（Kathleen McDermott）是在格拉斯哥大街上被"发掘"的美发学徒，而扮演主角默文的是生于英格兰的著名演员萨曼莎·莫顿（Samantha Morton）。跟原著的设定不同，莫顿饰演的女主角并不是苏格兰女性，同时她的英格兰性（Englishness）既没有被刻意掩盖，也没有被凸显。影片中莫顿的表演是非常细腻而有深度的，符合人物神秘的特质。无论对莫顿本身英格兰口音的保留是否有意为之，这都体现了影片的现实主义色彩，反映了当代英国社会中人口的跨地流动——有很多英格兰人在苏格兰生活，反之亦然。因而在这个层面上，默文的社会身份仅仅是碰巧从英格兰到苏格兰寻求工作机会的年轻女性。作为一名在超市打工的底层劳动者，她的民族身份没有对她的社会身份产生任何影响。就整部影片来看，电影在叙事上也没有以民族身份问题来作为情节发展的动因。

　　跨地性的一个重要面向是自然环境。默文的行走常与自然空间相联系。考伊曾指出，在很多电影中苏格兰高地如同美国西部一样，常被表现为具有改造外来人的作用（Caughie，2007，p. 106）。尽管此片中有不少关于苏格兰高地风景的画面，拉姆塞并没有将之神秘化，使其具备"升华"的叙事作用——这部影片拒绝将外来者进行"苏格兰化"（p. 107）。同时，苏格兰在影片中也没有被置于"他者"的位置以使外来人确定自己的身份。它的存在反而像后民族空间（post-national space）一样展开（Meir，2015，p. 83），具有容纳不同民族身份的人的特点。对于"外来者"默文来说，在苏格兰高地所感受到的不带有任何国族特质的大自然包容一切生命形式。默文将男友尸体肢解并背到了杳无人烟的山上埋葬，之后她体会到的是全然的轻松。影片这一段落并未凸显高地风光，而是随后将镜头拉近至植被与昆虫的特写，默文抚摸树枝和昆虫，似乎与其开展了一场心灵的交流。与此形成对比的是她对人的疏离，无论是与苏格兰人还是与在西班牙度假时遇到的英格兰人。默文和拉娜满怀欣喜地飞到西班牙之后，旅游区流程式的度假模式很快让她感到厌倦。她拉着拉娜跳上陌生人的车到达西班牙的乡野小镇，然后又游走至人迹罕至的荒僻之处。在拉娜无法忍受荒野行走之时，默文选择独自继续冒险。除了明显的天气差异，苏格兰和西班牙，或者说，苏格兰和欧洲其他地区之间并没有让人无法逾越的文化鸿沟，个体的游离感与身处某一个特定的民族国家没有直接的关联。相较于人，苏格兰潮湿的高地上的植被和昆虫或者西班牙干涸的黄土里的蚂蚁才是默文最能亲近的存在。在这个层面上，《默文·卡拉》并未按照民族电影的模式来叙事。

因此，关于身份认同的问题，影片在弱化苏格兰人和英格兰人之区别时，反映的更多是一种个体的存在主义问题。小说原著和电影都无意于塑造一位类似成长小说中的主角——这样的主角往往在经历一系列事件之后达到某种目的、获得某种品质或者身份的确认。尽管《默文·卡拉》有一些公路电影的色彩，但主人公踏上的并非一场自我发现之旅，她在影片最后并没有获得一个确切的主体身份。影片所表现的个体身份的不确定性/游移，也承载了导演对苏格兰、英国及欧洲文化相关性的思考。西班牙的旅程并未使她寻得一份崭新的认知，在与苏格兰雷同的都市空间（旅馆和酒吧），青年们一致的生活方式（沉迷于性、酒精和热舞）映照着同样的空虚。拉娜回到苏格兰后重新延续了之前的生活，她拒绝了默文再次出走的邀请，因为她相信"每个地方都是一样糟糕"①。结尾，默文拖着行李箱独自等在火车站，影片并没有明确给出她将去向何方的信息。然而最后一组她戴着耳机在酒吧人群中漫无目的地游走的特写镜头似乎在表示：无论去向何方，疏离是永恒不变的状态。

默文的跨地主体性具有很强的女性主义意味。尽管影片的整体风格非常冷峻，但对女性情谊的刻画仍显示出脉脉温情。温情关系发生在两组人物之间：默文和拉娜、默文和拉娜的奶奶。非职业演员出身的麦克德莫特所扮演的拉娜天真、简单和直接，她和默文的相伴方式也很简单。影片有一个场景是两人在圣诞节派对狂欢之后走在苏格兰荒凉的冬景之中。当所有的喧闹退去，只有这两个女人在寒冷中相互依偎。拉娜带着默文去到她奶奶家里。这个段落以乳白、粉红和偏橘的色调来制造暖意。一起共浴的场景显示出两个女人之间亲密的关系。这与后来两人在西班牙荒野里的分道扬镳形成一种对比——拉娜希求在安稳的社交圈子里随波逐流地度日，而默文更享受不断寻找和冒险的过程。

在苏格兰，唯一让默文求得温情的地点就是拉娜奶奶的家。对于默文来说，这个家是整部影片城镇空间中唯一具有"家"的属性的地点。奶奶是独居老人，在圣诞节这样重要的西方节日里也只有她的孙女拉娜带着默文去看她。后来默文自己去拜访奶奶的场景表现出她对这种温情的不舍和向往。在一个雪天，默文敲开奶奶家的门。影片没有呈现两人过多的寒暄和热情，而是通过一些简单的日常行为构筑一种和谐的氛围：默文为奶奶做饭，奶奶吃

---

① 《默文·卡拉》电影台词，英国和加拿大联合出品，2002 年。

饭时默文跪在一边守候。当奶奶突然用手指向窗外的远处，默文顺着她所指的方向望去，但镜头并未切到她所望见的事物，两人的默契就像一个被导演永远藏了起来的小秘密。在此空间中的默文仿佛获得了"孙女"的家庭身份。与奶奶家相对比的是男友公寓里凄冷古怪的氛围。从影片一开始，默文和男友共同生活的公寓就是一间"停尸房"。发现男友自杀之后，默文并没有立刻想到处理尸体的方式，横躺在地板上的尸体和在他旁边忽闪着彩灯的圣诞树就成为默文生活空间中一道诡异的风景（直至影片进行到第 33 分钟，默文才终于做出了处理尸体的决定）。

此外，默文处理男友"后事"的方式看起来非常激进，比如取走男友银行账户里的钱去旅行，把男友的名字从小说作者的位置抹去换成自己的名字，以及在家分尸并且私自掩埋。男友在电脑里留下的小说稿件使她获得了"作家"的新身份，借助这个新身份她的生活出现了一些前所未有的可能，因为这本书受到伦敦一家出版社的青睐，她将获得很大一笔版税，而这笔版税将使她能够脱离（即便不是永久）底层劳动者的身份，开始新的旅程。影片具有挑衅意味的道德模糊性停留在悬而未决的叙事中。

余论：投向更广阔空间的跨地实验

拉塞姆没有妥协于商业诉求，时隔 8 年才重执导筒，于 2010 年改编了旅英美国女作家莱昂内尔·施莱佛（Lionel Shriver）的小说《凯文怎么了》（*We Need to Talk about Kevin*），表现一对母子充满血腥色彩的纠葛。女主角扮演者是英国/苏格兰最知名的演员之一蒂尔达·斯文顿（Tilda Swinton），儿子和父亲的扮演者则是美国演员。2017 年完成的《你从未在此》（*You Were Never Really Here*）改编自美国作家乔纳森·埃梅斯（Jonathan Ames）的中篇小说，是拉姆塞挑战类型化叙事的犯罪题材影片，主角由美国男星杰昆·菲尼克斯（Joaquin Phoenix）扮演。这两部电影的制作和发行都有更多的国际公司加入，在故事及背景方面已经明显剥离了苏格兰民族电影的印记，"苏格兰风景"去无踪影，取而代之的是全球化之下大同小异的都会景观。从拉姆塞的创作脉络来看，尽管影片表现的对象有些变化，但关注的核心问题仍和前期作品保持一致，即个体的创伤体验和主体性问题。

拉姆塞的电影作品与 20 世纪 90 年代以来以《猜火车》为代表的充满强烈男性荷尔蒙气息的新苏格兰/英国电影形成一种对比。正如她在采访中所说的："我对于打破角色的刻板设定非常感兴趣。"（Romney，2018）在她为数不多的作品中，观众所见到的男性形象往往呈现出男性气质的缺失，并在诸多情境下缺乏强大的行动能力。这样的男性形象与 90 年代在英国电影里复现的"愤怒的青年"（angry young man）有明显的区别。同时，拉姆塞的影像风格也并不拘泥于所谓"女性气质"，反而时常展现出一种近乎暴烈的视觉表达。在她的影片中，空间无论是逼仄狭小还是辽阔开放，都流动着残酷与温情的张力，构成了她独具一格的个人美学风格。与此同时，电影中人物的精神世界展现出跨越地域与民族的共通性，具有超越文化界限的感染力。

拉姆塞在艺术电影领域的成就离不开英国政府对本土电影产业的扶持和欧洲艺术电影美学的影响。当人们还在争论苏格兰的民族认同应该以英格兰（作为英国政体的一部分）作为参照还是置于更广阔的欧洲语境来考量时，她的作品在很大程度上代表着当代苏格兰电影的发展趋势——在与欧洲（包括英国）文化保持密切联系的同时拓展更开阔的跨地视野和国际市场。拉姆塞尤为可贵之处，在于她始终坚持对电影作者身份的自我认同。这使她在资本力量的裹挟下依然能够坚守个人风格的艺术追求，并持续关注现实问题的表达与反思。拉姆塞的电影创作轨迹表明，"表征的正义"超越了民族国家的界限，女性所面临的困境也不仅限于特定地域或性别范畴，而是具有某种普遍性。

引用文献：

Brunsdon, C. (2012). It's a Film: Medium Specificity as Textual Gesture in *Red Road* and *The Unloved*. *Journal of British Cinema and Television*, 9, 3, 457−479.

Caughie, J. (2007). Morvern Callar, Art Cinema and the "Monstrous Archive". *Scottish Studies Review*, 8, 1, 101−115.

Conradson, D. & Mckay, D. (2007). Translocal Subjectivities: Mobility, Connection, Emotion. *Mobilities*, 2, 2, 167−174.

Greiner, C. & Sakdapolrak, P. (2013). Translocality: Concepts, Applications and Emerging Research Perspectives. *Geography Compass*, 7, 5, 73−384.

Hockenhull, S. (2017). *British Women Film Directors in the New Millennium*. London: Palgrave Macmillan.

Leggott, J. (2008). *Contemporary British Cinema*. London, New York: Wallflower Press.

Martin-Jones, D. (2009). *Genres, Modes and Identities*. Edinburgh: Edinburgh University Press.

Mayer, S. (2015). *Political Animals: The New Feminist Cinema*. London: I. B. Tauris.

McGill, H. (2012). Preview: Red Road. Retrieved from http://old. bfi. org. uk/sightandsound/feature/49329.

Meir, C. (2015). *Scottish Cinema: Texts and Contexts*. Manchester: Manchester University Press.

Murray, J. (2012). Blurring Borders: Scottish Cinema in the Twenty-First Century. *Journal of British Cinema and Television*, 9, 3, 400—418.

Neale, S. (2002). Art Cinema as Institution. In Catherine Fowler (Ed.), *The European Cinema Reader*. New York: Routledge.

Neely, S. (2008). Contemporary Scottish Cinema. In Neil Blain & David Hutchison (Eds.), *The Media in Scotland*, 151—165. Edinburgh: Edinburgh University Press.

Noble, A. (1993). The Making of the Trilogy. In Eddie Dick, Andrew Noble & Duncan Petrie (Eds.), *Bill Douglas*. London: BFI/SFC, 1993.

Petrie, D. (2000). The New Scottish Cinema. In Mette Hjort and Scott Mackenzie (Eds.), *Cinema and Nation*, 153—169. London: Routledge.

Romney, J. (2018). *Interview: Lynne Ramsay*. Retrieved from https://www.filmcomment.com/blog/interview—lynne—ramsay/.

Street, S. (2009). New Scottish Cinema as Trans-national Cinema. In Jonathan Murray, F. Farley & Rod Stoneman (Eds.), *Scottish Cinema Now*. 139—152. Newcastle: Cambridge Scholars Publishing.

White, P. (2015). *Women's Cinema, World Cinema: Projecting Contemporary Feminisms*. Durham: Duke University Press.

作者简介:

胡沥丹,博士,四川大学外国语学院副教授,研究方向为文学、电影、女性学。

Author:

Hu Lidan, Ph. D., associate professor of English Department, Sichuan University. Her research interests include literature, film and women's studies.

Email:lidanhu2015@163.com

民间文学的动画再生产
——以日本动画电影《辉夜姬物语》为例

黎中正

摘　要：民间文学的动画再生产，本质上是文本经典化后的民间文学作品重新语境化的过程。技术手段丰富了文本叙事的视觉和听觉维度，以年轻观众为主体的观影行为让文本讲述的革新成为可能。由吉卜力工作室高畑勋执导的日本动画电影《辉夜姬物语》，既有契合时代特质的叙事内核，又有根植民间传统的艺术表达。本文将从叙事内容、视觉表现、音乐创作三个层面来剖析该动画电影，探究民间文学的视听转换策略。

关键词：民间文学　动画再生产　日本动画电影　《辉夜姬物语》　高畑勋

Animation Reproduction of Folk Literature: A Case Study of Japanese Animation Film *The Tale of the Princess Kaguya*

Li Zhongzheng

Abstract：The animated reproduction of folk literature fundamentally constitutes a process of recontextualizing canonized folk literary texts. Technological interventions enhance narrative elaboration through enriched visual and auditory dimensions, while cinematic reception practices of predominantly youthful audiences enable innovative modes of textual narration. *The Tale of the Princess Kaguya*, directed by Takahata Isao under Studio Ghibli, embodies both a narrative core resonant with contemporary sensibilities and artistic expressions rooted in folk traditions. This article examines the film's strategies for audiovisual transmediation across three dimensions-narrative content, visual composition, and musical score-to elucidate the mechanisms of folk literature's adaptive revitalization in animation.

Keywords：folk literature；animation reproduction；Japanese animation film；*The Tale of the Princess Kaguya*；Takahata Isao

　　动画电影凭借其综合性的视听语言与直观的艺术表现力，已成为新时代重要的文化消费形式。在全球范围内，能够独立制作动画电影的国家屈指可数，而中国在作品数量上已跻身世界前列。随着市场经济的发展，商业逻辑与文化责任之间的平衡——如何在追求经济效益的同时坚守文化传承——成为当前动画产业面临的重要课题。他山之石可以攻玉，日本动画电影的发展路径可提供有益的借鉴。日本动画产业自诞生起，迅速探索并确立了独具特色的日式风格，成功打造出全球知名的文化品牌。这一历程表明，当技术与资金条件成熟时，动画产业的核心任务在于实现艺术性与商业性的双重突破。

　　《辉夜姬物语》（『かぐや姫の物语』，2013 年首映）是日本吉卜力工作室（スタジオジブリ）的动画导演高畑勋（Takahata Isao）以日本古老的民间文学作品《竹取物语》（『竹取物语』）为蓝本改编的动画电影，获得了第 87 届奥斯卡金像奖最佳动画片提名。该部影片的制作费用累计超过 50 亿日元，由于制作团队庞大，还专门成立了临时的"第 7 工作室"（第 7 スタッフ）。自日本动画产业创始，高畑勋就是一名活跃的巨匠式人物，他的作品深刻影响着如宫崎骏（Hayao Miyazaki）等诸多日本动画电影大师，二人所在的吉卜力工作室也是日本动画电影领域长盛不衰的票房保证与口碑代名词。高畑勋执导的《辉夜姬物语》堪称民间文学向动画电影转化的经典范式。该电影通过创造性的改编实现了民间文学文本的视听转换，也因此赋予了动画电影以深厚的民间传统和文学意蕴。影片在美学思想、画面风格、音乐创作及剧情细节等层面，充分融入了具有鲜明辨识度的日本传统文化元素，使作品呈现出浓郁的本土文化特征与民族美学特质。本文将从叙事内容、视觉表现和音乐创作三个维度，对这部作品的艺术特色做深入探讨。

一、民间文学的影音化改编

　　《竹取物语》是日本最早以假名书写的物语文学作品。通观全文，辉夜姬无疑是最重要的主角，这是动画电影定名为《辉夜姬物语》的原因。辉夜姬，日文写作かぐや姬（ひめ），罗马字拼写为 Kaguyahime，大意是闪光公主，相关学术论文中出现过赫奕姬、赫映姬和辉夜姬等不同写法。由于本片未被正式引进内地（大陆），因此没有官方译名，中国香港、澳门和台湾地区引进时采用的译名为《辉耀姬物语》，而内地（大陆）和新加坡的民间常用译名则为《辉夜姬物语》。为方便起见，本文统一使用内地（大陆）民间常用译名《辉夜姬物语》。《辉夜姬物语》对《竹取物语》的影音化改编，在叙事内容方面主要体现为：民间文学的主题革新，内容设定的增加删减，以及风俗礼仪的细节还原。

（一）民间文学的主题革新

在动画电影《辉夜姬物语》中，高畑勋对传统故事进行了深刻的现代性重构，将辉夜姬的月宫传说转化为一个关于"罪与罚"的哲学寓言。高畑勋的改编聚焦于辉夜姬为何降临人间、她在人间的经历与感受以及她最终回归月宫的意义。这一改编不仅赋予了故事新的主题深度，也表现出对人性、社会与生命的深刻反思。

辉夜姬的"罪"并非传统意义上的道德过失，而是一种存在意义上的"原罪"。她作为月宫仙女，本应远离尘世，却因对人间的好奇与向往而降临凡间。这种对天界秩序的"背离"构成了她的"罪"。但这种"罪"充满人性的光辉——她渴望体验人间的喜怒哀乐，感受生命的真实与温度。高畑勋通过辉夜姬在人间的成长与挣扎，展现了她对自由、爱与自我实现的追求，这种追求本身既是她的"罪"，也是她作为生命个体的觉醒。辉夜姬的"罚"并非来自外部的惩罚，而是内在的代价与矛盾。她在人间经历了从纯真到困惑、从欢乐到痛苦的情感历程，最终不得不面对回归月宫的命运。这种"罚"体现为她对人间情感的割舍与遗忘——披上羽衣后，她将彻底失去在人间的记忆，包括与养父母、朋友以及自然万物的情感联结。这种遗忘不仅是她个人的悲剧，也是对人类情感价值的深刻拷问。高畑勋通过这一设定，揭示了生命体验的短暂与珍贵，以及人类在追求自由与幸福过程中必然承受的代价。

影片"罪与罚"的主题不是简单的道德评判，而是对生命本质的问询与探讨。辉夜姬的"罪"在于她选择了人间，而她的"罚"在于她必须离开人间。这种矛盾反映了人类永恒的困境：我们渴望超越平凡，却又无法摆脱生命的局限；我们追求自由与爱，却又不得不面对失去与遗忘的痛苦。高畑勋通过辉夜姬的故事，表达了对人间百态的包容与理解，以及对生命与真情的无限热爱。在他看来，辉夜姬的"罪"与"罚"正是生命意义之所在，因为她敢于选择、敢于体验，她的生命也因此显得真实而动人。为了强化"罪与罚"的主题，高畑勋在视觉语言上进行了精心设计。辉夜姬在人间的欢愉场景以明亮的色彩与流畅的线条呈现，而她的痛苦与挣扎则以水墨的狂放与留白的空寂来表现。特别是她最终回归月宫的场景，画面从喧嚣归于宁静，从色彩斑斓转为水墨黑白，象征着她从人间情感的纠葛中超脱，却也暗示了她对人间记忆的彻底割舍。这种视觉对比不仅增强了叙事的感染力，也深化了主题的表达。

由此，高畑勋通过"罪与罚"的主题，将《辉夜姬物语》从一个古老的传说升华为一部关于生命、自由与爱的现代寓言，这样的改编策略赋予了民间文学崭新的生命力量。

（二）内容设定的增加删减

为了适应主题的变化，故事的内容一般也会有相应的改变。在《辉夜姬物语》中，主要有三个改变：一是增加了新的人物舍丸，二是增加了府邸中的山林别院，三是删减了天皇与辉夜姬的情书往来以及不死药和富士山等相关情节。

新增的人物舍丸是影片的男主角，与辉夜姬从小一起长大，可谓青梅竹马。增设这样一个角色，对故事结构的影响巨大，让辉夜姬能够更加完整地体验人世间的情感。辉夜姬的成长如竹子一般快速而突兀，每一次突然的长大都是因为体验了富有成长性的经历，正如人生的节点一般。当辉夜姬第一次遇到舍丸的时候，两人的年龄差距较大，舍丸保护她不受野猪的侵扰，由此她在父母养育之情外获得了兄妹之情。之后两人继续开心地游戏山林。当舍丸追逐山鸡掉下洼地受伤时，辉夜姬毫不犹豫地跳下去为他包扎伤口。这时她再次发生了突然的成长，年龄变得与舍丸相仿，兄妹关系转变为情窦初开的恋人关系。接着，辉夜姬被迫离开山林前往城镇，赐名宴当晚她疯狂想要逃离成人世界，但是当她飞奔回山林时，舍丸已经离开了，辉夜姬这才接受现实，融入贵族的生活体系。再次看到舍丸时，她已是端坐于香车的公主，而舍丸则是被人喊打的偷鸡小贼。她知道二人因地位悬殊再也没有可能在一起，遂在体验了失恋的感情后，接受了世俗安排的相亲仪式。在辉夜姬最终获悉自己不得不离开人间的命运后，她重返曾经生活过的山林，并与舍丸再度相遇。此时舍丸已步入婚姻并育有子女，然而两人之间的情感并未因时间的流逝而淡化，反而在重逢的瞬间重新焕发出深刻的共鸣。高畑勋通过梦境的表现手法，以飞翔的场景象征性地描绘了二人之间超越现实束缚的情感交融，营造出一种理想化的浪漫氛围。然而，梦境的虚幻本质最终揭示了这一场景的短暂与不可触及，辉夜姬与舍丸的情感羁绊终究无法逃脱现实的桎梏。这一情节不仅强化了辉夜姬对人间生活的眷恋与无奈，也凸显了影片对命运与自由之间矛盾的深刻探讨。至此，辉夜姬完整领略了人世间不同阶段的男女之情，从执着到放弃再到珍惜，舍丸最终虽没有成为辉夜姬的伴侣，却成了她生命中不可或缺的美好记忆，这也正是辉夜姬领略了人世间的善恶美丑之后依然眷恋这个地方的一个重要原因。

府邸中的山林别院是辉夜姬的精神寄托，也是她内心的真实写照。当她来到城里，洒脱不羁的山林本性就只能蜷缩在一个破旧的院落，那是由她的养母撑起来的山林别院。辉夜姬成功习得诸多才艺，也成长到了可生育阶段，不知所措中她第一次来到这座山林别院。此时她仅仅把这里当成逃离外面世界的避难所，心中牵挂的依然是先前所在的那片山林。她夜奔到家乡时，发现家乡已经物是人非，此后又经历了公卿们的求婚攻势、贵贱两别的出游体验、故人重逢的心酸苦楚等。之后她再次回到山林别院，开始把这里当成唯一的精神寄托，把别院里的一草一木都想象成山林乡村的景致，也开始学习针线。在经历五位求婚者的欺骗以及了解自己给他们带来的伤害后，辉夜姬对人间美好的向往几近熄灭，看穿了山林别院的虚假。她在山林别院里织衣服时，得知要被天皇纳为妃嫔，于是开始呼唤月亮准备飞升。从开始的穿针引线到后来的织布，暗示着将要带她离开地球的"羽衣"逐渐制作完备。她最后一次出现在山林别院，是与母亲一道缠线，母亲唱出了童谣的上半部分，而她唱出了即将离别的下半部分。至此，山林别院顺利承接并融合了辉夜姬一次次的内心情感变化，细腻且真实地塑造了辉夜姬这一人物形象。

结尾的剧情变动与舍丸这一角色的加入密不可分。舍丸的出现使辉夜姬的感情线更加完整，天皇与辉夜姬之间的情书往来被删去。这一改动不仅突出了辉夜姬感情的纯粹与美好，也让天皇的强行征召成为推动辉夜姬下决心离开人间的关键因素。她深刻感受到了人间极为丑陋的一面——权力的压迫与女性的物化，这进一步坚定了她离开的决心。由于天皇与辉夜姬的关系止步于此，故事的核心主题又集中在辉夜姬的"罪"与"罚"上，因此《竹取物语》结尾的不死药和富士山的传说就显得多余。原作中，不死药在山上点燃后余烟袅袅，是为富士山这一活火山的来历所做的解释性铺垫。删去不死药的情节，富士山的由来也失去了叙事依托。这种取舍体现了电影改编对叙事完整性的考量。传说式的结尾虽然体现了《竹取物语》的神秘色彩，但与电影追求的故事连贯性和情感完整性关系不大。高畑勋最终选择淡化这一传说，突出辉夜姬的情感历程与人性刻画，这种改编既符合电影叙事的逻辑需求，也使故事主题更加集中，体现了从文学到电影媒介转换时的必要取舍。

（三）风俗礼仪的细节还原

风俗礼仪既是一个时代的标志，也是真实性的来源。在动画电影的创作过程中，只有给观众提供多于文本本身的风俗礼仪，方可让故事鲜活起来。

影片在风俗礼仪的呈现上极为考究，充分展现了平安时代的社会风貌与文化特征。在服饰方面，辉夜姬的着装严格遵循了平安时代的礼仪规范，折射出当时森严的等级制度。与私下服饰简约相比，辉夜姬在正式场合着装华丽，繁复的层叠结构和精致的纹样都彰显了贵族女性的身份和地位。在饮食文化方面，影片通过舍丸捕捉山鸡这一细节，巧妙展现了平安时代的饮食禁忌与养生观念。当时贵族阶层普遍禁食肉类，认为有损优雅，同时肉类又主要作为病人等体弱者的滋补品。这一细节不仅反映了不同阶层的生活差异，也契合当时的社会观念。影片中的交通工具同样体现了对历史细节的精准把握。平安时代以牛车为主要交通工具，影片中辉夜姬出游时乘牛车，完全遵循了当时的乘坐礼仪：后方上车，前方下车，单人乘坐时需靠左侧、面向右侧。这些细节不仅增强了影片的历史真实感，也为观众理解平安时代的礼仪规范提供了直观的视觉参考。通过对服饰、饮食、交通等生活细节的精心刻画，影片不仅营造出浓郁的时代氛围，更在潜移默化中展现了平安时代的社会结构与文化特征，使观众窥见了千年前日本贵族生活的面貌。这些考究的风俗礼仪细节，既增添了影片的趣味性，又提升了其艺术价值与文化内涵。

礼仪在影片中不仅作为文化符号存在，更承担着重要的叙事功能。辉夜姬的成长轨迹通过一系列精心设计的仪式得以具象化呈现。这些仪式不仅是平安时代贵族生活的真实写照，更是主人公内心世界的外化表现。每一次仪式的举行都对应着辉夜姬身份认知的转变与精神境界的提升，使观众得以通过外在的礼仪形式洞察人物内心的微妙变化。琴艺是衡量平安时代美人才艺的一个重要项目，当辉夜姬能够完美地演奏出贵族们教给她的琴曲时，标志着她从山林女孩蜕变为贵族公主。此外，由当地有名望的人为孩子取名是古老的习俗，辉夜姬在斋部秋田面前端庄典雅地弹奏一曲后，最终获得了自己的名号。这一过程既是风俗礼仪的表现，也推动了故事的发展。在妆容方面，辉夜姬的面部抹得雪白，眉毛被拔掉，牙齿也被染成了黑色。她起初难以接受这样的妆容，觉得丧失了天然本真的个性，但在传统规训下不得不妥协。这一转变反映出她的棱角逐渐被世俗消磨。影片中，五位公卿为了追求辉夜姬，各自递上了自己的姓名纸。在未见本人的情况下挑选人生伴侣，这一当时看似常规化的风俗礼仪在辉夜姬看来却不可理喻。影片还表现了未婚男女见面需隔帘的习俗，将辉夜姬置于暗处、公卿们置于明处，辉夜姬逐步看穿了公卿们的虚伪。当最后一位求婚者石作皇子献上装有紫云英的小盒子时，辉夜姬曾为之动容。然而，当帘幕掀开，辉夜姬的母亲代替她出现在石作皇子面前，石作皇子吓得掉头就跑，最终未能通过辉夜姬的试炼。

综上，服饰、饮食文化、交通、技艺、妆容、人际交往等方面的礼仪习俗不仅丰富了平安时代的风貌呈现，也成为剧情不可或缺的组成部分。这些细节的呈现，使影片在故事世界与叙事打造方面更加丰富和立体。

二、视觉风格的复古审美

有别于一般动画采用将背景与角色分开绘制再合并的方法，《辉夜姬物语》使用了将两者一体化的较为耗时的绘制方式（スタジオジブリ，2013，p. 74）。为了保证山林景观以及城市景观的呈现质量，高畑勋特意找来了多次在吉卜力动画中进行山林景观描绘的男鹿和雄（Kazuo Oga），让他专门去京都寻找素材和灵感（スタジオジブリ，2013，p. 77）。大量时间与精力的投入，使影片的艺术效果独树一帜。影片中的人物与背景完美融合，达到了浑然天成的艺术境界，各类场景的呈现都保持着极高的艺术水准。这种卓越的画面表现力不仅得益于精湛的制作技术，更源于独特的复古美学风格。影片采用了一种看似素描线条结合水彩上色的技法，实则蕴含着深厚的日本绘画传统。这种融合传统与现代的视觉语言，既保留了日本绘画的独特韵味，又赋予了作品鲜明的时代特征，最终成就了这部动画电影独特的艺术价值。

影片在视觉风格的构建上，呈现出多元而统一的美学特征。其画面风格主要源自四个方面。首先，绘卷艺术奠定了全片的日式审美基调。影片借鉴了物语绘卷的叙事性构图、战记绘卷的动态表现以及世俗性绘卷的生活化场景，使画面既具有传统韵味，又富有叙事张力。这种借鉴不仅体现在场景设计上，更贯穿于镜头运动与画面构图中，形成了独特的视觉韵律。其次，水墨画在影片中得到了创新性转化。以雪舟（Sesshū）的《秋冬山水图》（『秋冬山水図』）为代表的传统水墨技法，在辉夜姬月夜狂奔的场景中得到了现代化诠释。影片通过数字技术模拟墨色晕染的效果，既保留了水墨画的意境美，又赋予了画面更强的表现力与视觉冲击力。第三，浮世绘元素为影片增添了鲜明的民族特色。葛饰北斋（Katsushika Hokusai）的《神奈川冲浪里》（『神奈川沖浪裏』）中的波浪造型与动态表现，与动画电影里大伴大纳言海上遇险的场景有着异曲同工之妙。影片将浮世绘的平面装饰性与动画的运动性相结合，创造出独具特色的视觉语言。最后，佛教绘画艺术的影响在影片结尾得到集中体现。平安时代盛行的"圣众来迎"主题绘画，其构图理念与宗教意象在辉夜姬被天人接引的场景中得到了现代演绎，这一处理深切呼应了日本佛教净土宗的观念。这四种传统画风的融合与创新，使影片在视觉上既保持了日本传统美学的精髓，又实现了传统艺术的现代化表达。

（一）绘卷：图说故事的动画演绎

绘卷又称"绘卷物"（えまきもの），是平安时代中期（10 世纪）诞生在日本画坛的一种图说故事的绘画样式，通过连续的画面变化以及绘画词书的组合来表现一个完整的故事。它脱胎于早期由中国传入的佛典插图，而后发展出了具有日本审美特色的新道路（叶渭渠，2006，p. 64）。绘卷具有多种类型，不同的类型在不同的方面影响着《辉夜姬物语》的画面风格。在绘卷里，"文学性绘卷"占有重要地位，是绘画与文学交融而形成的一种独特的日本绘画形式，其中"物语绘卷"尤为重要。紫式部（Murasaki Shikibu）在《源氏物语》（『源氏物語』）"赛画"一回中的记载表明《竹取物语绘卷》是"物语绘卷"的鼻祖（叶渭渠，2006，p. 67）。日本绘卷艺术存在显著的叙事分野：战记绘卷以恢宏的战斗场景为核心，通过激烈的动态构图展现历史冲突的戏剧张力；世俗绘卷如《鸟兽人物戏画》（『鳥獣人物戯画』）则依托简笔白描与墨色浓淡技法，在万物生灵的写意描绘中构建诗意空间。电影中辉夜姬在乡村遇到了野猪和山鸡，在城里后院中看到了花草和昆虫，动画通过动态延展与色彩叠染，使静态的绘卷获得了如呼吸起伏般的生命韵律。

（二）水墨画：辉夜姬月夜狂奔

在《辉夜姬物语》的叙事高潮中，高畑勋通过水墨美学的现代演绎，创造了一个极具张力的视觉场景。辉夜姬无法忍受赐名宴席的喧嚣与束缚，愤怒地逃离，朝着明月狂奔，衣物散落一路。为表现她内心的狂怒与失控，导演采用水墨画风格，并运用现代技术重新诠释了日本传统的绘画技法。画面以黑、白、红三色为主，线条挣脱了人物轮廓的束缚，肆意张扬，通过粗细、走势的急剧变化，营造出一种"失控"的视觉冲击。线条的快速移动使画面产生压缩形变，传递出强烈的焦虑感。这种看似"崩坏"的画面，在此情境下却显得恰到好处。

当辉夜姬精疲力竭地倒在雪地中，画面从狂放的泼墨逐渐收敛，转而采用大面积的水墨留白。寥寥数笔，雪地、皓月、天空便被勾勒出来，呈现出空寂而写意的美感。这一从"狂放"到"静谧"的转变，可视化地展现了辉夜姬内心的情感起伏。高畑勋通过现代动画技术，成功地将传统绘画的意境与当代叙事手法相结合，创造出一种既古典又现代的视觉语言。

（三）浮世绘：大伴大纳言海上遇险

"浮世"（うきよ）即瞬息即逝的尘世之意，具有好色、奇拔、新奇的特征，代指当时一切风俗。所谓"浮世绘"（うきよえ），就是以反映町人（即城市居民）生活和风俗为主题的日式版画，又被称为"风俗画"（叶渭渠，2006，p.137）。电影中大伴大纳言海上遇难这一画面处理借鉴了浮世绘作品《神奈川冲浪里》。这幅画是葛饰北斋《富岳三十六景》（『富嶽三十六景』）系列画作之一，画中的浪涛形似"鹰爪"，汹涌澎湃的浪花将要吞噬摇摇欲坠的小船，远处的富士山岿然不动，而在这山水之间人脆弱得不堪一击。影片中，为了给辉夜姬找到神龙身上的五色珠，大伴大纳言出海冒险。大海之上，狂风呼啸，雷雨大作，阴云密布的天空弹出了龙的面孔与身形，而浪花滔天的大海里也涌现出盘龙一般的旋涡，大伴大纳言的小船在风雨飘摇中命运难料。影片通过凶猛动物的拟态，将自然的力量外化显现出来，从而刻画出人在浩瀚天地面前的渺小与卑微。《神奈川冲浪里》以静衬动，用静态的画面勾勒了动态的情势；《辉夜姬物语》则反其道而行之，以动显静，用动态的画面强化了静态的觉知。二者均发挥出各自创作载体的优势并突破了局限，将天地之威以动静相生的观感呈现出来，人的傲慢与自大也随之消解。

（四）佛教绘画：圣众接引辉夜姬

《竹取物语》的结尾是天人下凡接引辉夜姬，在电影中高畑勋将天人的形象具体化成佛菩萨，整个接引的场面又让人联想起中国的敦煌飞天，看似出人意料的设定背后实则蕴藏着悉心的考量。

建于平安时代的平等院凤凰堂原为一贵族府邸中供奉阿弥陀佛的佛堂，其中保留了大量迎来图，众佛色彩艳丽金光流溢，带着梦幻般的景象从山林的上空飘然入凡、接引往生者。当然，与动画里的画面最为接近的莫过于收藏在日本京都的《阿弥陀二十五菩萨来迎图》（『阿弥陀二十五菩薩来迎図』）。动画电影里，辉夜姬领略了人世间种种丑恶之后开始厌倦这片"秽土"，心中发愿要回到月宫净土，于是天人下凡前来接引她。高畑勋将天人的形象与出场画面设定成圣众来迎，无疑是受到了佛教净土法门的深刻影响。

飞鸟时代，佛教传入日本后不断发展壮大。到了平安时代中期，日本国力衰微，人民生活极不安定，俨然一幅"末法时代"景象。此时，世人期望通过念佛，实现往生西方极乐净土的愿望。人们认为极乐世界并非遥远而陌生，它显化于每个人的真心本性，只要真诚地发心念佛，临命终时，阿弥陀佛必将率众接引，往生西方净土（百桥明穗，苏佳莹，2013，p.66）。在净土法门的影响下，日本的佛教绘画里出现了大量的阿弥陀佛圣众来迎的作品，成为日本佛教绘画中一道亮丽的风景。佛教在全球化传播过程中始终呈现出与本土信仰深度融合的特征，在日本则表现为与神道教的"神佛习合"现象，又被称为"本地垂迹"。"本地"（ほんじ）指佛陀的法身本体，即宇宙真理的终极形态；"垂迹"（すいじゃく）则指佛菩萨为教化众生而显现的具体化身（百桥明穗，苏佳莹，2013，p.68）。这种神佛一体的观念不仅消解了外来宗教与本土信仰的边界，更将佛教的宇宙观与日本的山岳崇拜紧密结合。神圣空间的在地化，让圣众来迎的净土不再遥不可及，而是被具象化为山林、瀑布等自然景观。神灵体系的融合让本土八百万神灵皆被视为佛菩萨的化身，使得佛教信仰与日常生活无缝衔接。"本地垂迹"的宗教实践不仅使佛教信仰更贴近日本民众的精神需求，也塑造了日本独特的自然观与生命观。

三、听觉系统的功能性叙事

《辉夜姬物语》的配乐师是久石让（Joe Hisaishi），这是他接手吉卜力动画配乐后首次为非宫崎骏执导作品配乐。久石让曾多次为宫崎骏在吉卜力工作室执导的动画配乐，这让他对于音乐与动画电影的配合有着十分丰富的经验，而高畑勋对于音乐也有着独到的理解，《辉夜姬物语》幸运地成为二人的合作首秀。在如此强强联手的情况下，本部动画电影的配乐达到了新的高度，不仅契合剧情的变化和情感的起伏，还在特殊的场合采用特殊的曲风，贴切妥当又不失日式典雅，有的词曲甚至贯穿了剧情，成为影片叙事不可缺少的一部分，融入了主人公的体验与感悟。

在背景音乐的器乐选择上，影片采用了"日西合璧"的策略。民间器乐的使用契合了影片内容的情感表达，而西方管弦乐的加入则兼顾了现代观众的听觉审美习惯。在场景特供乐方面，宫廷场景中采用了日本雅乐，酒宴场景中则运用了田乐，这两种传统器乐演奏形式有效地塑造了特定环境的氛围。在剧情贯穿乐方面，两首贯穿全片的民间歌谣虽然曲风各异，但同出一源，通过音乐的内在联系推动了剧情的发展，体现了配乐与电影叙事的良性互动。此外，影片在佛教音乐的运用上也颇具特色，片尾部分的配乐以及由现役僧侣演唱的片尾曲，均融入了浓厚的佛教色彩，为影片注入了深邃的意蕴。

（一）"日西合璧"与声无哀乐

久石让为本部影片创作了三十多首曲目，这些曲目很好地诠释了波澜不惊的自然韵律。首先，在旋律上，他突出了悠扬与平静的悦耳性；其次，在器乐选配上，一方面大量使用西方管弦乐打底，让声音显得厚重饱满，另一方面又重点加入尺八（しゃくはち）等色彩乐器，以凸显东方韵味；最后，全方位地加入鸟鸣、溪声等自然背景音，营造出大自然的宁静氛围。高畑勋对久石让的配乐有着别样的诉求："不用刻意去反映剧中角色的心境"，"即使剧中角色陷入低潮时也可以不用哀伤的音乐来带动观众"（スタジオジブリ，2013，p.85）。这与通常的配乐法则相背，却与本片的基调和定位相符。辉夜姬本是天界下凡的公主，她站在神的角度游历和审视人世间的悲欢离合，配乐不去刻意呈现她的内心，那么观众就会较少受到作曲者的个人情感的影响，而更能专注于她在人世间的种种经历。这种刻意营造的距离感和反代入感，恰恰凸显了辉夜姬内心的复杂与难以捉摸。由此，整体的配乐模仿大自然的韵律，观众的心绪沉浸在宁静与放松之中，从而得以用纯真而原始的视角重新审视辉夜姬的经历。这种独特的配乐方式，使观众仿佛被提升到类神的高度，能够朦胧地体会到辉夜姬的内在神性。此外，影片在角色处于低潮时刻意避免使用哀伤的音乐，这种处理方式无疑也是一种巧妙的烘托手法。通过"以不哀衬哀"的方式，影片在哀伤背后注入了一丝冷峻的情感，使整体情绪更具层次感。这种委婉而含蓄的配乐方式，尽显日式审美的"幽玄"（ゆうげん）。

（二）田乐与雅乐：《命名公开》与《公卿们》

电影里有两处特别的场景，一个是辉夜姬被赐名后家里人邀请各方达官贵人赴宴庆贺，二是赐名者斋部秋田给宫廷公卿描述辉夜姬的美丽动人。前者是特殊的仪式举行之日，后者是特殊的贵族所在之地，而辉夜姬在这两个场景下都属于被间接表达与赞美的对象，因此配乐风格做了相应的改变。久石让分别选配了一首田乐《命名公开》（『命名披露』）和一首雅乐《公卿们》（『公卿たち』）。

田乐来源于古代的乐舞"田舞"，田舞最初是祈祷丰年的祭祀仪式，后来引入宫廷成为御用乐舞，但又被其他乐舞迅速压制而衰落，其中一部分被庶民接受成为田乐而发展起来。（陈君，李文英，2007，pp.48-52）从影片中也能看出，这是一种带有杂技性质的表演，一些民间艺人在用传统乐器吹拉弹唱的同时手舞足蹈，为宴会助兴。正是这些纷繁复杂的民间传统乐曲，为达官显贵的生活赋予了些许世俗气息，与辉夜姬超凡脱俗的形象形成了鲜明对比。这种音乐与人物之间的反差，不仅凸显了辉夜姬与世俗生活的疏离感，也为她后续情绪的爆发与命运的急转直下埋下了伏笔。

雅乐，意为"雅正之乐"，最初在奈良时代从中国和朝鲜传入日本，随后经模仿及融合而产生日本雅乐，是一种兴盛于平安时代的日本传统音乐形式，也是以大规模合奏形态呈现的音乐艺术（牟鑫，段克勤，严雪燕，2012，p.202）。乐曲以器乐为主，至今仍作为日本宫廷音乐得以传承，被誉为世界上现存最古老的音乐形式之一。在宫廷场景下使用雅乐，无疑增添了庄重肃穆之感。画面中公卿们身姿挺拔且穿戴整齐，合着雅乐的节拍井然有序且缓慢地在宫廷的长廊里一步一行，给人以器宇不凡的感觉。但是，当斋部秋田前来为他们描述辉夜姬的美貌之时，公卿们顷刻乱作一团，迅速地瓦解掉了雅乐的肃穆。就此，雅乐也完成了它的使命，既强化了宫廷场景的氛围，又通过公卿端庄形象的坍塌烘托出了辉夜姬的美貌以及公卿们的虚伪。

（三）一体两曲：《童谣》和《天女之歌》

高畑勋亲自为影片创作了《童谣》（『わらべ唄』）与《天女之歌》（『天女の歌』），这两首歌曲各自独立却又浑然一体，在对比与呼应中贯穿全片，深刻诠释了辉夜姬内心的矛盾与挣扎。在音乐表现形式上，两首作品均采用纯净无瑕的无伴奏人声演绎：《童谣》以五声调式为基础，采用纯五度音程构建旋律框架，其简洁明快的曲调既朗朗上口，又契合大众审美趣味；而《天女之歌》则运用日本传统民族调式，通过半音阶的运用与上行音高的设计，营造出典型的日式音乐美学特征，其凄婉哀怨、空灵缥缈的旋律令人动容。这两首风格迥异的乐曲，恰如其分地体现了人间与仙界的对立、童真与沧桑的碰撞，在音乐叙事中完成了对辉夜姬内心世界的深刻描摹。二者的歌词（中译）对比如表1所示：

表1　《童谣》与《天女之歌》的歌词（中译）对比

行数	《童谣》	《天女之歌》
1	转呀转，转呀转，转哪转哪	转呀转，回呀回，回呀回呀
2	水车不停地转呀转	到那遥远的时光
3	转呀转，呼唤太阳公公快出来	回呀回，回呀回，唤回我心
4	转呀转，呼唤太阳公公快出来	回呀回，回呀回，唤回我心

续表

行数	《童谣》	《天女之歌》
5	鸟儿虫儿和野兽	鸟儿虫儿和野兽
6	青草树木和花	青草树木和花
7	带着春天夏天秋天冬天快到来	请试着孕育出那盼望的人情
8	带着春天夏天秋天冬天快到来	松风犹似唤侬归 自当速速就归程

　　如表1所示，两首歌曲的结构形式基本一致，内容也有不少重复，但是表达的情感截然不同。前者是儿童的欢唱，水车不停地转，唤来了太阳当空，唤来了鸟、虫、兽、草、木、花等世间万物，唤来了春夏秋冬四季轮回；而后者是成人的悲叹，循环往复，遥望岁月悠悠，唤回漂泊远行的心，孕育世间万物和人情冷暖，松涛清响犹似唤我归乡，我自当归。在第5行和第6行，二者歌词完全一样，都是"鸟儿虫儿和野兽""青草树木和花"，这不是简单的内容重复，而是暗有所指，这五类恰好对应了影片中五位求婚人的赠礼：鸟对应了燕子的安产贝，虫对应了神龙的五色珠，兽对应了火鼠的裘衣，草木对应了蓬莱仙山玉枝，花对应了放置紫云英的小盒。伴随着辉夜姬的成长，童年美好的自然万物都变成了庸俗的聘礼，同样的歌词却具有截然相反的内涵，但无论美丑善恶，都构成了辉夜姬对这个人世间的认知和依恋。

　　在电影里，辉夜姬在仙界听了这首曲子，因而十分憧憬人间的一切，但这违背了仙界规则，导致她被贬至人间。她幼时就记得这首曲子，听到玩伴唱《童谣》时，会情不自禁地流泪。此后在人间养母的宽慰下，她一边弹琴一边唱出了下半首《天女之歌》。最后当她即将飞回仙界时，侍女领着一帮玩伴唱出此曲，解除了仙人的困咒，唤醒了还未披上羽衣的辉夜姬。虽然她最终选择了重返月宫，忘掉人世间的一切爱恨情仇，但归途之中，两行清泪顺着辉夜姬的脸庞不由自主地流了下来。这两首乐曲以"下凡"为叙事线索徐徐展开，通过细腻的音乐语言，生动刻画了辉夜姬对人世认知的转变过程——从最初的憧憬到目睹人性善恶后的彷徨，最终升华为对人间温情的深切眷恋。音乐与影像完美交融，以富有层次的旋律和情感张力，成功塑造了一个立体而真实的辉夜姬形象，使其内心世界得到了淋漓尽致的艺术呈现。

（四）佛乐僧唱：《天人的音乐》与《生命的记忆》

　　对于月宫天人登场的配乐《天人的音乐》（『天人の音楽』），高畑勋认为天人来自没有俗间烦恼的世界，便建议久石让采用桑巴风格的组曲（スタジオジブリ，2013，p.84）。桑巴最早根源于非洲原住民带有宗教仪式性的舞蹈，经由黑奴贸易流传到巴西，再与当地文化混合，渐渐演化成今日的桑巴。这种乐曲具有异域狂欢的风情，再配以空旷悠远的梵呗，以陌生化的音律表达了仙界的无忧无虑。与此同时，这种乐律跟凡间月明之夜的宁静、全民戒备的肃杀以及辉夜姬即将离开的悲哀形成了强烈的对冲。乐律的格格不入裹挟着情感的不相通，显现出仙界的无情与人间的有情，而辉夜姬在欢快乐声中永别人间，更令人悲从中来。

大悲之后是大悟，作为整部影片的结尾曲，高畑勋找了女性僧侣歌手二阶堂和美（Nikaidō Kazumi）来创作此曲。她的父亲即净土真宗本愿寺派的僧侣，而后她也修得僧侣身份。她在创作这首曲子之前，刚经历了孕育新生命以及亲人离别的重要阶段；高畑勋给她的创作提供了"现在的一切、过去的一切"的灵感（スタジオジブリ，2013，p.88）。最终，二阶堂和美在她的前作《别离之际》（『别れの際』）的灵感启发下，创作了这首《生命的记忆》（『いのちの記憶』）。该曲深具"瞬间即永恒"的审美体验。现在的一切，就是过去的点滴，它们留在生命中永世难忘，也构成了未来的希望。这是整部动画电影相对凝重的结尾之外柳暗花明的点睛之笔。

结　语

《辉夜姬物语》对《竹取物语》的影音化改编，为民间文学的动画再生产提供了宝贵的经验借鉴。首先，在内容上，影片回归民间文学传统，充分利用民间文学广阔的阐释空间，挖掘并确立了具有深刻现代意义的主题。围绕这一主题，影片对原作的文本结构和内容进行了重新组织和调整，删减冗余部分，同时补充了大量精准又细腻的风俗礼仪，使故事呈现更加丰富立体。此外，影片注重叙事节奏的掌控与留白艺术的运用，为新的艺术形式赋予了更广阔的内涵延展空间。其次，在画面制作上，影片在技术支持下塑造了独特的艺术风格。通过运用当时最先进的技术手段，呈现出古朴而富有韵味的画面效果。影片根据剧情需要与场景变化，灵活调整画面风格，使技术与画面在塑造人物形象和表达主题的过程中实现了高度统一。最后，在配乐方面，影片既体现了鲜明的特色，又做到了恰到好处。配乐大胆融入了民间传统乐器与曲调歌谣，既随剧情起伏变化，又独立传递情感色彩。更重要的是，配乐深度参与剧情，与内容融为一体，不仅成为烘托情感的重要手段，更构成了故事叙述的有机组成部分。综上所述，《辉夜姬物语》通过内容、画面与配乐的精心设计与巧妙融合，为民间文学的动画再生产提供了范例，展现了传统与现代、技术与艺术的均衡之道。

引用文献：

叶渭渠（编）．（2006）．日本绘画．上海：上海三联书店．

百桥明穗，苏佳莹（2013）．日本的阿弥陀净土图与敦煌的净土变．敦煌研究，3，64−75．

陈君，李文英（2007）．试析日本能乐的历史变迁及其特点．日本问题研究，2，48−52．

牟鑫，段克勤，严雪燕（2012）．浅谈日本传统音乐．剑南文学（经典教苑），5，202．

スタジオジブリ（2013）．かぐや姫の物語ビジュアルガイド．東京：角川書店．

作者简介：

　　黎中正，北京师范大学文学院中国民间文学专业博士研究生，主要研究领域为民俗学、民间文学、非物质文化遗产。

Author:

Li Zhongzheng, Ph. D. candidate in Chinese Folk Literature at the School of Chinese Language and Literature, Beijing Normal University. His main research fields are folklore, folk literature, and intangible cultural heritage.

Email：lzzfox@foxmail.com

书 评 ● ● ● ● ●

记忆作为联结：评王欣《英国维多利亚时代的文化记忆书写》

石 坚 邓雅心

Memory as Connection: A Review of Wang Xin's *Cultural Memories in British Victorian Age*

Shi Jian Deng Yaxin

作者：王欣 等
书名：英国维多利亚时代的文化记忆书写
出版社：四川大学出版社
出版时间：2025 年
ISBN：978-7-5690-7422-2

维多利亚时代是英国历史和文学史上的重要阶段，这一时期见证了英国逐渐扩张成为"日不落帝国"，同时也是狄更斯（Charles Dickens）、勃朗特姐妹（the Brontë sisters）、史蒂文森（Robert Louis Stevenson）、吉卜林（Joseph Rudyard Kipling）等著名作家通过文学作品表达社会思考的辉煌时期。狄更斯曾这样描述他所生活的时代："这是一个最好的时代，这是一个最坏的时代。"（狄更斯，1992，p. 1）维多利亚时代的英国处于严重的分裂之中：一方面，工业发展和殖民扩张让英国跃升为世界级资本主义大国；另一方面，随之而来的道德危机、阶级矛盾和殖民地战争又让个体陷入无尽的焦虑与怀疑。在这样一个割裂的时代，记忆成为个体与集体弥合裂痕、重拾希望的重要媒介。维多利亚时代的作家们将个体记忆与文化记忆视为凝聚社会的途径，试图通过探索记忆的对象与方式来重新思考过去、现在与未来的关系。作家们通过对过去的想象性重构来克服历史的断裂，并且通过表达关于未来的遥想来塑造当下的社会情感。过去、当下和未来之间充满了流动性和丰富的可能。

王欣教授团队所著的《英国维多利亚时代的文化记忆书写》从文化记忆的视角出发，聚焦英国维多利亚时代小说中的家庭记忆、帝国记忆与乡村记忆等，探讨了该时期的众多作家如何通过记忆书写来重塑英国社会的情感联结与文化认同。该书从宏观维度梳理了维多利亚时代文学再现英国文化记忆的不同模式，剖析了文化、历史与记忆之间的关联与区别。该书的主体部分选取了维多利亚时代具有代表性的 13 部小说，分析了文化记忆在代际传承、帝国认同和城市化进程中的不同表现形式与社会功能。通过深入探讨维多利亚时代小说中文化记忆的类型、对象与媒介，该书带领读者重新回到 19 世纪的英国，挖掘出了埋藏在宏大历史叙述之下的鲜活记忆。

一、个人与家庭的记忆之场

法国著名记忆研究学者皮埃尔·诺拉（Pierre Nora）提出"记忆之场"（lieu de mémoire）这一概念，用于定义那些实在的、象征的或功能性的记忆"残留物"（诺拉，2015，p. 9），它们被赋予了指涉某种集体性过去的象征意涵。英国维多利亚时代的小说中充斥着各种类型的"记忆之场"，它们在重建个体关系、延续家庭记忆以及弥合文化危机等过程中发挥了重要作用。王欣教授团队首先以狄更斯和夏洛蒂·勃朗特（Charlotte Brontë）的作品为例，分析了《老古玩店》（The Old Curiosity Shop）、《大卫·科波菲尔》（David Copperfield）和《简·爱》（Jane Eyre）等作品中作为实体和符号的记忆之场，以及它们如何再现了维多利亚时代遗忘与记忆两种力量的交织。

维多利亚时代首先是一个被过往记忆困扰的时期。该时期的小说中充斥着对历史记忆的再现，这些尚未平息的过去干扰着人物的日常生活以及他们笔下的叙事进程，塑造了这一时期的文学主题与形式。在《老古玩店》中，狄更斯向读者再现了 19 世纪进入工业革命新阶段的英国社会景象。工业的迅速发展迫使人们告别了传统的生活方式与价值观念，但过去的经验并没有完全消逝，而是以记忆之场的形式继续保存在集体性回忆中。狄更斯将小说中的老古玩店、乡村田园、教堂和墓地建构为记忆之场，它们是工业化与城市化进程中逐渐被遗忘的空间，同时也是储存文化记忆的媒介。一方面，老古玩店保存着旧日贵族的兵器、昔日家庭的餐具。小耐儿和店主吐伦特将他们的店铺建构为抵御遗忘的记忆空间，在其中获得了时间意义上的连续性和空间意义上的在家感。另一方面，在城市空间中，教堂废墟又作为"过去记忆的陈列之所"（p.40），公然昭示着农耕与乡村时代的逝去，与古玩店中隐匿的记忆媒介形成对照。在《大卫·科波菲尔》中，狄更斯将抽象的幽灵意象建构为记忆之场，过去的记忆不断入侵，干扰了大卫的叙事进程。不论是作为实体的老古玩店、教堂废墟，还是作为符号的幽灵，维多利亚时代的小说总是被过去的记忆侵扰，逝去的事物从未完全成为真正的过去，而是以不同形式的记忆塑造着当下的经验。

关于过去的记忆不断重现，为人物提供了重新审视自我并与过去和解的契机，记忆之场成为修复个体与集体创伤的场域。对于《简·爱》所刻画的维多利亚时代的女性而言，家庭是十分重要的记忆框架，这个时期的女性通过与其他家庭成员共享记忆来塑造自身的家庭角色和社会身份。然而，家庭并非总是温暖的港湾，简·爱的原生家庭就给她带来了不可遗忘的创伤记忆。在她之后的人生经验中，创伤记忆不停地在她脑海中重现，正如卡鲁思对创伤的定义所描述的："是对突然或灾难性事件的压倒性体验，而对于事件的反应往往是延迟的。"（Caruth，1996，p.11）但与此同时，创伤记忆的复现也给简·爱带来了疗愈的契机，她开始重审过去并在其中发现了改变未来的可能性。她试图用宗教记忆替代创伤性的家庭记忆，并尝试用重构家庭结构与自身的家庭身份来建构新的家庭记忆。类似的，在《大卫·科波菲尔》中，象征过去记忆的幽灵意象同样缠绕着斯提福兹和达特尔，分别提醒着他们各自的家庭与情感创伤。然而，"对狄更斯来说，记忆既是破坏性力量又是治愈性力量"（p.54）。同样背负着过去记忆的大卫从中汲取了面向未来的勇气，不断重现的幽灵般记忆为大卫的成长过程带来了治愈性力量。

维多利亚时代的小说中充斥着各种类型的记忆之场，它们或为实体的物品和建筑，或为具有符号意义的意象。过去的记忆以不同的形式存在于当下的经验中，对于人际、家庭和集体关系具有重要意义，遗忘与记忆的并存构成了该时期对待过去的矛盾态度。其中尤为重要的是，文化记忆对于塑造维多利亚时代人们对帝国的认同具有不可忽视的作用。

二、帝国记忆与文化身份认同

19世纪的英帝国是一个矛盾的形象，殖民扩张和工业革命进入高速发展时期，但失业、农业危机、环境污染等问题暴露了帝国的黑暗面。维多利亚文学对帝国记忆的再现也因此充满了矛盾，作家们一方面不可避免地表达了作为英国人的自豪，另一方面又敏锐地批判了帝国主义的非法行径。王欣教授团队选取了《金银岛》（*Treasure Island*）、《黑暗的心》（*The Heart of Darkness*）和《印度之行》（*A Passage to India*）等小说，分析了康拉德（Joseph Conrad）和史蒂文森等作家的作品如何与帝国话语合谋，进而参与了该时期帝国文化身份的塑造，又如何展现了作家们的帝国批判立场。

维多利亚时代的作家们成长于英帝国的统治下，其作品对帝国记忆的再现参与了该时期英国民众文化身份的建构，塑造了青少年及成人读者对英帝国的认同。《金银岛》是该时期典型的帝国冒险小说，小说的主人公吉姆通过海外冒险完成了对帝国记忆的确认。金银岛象征的海外财富隐喻了英帝国对殖民地的掠夺企图，吉姆的形象也影射了帝国殖民者对海外疆域的开拓与征服。同样的，"莫格里系列"小说《丛林故事》（*The Jungle Book*）中的丛林象征着殖民地未开化的原始文化记忆。作者吉卜林将莫格里丛林看护人的身份对位于帝国统治者，隐晦地表达了对帝国殖民行径的赞同。这两部小说的受众主要是儿童，它们通过儿童冒险故事来重述帝国记忆，进而隐秘地塑造了青少年对帝国价值的认同。康拉德的《诺斯特罗莫》（*Nostromo*）则以严肃文学的立场再现了 19 世纪关于殖民地的记忆。作者将殖民者的记忆置于前景，肯定了其所象征的帝国权威，却掩盖、扭曲、屏蔽了诺斯特罗莫这位平民英雄的记忆。该小说展现了康拉德对帝国主义的模糊态度，构成了帝国意识形态运作的重要一环。上述小说展现了记忆视角的重要性，"谁具有讲述帝国记忆的正当性"成为这一时期的核心议题。

另一些作品对英帝国的殖民行径秉持批判立场，它们对帝国记忆的再现充满了怀疑、断裂与遗忘。康拉德在《黑暗的心》中延续了他对帝国主义的模糊立场，但这部小说通过寓言式的观看和再现方式揭示了殖民地记忆中的断裂，并以此质疑了英帝国的权威。康拉德通过语象叙事的手法向帝国殖民行径提出了道德的追问。马洛在非洲形成的殖民地记忆充满了黑暗与怪诞的特征，小说真正的意图随着图像的变幻不断延宕，给读者关于帝国的想象留下了深不可测的黑暗图景。福斯特（E. M. Forster）的小说具有更加鲜明的反帝国主义立场，他的《机器停转》（*The Machine Stops*）和《印度之行》以不同的方式反思了帝国统治下的记忆危机。前者以科幻背景映射了 19 世纪的英国，小说中的机器是对帝国意识形态的隐喻，展现了帝国统治下人际情感的疏离和文化记忆传承的危机。《印度之行》则提供了一条反抗帝国记忆机制的途径，小说中的阿黛拉通过地理空间位移实现了对真实自我的追寻，作者借此呈现了"英国殖民的帝国记忆与印度人的民族记忆之间的剧烈冲突"

(p. 155)。上述作品虽然受到英帝国集体记忆机制的显著影响，但作者并没有试图通过呈现合法的帝国记忆来强化读者对帝国的认同。相反，他们揭示了19世纪个体与集体记忆之间的矛盾与对抗，将文学文本建构为记忆协商的场域。

维多利亚时代的文学再现了英帝国在该时期面临的帝国自信与危机。一方面，作家们通过再现合法的帝国记忆来强化读者群体的文化身份认同，另一方面，他们也暴露出帝国记忆的断裂点和潜在的危机。维多利亚时代英国社会的另一个突出的特征在于城乡问题，作家们通过文学作品再现了社会变迁下记忆与情感的流动。

三、城乡差异下的记忆传承危机

维多利亚时代见证了英国城市化发展的高峰期。随着通信、交通与城市建筑的发展，人们对时间和空间的感知模式被改变了，传统的英国乡村成为永远回不去的怀旧对象。城乡关系的变革也带来了记忆机制的变化，稳定、重复并且强调共享性的乡村社会记忆模式在城市空间中难以为继。王欣教授团队以《还乡》（The Return of the Native）、《看得见风景的房间》（A Room with a View）和《霍华德庄园》（Howards End）等作品为例，探讨了19世纪乡村英格兰的记忆所面临的传承危机，揭示了作家们对英国城市化进程的深刻反思。

19世纪的英国处于一个过渡的时期，进步主义叙事下的城市化进程改变了人们对传统乡村秩序的固有观念，宁静的乡村社区感和个体化的城市生活之间产生了严重的割裂。关于乡村的记忆没有完全消逝，而是成为城市经验的对照物，折射出维多利亚时代的社会文化变迁。城市与乡村拥有完全不同的记忆机制，哈布瓦赫（Maurice Halbwachs）将贵族阶级视为传统封建秩序下集体记忆的首要维护者（哈布瓦赫，2002，p. 217）。然而，原子化的城市空间打破了稳固的记忆传承机制，乡村记忆沦为永远的怀旧对象。在哈代的《还乡》中，埃顿荒原被赋予了重要的象征意义，是乡村英格兰记忆的符号。那里生活着一群古老而又快乐的英格兰乡村居民，他们恪守着相对原始的庆典仪式，通过仪式性的行为传承着他们社群的集体记忆。这种古老的集体记忆方式形成了稳固的"冷"记忆，反映出在乡村秩序面临危机时底层民众对遗忘的抵抗。类似的，哈代在《卡斯特桥市长》（The Mayor of Casterbridge）中刻画了农耕社会和现代社会的记忆冲突。卡斯特桥市被建构为一个记忆交织的空间，"我们在这里能看到不同时代的残余，或保持其历史的持久性，或被历史重新涂抹、着色，甚至覆盖"（p. 175）。卡斯特桥市内的建筑包括古墓、罗马遗迹和废墟文物等，它们无不象征着历史与文化记忆的传承。这些建筑展现了不同时期的历史与记忆，记忆的传承并非遵循线性的时间观，而是形成了复写、交替与重影的记忆纹理。哈代的两部小说再现了19 世纪城市发展背后的乡村记忆，城市空间的变革并不意味着乡村与城市记忆机制的无缝衔接，过渡时代的英国社会充满了各类记忆的协商与角力。

如果说哈代的作品对逝去的英格兰乡村抱有怀旧的愁绪，那么福斯特则更突出地展现了城市与乡村记忆之间的矛盾与割裂。乡村的风景、庄园和习俗原本是承载英国传统文化记忆的重要媒介，它们参与了英国贵族集体身份的建构。然而，随着城镇的发展，贵族通过乡村风景建构身份认同的过程受到限制，乡村沦为空洞的记忆符号。福斯特在《看得见风景的房间》中刻画了女主人公露西·霍尼彻奇的成长经历，她通过对风景的体认找回了自身对生命的激情与希望。乡村风景承载着人们与大自然接触的具身性的经验，唤起了露西最真挚的情感与记忆。"风景"与"房间"这一组对立的空间象征着两种记忆模式，露西透过房间感知风景，建构了基于自身生命经验的记忆。在《霍华德庄园》中，福斯特将庄园这一意象视为乡村英格兰记忆的象征，探讨了城市化进程中乡村英格兰所承载的文化记忆应该如何得到传承。该小说是 19 世纪典型的"英格兰现状"小说，作者福特斯通过"谁来继承霍华德庄园"这一问题反思了社会变革时期"谁来继承英格兰"这一根本性的文化危机。传统乡绅贵族在伦敦这一城市空间中感到不安，折射出了贵族阶级在社会结构变迁中形成的记忆断裂。伦敦城市中流变的景观不同于乡村里稳固且协调的记忆媒介，象征着城市发展给传统乡村文化肌理带来的破坏。福斯特将霍华德庄园建构为一个永恒的精神符号，它代表的乡村文化记忆安抚着施莱格尔姐妹等人，让他们在不可避免的城市生活中找到心灵的慰藉。

面对城市化和工业化引发的文化记忆危机，哈代和福斯特通过再现乡村记忆提出了自己的应对策略。文学作品将关于古老英格兰乡村的记忆建构为永恒的符号，作家们以此来抵抗工业文明对传统社会的冲击。对文化记忆的文学再现成为英国维多利亚时代重建社会情感与集体认同的途径。

结　语

英国维多利亚时代是一个关于记忆的时代，也是一个关于遗忘的时代。王欣教授团队的这部专著结合了记忆研究、精神分析批评和新历史主义等方法，全面绘制了维多利亚文学中的文化记忆谱系，深度挖掘了记忆的众多类型、媒介与功能。在个体层面，作家们通过书写家庭记忆、创伤记忆与历史记忆试图弥合自我与过去的裂痕；在集体层面，关于帝国身份、殖民地和英格兰古老乡村的记忆既巩固了英国民众的文化身份认同，又质疑帝国同质化的记忆机制以及迅速扩张的城镇建设。记忆书写建构了过去与未来、此处与彼处、宏大历史与个体经验之间的联结，成为维多利亚时代众多作家们对抗遗忘与未知的文学策略。

引用文献：

狄更斯（1992）. 双城记. 北京：外语教学与研究出版社.

哈布瓦赫（2002）. 论集体记忆（毕然、郭金华，译）. 上海：上海世纪出版社.

诺拉（2015）. 记忆之场：法国国民意识的文化社会史（黄艳红，等译）. 南京：南京大学出版社.

王欣等（2025）. 英国维多利亚时代的文化记忆书写. 成都：四川大学出版社.

Caruth，C. （1996）. *Unclaimed Experience*: *Trauma*，*Narrative and History*. London：The Johns Hopkins University Press.

作者简介：

石坚，四川大学外国语学院教授，主要研究方向为欧洲文化和英美文学。

邓雅心，四川大学外国语学院本科生，主要研究方向为英美文学。

Author:

Shi Jian, professor of College of Foreign Languages and Cultures, Sichuan University. He mainly focuses on European studies and the study of British and American literature.

Email: Stanlyjishi@126.com;

Deng Yaxin, undergraduate of College of Foreign Languages and Cultures, Sichuan University. Her research mainly focuses on British and American literature.

Email：yaxin652633693@gmail.com

探索符号学与艺术的新视角①
——评《符号美学与艺术产业》

张福银

Reconfiguring Semiotic and Artistic Paradigms: A Review of *Aesthetics and Art Industry*

Zhang Fuyin

作者：赵毅衡

书名：符号美学与艺术产业

出版社：四川大学出版社

出版时间：2023 年

ISBN：978-7-5690-6161-1

赵毅衡教授在《符号美学与艺术产业》一书中揭示了符号学中的艺术，将作为意义之学的符号学与"无目的"之实践的艺术相衔接，借助艺术学理论和符号学将其中的艺术形式表达出来，加深了学术界对当前艺术的认知。本书主要关注社会化的艺术活动，与作者同年出版的《艺术符号学：艺术形式的意义分析》一书主要探讨纯艺术不同，它试图将符号学作为一门意义之学与艺术实践相结合，重新审视我们对艺术的理解。这不仅有助于深入探讨符号学理论，还有助于扩展学界对艺术的认知领域。换句话说，该书旨在以有力的方式揭示艺术的独特特点，从而推动艺术理论向前迈出一大步。这种尝试充满创新的魄力，展现了中国学者在广泛学术研究领域的广阔视野。全书围绕当代艺术产业、艺术产业文本的意义方式、艺术产业的文本间关系三个部分展开，为符号美学的艺术研究奠定了理论基础。

---

① 本文系黑龙江省教育科学规划重点课题"AIGC 语境下应用型本科院校知识传播模式创新与实践研究"（项目编号：GJB1425069）阶段性成果。

一、从美学艺术到当代艺术产业

作者认为符号美学在国内外并没有一个明确的学科理论谱系，只是作为一个习惯用语被人们广泛使用。"美"和"艺术"是广泛的概念，两者之间存在区别。经过十几年的研究，作者认为当前学者提出的"泛文化艺术"和"泛审美化""日常生活艺术化"等都趋向于美学。而当艺术进入产业，就从"产业艺术"进入"艺术产业"。只有清楚"艺术产业""纯艺术""商品艺术"等词汇的含义才能清楚区分它们。因此，作者提出了"艺术产业"四圈层六分区，以便帮助人们更好地理解各类艺术的商品经济活动，希望借助艺术将每个圈层的意义、特征表达出来（赵毅衡，2023，p.28）。首先是专业艺术，也就是指艺术家或者专业机构的原创作品，例如雕塑、音乐歌曲等。这些作品具备独一无二的特点，不可复制，这类艺术作品的文本形态意义就是它们的社会价值，通过传播推广提高作品的市场影响力。其次是群众艺术，它们是艺术延伸进大众生活产生的活动，例如街舞、钢琴课、私人俱乐部等，尤其是随着抖音等媒体的传播，人的时间也逐渐被艺术经济化。群众艺术的意义特征在于通过娱乐活动来满足自身精神需求。然后是环境艺术，主要是公共空间艺术，主要表现为各个城市的地标、古代建筑、公园等。这种艺术离不开城市，是城市为了吸引游客、促进当地经济打造出来的艺术品。最后是商品艺术，主要是商品包装、设计，通过对艺术商品进行艺术化打造而获取经济利益，主要目的在于吸引消费者购买，例如酒瓶、美术作品、乐器等。

正是四圈层六分区构成了当代符号美学，因为每个圈层都相互关联，圈层中新品种不断出现，需要借助符号美学来对当代艺术进行区分和展示。任何商品都具备美学和经济含义，如果单纯使用一种词汇进行解释，那是远远不行的。艺术产业的每一个环节都涉及经济，而经济的发展催生出美学，将艺术与产业融合起来。正是因为对当今艺术产业的深入挖掘，作者提出了"当代艺术产业"一说，希望借助艺术产业将一些符号美学特征解释清楚。高建平（2010，pp.7-15）在第三次美学讨论中推动了"泛审美化"的讨论。审美就是对事物的一种美的判别，"泛审美化"的出现意味着人们对审美的追求越来越高，而"泛艺术化"则表示艺术将与生活结合起来。任何民族在现实温饱后都会出现新的精神追求，这种追求往往会通过物质呈现出来，而物质的区别则是通过艺术形式表达出来。随着工业化的发展，人们对艺术的追求也开始变得世俗化。泽德迈耶尔（2014，p.69）提出艺术与世俗结合之后艺术就变得日常化，也就必须具备独立的理论。宋颖（2017，pp.29-39）提出日常商品存在艺术性，但是这种艺术性没有转变为艺术活动。而在当代的现代化发展进程下，人们物质生活得到满足，商品就开始朝着"艺术化"方向发展，以物品作为媒介将艺术展示出来，这种艺术的独特性使得艺术具备生命。而对于艺术产业的"无目的的合目的性"，需要从符号美学角度来进行分析。"文化产业"只是围绕艺术运营的产业，如果将"文化"改为"艺术"，会更加具有说服力，因为艺术渗透在各个行业生产生活中。

《符号美学与艺术产业》中的符号美学必须将艺术产业中的"艺术"本质特征解读出来。康德建立了现代美学体系。中世纪，欧洲国家非常尊崇真、善、美。康德（2002，p.185）提出了"美学判断力"，认为哲学才是贯穿美的根源，美与真（理性）、善（道德）是一致的，感性－美－艺术的"合目的性"即合乎理性与道德的目的。同时康德借助"四个契机"解决了"美"的判断中的感性与理性问题。"无目的的合目的性"成为美学核心命题，表达了美学的艺术运作方式和美的社会存在性。而阿多诺（韦尔施，2002，p.5）批判"文化工业"，认为艺术生产是资本主义控制无产阶级意识形态的欺骗手段。现代社会的产业已经失去了艺术最初的本质，破坏了康德提出的"无目的的合目的性"原理，艺术的"无目的性"逐渐被"有目的性"替代。马克思（2000，p.82）将艺术看作一种劳动，是一种对人的本质力量的具象化过程，不属于资本主义生产关系。而文学艺术本质上却存在非生产性含义。因此，在现代商业社会，艺术必然会进入社会发展进程。马克思从剩余价值角度出发，将劳动分为生产劳动和非生产劳动，认为文学艺术介于两者之间。依据该观点，艺术产业就是一种生产劳动，其所生产的艺术品是具备交换价值和剩余价值的商品。作者认为马克思的观点是正确的，商品化是现代社会艺术品必须采取的方式，是艺术产业的指导方针。作者提出艺术的目的性存在四种可能，即艺术可能是"无目的的有目的性"、艺术本质是"无目的的无目的性"、当代艺术产业是"有目的的无目的性"、艺术可能存在"有目的的有目的性"。

作者早在《艺术符号学：艺术形式的意义分析》中探讨了符号美学三联滑动的原理，认为物的意义的三联滑动是符号美学研究的起点。当物的使用性成为人活动的工具或者对象，物所携带的符号意义将发生转变，这样就形成了从物使用性到符号实际意义的二联滑动。而当物的使用性和符号实际意义消失后，就出现了第三联"艺术性"。正是意义的来回滑动给物提供了艺术存在的条件。"部分艺术性"是当前"泛艺术化"的一个点，每种物或事件都对应各自的意义，而物的意义随着时间的流逝变得越加丰富。学术界认为任何物品都可能成为艺术品，一物可以成为艺术也可以不成为艺术，该物是否属于艺术需要经过学术界探讨才能知道。康德很早就提出了任何艺术品都是"物－符号"二联体，物只有失去了二联体的意义才能获得艺术意义，成为"物－符号－艺术"三联体。可见，物存在使用功能、实际意义、艺术表意的滑动。当物变成三联体，物的使用功能和符号实际意义都将消失，这时它们将成为艺术品或垃圾。艺术品与垃圾都是意义之物，只不过前者具备价值，后者一文不值。作者提出当代社会艺术活动中存在"部分三联滑动"，因此"产业艺术"包含了"纯艺术""大众艺术""艺术产业"，这些部分滑动形成的"三性共存"很好地推进了现代产业艺术的发展。艺术产业的设计要点就是将艺术通过营销手段推向实践终端，即艺术性与实用性以及实际意义一体共存。符号携带的意义随着物的滑动不断变化，其艺术形式也不断发生改变。

二、从产业艺术到艺术产业：艺术文本的意义探讨

每个物都可能是艺术，艺术存在于人们的日常生活中。为了追求美好，人们有了各种设计和改造。设计几乎涵盖整个大自然，让"泛艺术化"渗透其中。马克思多次说明了设计是高度人性的，他将设计从劳动实践中脱离区分，将其视为实践的特殊手段或者方式。设计作为独创，是根据自身需求不断改变事物的一种方式，是一种有计划地改变事物的过程。设计本身是一种符号活动，设计的效果是一种符号意义的改变。符号携带着意义感知，是承载意义的一种形式。设计就是一种符号系统，它将意向效果植入人与对象世界的关系。因此，设计者是借助符号来解释意义的。整个世界的事物都是通过设计改造得出的，利用符号将其意义表达出来。海德格尔（1987，p. 157）就将符号文本意义看成设计筹划的目的，认为筹划本身就是意义，设计的目的不在于物，而在于人的预期，其目的在于彰显其意义。而艺术设计是基于物的使用功效和实际意义功效来划分的。以艺术性为设计效果的"艺术设计"称为艺术创作。而在"泛艺术化"的现代，只有让艺术与实用效果以及实际目的并存才能让物具备"部分艺术性"，让产品具备"三性合一"特点，即"物－实用符号－艺术符号"。这种情况常见于"日常生活艺术化"设计中。当物品都具备"三性合一"的意义，说明该物具备实用性与实际意义以及符号意义，其美学效果也将凸显出来。卡特（2019，p. 449）提出艺术设计分为博物馆设计和为商品陈列的设计。在当今泛艺术化时代，绝大部分艺术设计属于非纯艺术，一旦进入"商品艺术展"，就会让物具备艺术意义。给设计添加艺术已是现今泛艺术化潮流的常态。

波德利亚（2000，p.112）认为人受到物的包围，人的生活空间中自然物已经被大量设计物替代。当前设计物被多次设计，其设计深度和难度可以通过物品感觉到，这种符号活动可以解释为"无限衍义"，也就是对原有的符号进行新的设计使其变成新的符号，而设计物的再次设计是无限的，直至被人类抛弃。不同文化对于设计的容忍度不同，遵循社群规定的设计降低了创新意向，因此，设计的标准属于非个人化的。设计者必须明白自身和异社群的差异才能找到设计中的平衡原则，让设计变得符合需求。无论是设计的功效还是设计的超艺术性，都必须遵循"设计三观"，即效用观、价值观、艺术观。当设计三观合一，就会形成物品的独特的文本符号，并赋予符号特殊的意义。当前存在一个独特的现象就是设计往往与抽象艺术结合在一起，使物品变得更具艺术性，因为在设计中存在符号美学功能。与"纯艺术"相比，设计与人类的活动关系更加亲密，是一种艺术生产活动。而在"泛艺术化"的今日，商品经济也逐渐朝着艺术靠近。真正的抽象艺术是剥离具象化的，它是一种概念艺术。设计需要抽象艺术的原因在于文本具备单一意义，抽象艺术是一种零符号的美，从美学符号看，文本的"单一意"原则具备这种美，这是现代艺术的"纯粹美"。现代设计艺术化则是受经济驱使来生产具备艺术的商品，商品借助艺术形态实现营销。这种现代抽象艺术和设计的结合满足了精英阶层和凡俗大众，成为当代"泛艺术化"的基础。设计艺术与纯艺术的区别在于人为制造的工艺技术，通过人为的艺术添加来彰显其独特的意义。当物不再具备"物–符号–艺术"三联滑动，那么该物就逐渐具备部分艺术性。

文本符号不是随意堆积的符号，而是通过在使用物上叠加艺术性来表达"单一原则"意义。当物的使用功能被忽视，那么该物就具备了一定的艺术性，而其符号文本意义也随之发生改变。作者在前文就提出了"使用物–实用符号–艺术符号"的三联滑动存在局部滑动，此时该物也就具备了部分艺术性（赵毅衡，2023，p.74）。当该物达到"三性共存"的状态，就表示该物成为"泛艺术设计"，即可以使用、可以炫耀、可以欣赏。在抽象艺术商品的"三性合一"文本中，合成了一个文本，这个文本是有艺术意义的，是符合符号美学的。在艺术学中通常借助"再现"来表达符号意义的认知过程，也就是让意义回到艺术文本本身。对于商品艺术设计来说，商品艺术部分抽象化后，商品意义变得单一。可见，抽象图案与物的结合能够形成文本要求的"意义合一"，对推动"泛艺术化"起到了较好的作用。可以说现代设计与物的关系是一种分裂的关系，设计只是作为物的装饰而存在。这种"设计与器物意义合一"的符号美学是一种以"单一意义"方式出现的文本。当前大部分现代商品都是"三性共存"的符号文本,作者提出设计者可以充分利用抽象艺术摆脱表意,利用"三性共存"原则让设计获得"居间性",从而形成当代设计艺术。对于城市建筑设计来说,地标性与专属性结合的设计策略能够有效促使城市实现艺术化转型,形成城市的代表性建筑,提高城市知名度和文化地位。现代建筑美学设计中充满了大众与精英的对决。后现代建筑美学非常重视"时代精神"的意识形态,需要艺术化设计的建筑物,给公共空间注入美学意义,将新的时代精神象征传达出来。

艺术不全是艺术家的出产物。很多人认为艺术失去了艺术家就没有了艺术主体性。黑格尔(1996,p.226)就对艺术创作给予了高度赞美,他认为思想中的"绝对精神"可以通过艺术创作具象化。贡布里希(2008,p.15)认为世界上没有艺术这种东西,有的只是艺术家而已。可见,学者们对于艺术主体性存在不同意见。对于艺术产业设计品来说,将艺术简单化能够让大众接受,大部分的艺术创作都是遵循传统照葫芦画瓢,只存在个别的个性化设计。艺术的主体性并非只有艺术意义的呈现,而是艺术意义的再现,也就是借助物品表达更深层次的含义。实际上艺术的再现局限于艺术家对物象的观察,不是纯然艺术意义的体现,而是一种社会文化意义的体现。虽然部分艺术主体无法全部实现再现,但还是可以借助其他办法进行文本符号的表达。因为艺术是由社会、文化、风俗、习惯、人的情感等因素产生的。艺术家的主体性是可以拆散的,因此可以通过零星碎片等形式重新进入文本符号,形成新的艺术形态。作者在书中描述道,主体艺术已经是趋于人性的,一个艺术文本中或多或少地存在艺术家的主体性,只不过这种表现千奇百怪,可以是思想、性格、姓名、认知等。在当代艺术产业中,这种零星的主体性给予了受众新的艺术感觉。现代艺术存在"重复",这种重复是艺术产业中的文本构成方式,是一种大量重复的方式,例如一栋楼的外观、一本书的装订方式等。而艺术产业则是不重复的。重复是艺术构建的主要方式,是艺术形成的符合"单一原则"的文本,是为了取得艺术效果刻意为之。艺术发展至今,文本媒介形态已多种多样,艺术家通过错位的方式能够让文本变得更加具备美学魅力。

三、艺术产业与符号美学的"双轴"文本关系

作者主要对"聚合系列文本"概念进行了讨论(赵毅衡,2023,p.197)。索绪尔提出了双轴关系,认为符号文本存在组合和聚合两种类型。聚合是文

本建构的必然方式，每个符号的生成都以产生组合轴开始。而双轴的形成就必须考虑组合轴的不同聚合作用。对于文本来说，组合比聚合更加重要。但对于文本风格来说，聚合是组合的根本，组合是聚合的投影，两者缺一不可。这就是双轴关系让人迷惑的地方，人类需要根据自己的意识来做选择，不断探寻意义，以明确意识和世界的关系。作者认为挑选组合本身就是对符号意义的一种表达活动，动物在求偶、觅食中均存在双轴关系，只不过动物的选择和组合标准是基于繁衍和生存目的。作者认为文本形成的过程中聚合是无法全部退出的，这是因为人类意志行为是一种不可预测的行为，在人接收文本后，聚合轴是隐藏起来的，但其影响一直存在。所以，必须搞清楚文本组合隐藏的含义才能真正理解文本背后的意义。不同文本聚合的大小、宽窄不同，接收者可以借助感觉分辨出来。对于文本而言，不是所有的文本都有可能聚合，而双轴操作形成的文本很大概率是同体裁文本或者不同体裁的系列文本。但是，无论是哪一种文本都必须符合"合一的意义"原则。作者还提出所有的文本都存在"文本间文本"，为此必须对其进行细化。聚合文本与其他文本的不同在于它会成为不同解释注疏或学派论证的根据。可见，任何文本的聚合系都存在不同，都可能出现改编、衍生等不同命运，这种改变给予文本新的艺术价值。

作者强调了双轴构成需要组合和聚合。两者相互限制，没有先后，相互成就。因为双轴操作产生的文本组合类型多种多样，虽然中间文本有所隐藏，但还是可以通过踪迹找寻，这种操作过程就是聚合轴选择的过程。当聚合轴选择进入文本，就可以看到选择过程中的文本内容，使聚合显现成为当代艺术文本的重要特征。当代艺术文本存在某种意义，是因为符号的本质就是携带意义。因为对于文本来说，没有无意义的符号，也没有无须符号承载的意义。作者将现代艺术文本中的不协调称为"呈符中停"。现代艺术作品的设计都是基于聚合文本来实现的，这种经聚合形成的文本是比较有意义的。艺术产业发生聚合偏向，使得当代雅俗文化发生位移，这时聚合操作的文本类型也变得多样化。后现代时期，亚文化的聚合选择范围逐渐变小，俗文化聚合选择范围逐渐变大。可见，聚合操作是无法实现标准统一的。正是聚合选择的多样化给了艺术新鲜度，因而"泛艺术化"成为当代艺术的代名词。尤其是近几年来的双轴共现文本成为以选择为中心内容的"聚合过程文本"，不仅参演者参与其中，受众也参与其中，这种独特的艺术方式成为当代艺术产业吸引观众的重要方式。聚合选择过程中文化产业产生了重要的作用，它决定了艺术文本的意义。但学术界对于"聚合参与"这一概念还处于探讨中，只能将这种聚合活动作为当代文化发展的一个关注点展开研究。作者在《两种经典更新与符号双轴位移》一文中就明确提出了群选经典存在优缺点，如今的再次探讨证明了当时的判断是正确的。因为艺术生态群体化直接影响着艺术产业的发展，只要有足够的点击率就会引起大众的注意。这种群体选择还是存在一定的弊端，那就是导致群体情绪化，容易跟风，被带节奏。

作者还提出演示艺术也是用非特有的媒介展现的，它包含了身体性、表演必须强调的某种情节外部特点、媒介等值（赵毅衡，2023，p. 223）。而与演示艺术不同，其他艺术媒介是用再现的方式展现的。媒介等值则需要走向"判断待定"，也就是在演示中将受众作为演示内容的一分部进行展现。这种做法摆脱了"等值"束缚，通过逼真的表演让受众身临其境，投入更多感情，这种感情传递就是一种直接的意向性联系，让文本获得了"意动"。作者提出"演示艺术的意动性与可干预性"进一步证实了演示符号文本比单纯的符号更易激发受众的情绪。正如作者所言，演示艺术是一个交流过程，所有的演示文本都是在一个预期的框架中进行的，要想打破这个框架，必然就需要受众干预。这就是演示文本产生的意义。鲍曼提出的"社会表演理论"也将表演作为一种动态交流现象，认为这种交流建立了"意义共同体"。而在表演艺术符号上，表演就是演员的"总的个人事实—总的社会事实"，也就是符号传播过程中意义生成的过程，这种过程是一种文化现象。在互联网短视频泛滥的时代，这种现象每天都在出现，大家都是表演者，也都是受众。正如皮尔斯设想的"阐释社群"，发送者与接收者的关系是随时变化的，这种演示文本产生的意义是飘忽不定的，随着它的不断演变，逐渐形成了当代艺术产业体裁。艺术产业本身就是一个符号美学，它可以构成独特的意义，也是人类获得意义的第一步，只有追寻意义才会认识意义。正所谓每一件艺术作品都呈现为符号，这种艺术符号就是艺术的"呈符化"现象，也是作者在书中提出的"呈符中停"。

结　语

《符号美学与艺术产业》兼具理论价值与实践意义，讨论当前艺术产业现象，审视艺术产业文化现有的理论，并对其中的理论进行深层次的解析。在探讨问题的过程中，该书没有停留于理论，而是借助各种实践案例进行阐述，将符号携带的意义清晰地呈现出来。该书不仅对艺术产业进行了讨论，还重点对当代文化产业问题进行了分析。通过对纯艺术、纯艺术实践、泛艺术化、对当代艺术的聚合偏重、符号携带的意义、感知认知、符号感知等内容的分析，深层次地解释了什么才是艺术符号、符号美学，阐明数字时代的短视频、人工智能技术等拓展了日常生活美学。本书是美学理论研究的重要依据，并指出"感性原则"使当今美学倾向于回到符号进展的中间态。该书的出版推动了美学的进一步发展，为学科理论研究奠定了依据。

引用文献：

高建平（2019）. 美学是艺术学的动力源——70 年来三次"美学热"回顾. 艺术评论，10，7-15.

宋颖（2017）. 消费主义视野下的服饰商品符号. 符号与传媒，1，29-39.

康德（2002）. 判断力批判（邓晓芒，译）. 北京：人民出版社.

马克思·霍克海默，西奥多·阿道尔诺（2003）. 启蒙辩证法：哲学断片（渠敬东，曹卫东，译）. 上海：上海人民出版社.

泽德迈耶尔（2014）. 艺术的分立（王艳华，译）. 周宪编. 艺术理论基本文献 西方当代卷，北京：生活·读书·新知三联书店.

马克思（2000）. 1844 年经济学哲学手稿. 北京：人民出版社.

韦尔施，沃尔夫冈（2002）. 重构美学（陆扬，张岩冰，译）. 上海：上海译文出版社.

海德格尔，马丁（1987）. 存在与实践（陈嘉映，王庆节，译）. 北京：生活·读书·新知三联书店.

卡特，柯蒂斯（2015）. 跨界：美学进入艺术（安静，译）. 郑州：河南人民出版社.

波德利亚，让（2000）. 消费社会（刘成富，全志刚，译）. 南京：南京大学出版社.

黑格尔（1996）. 美学（第一卷）（朱光潜，译）. 北京：商务印书馆.

贡布里希（2008）. 艺术的故事（范景中，译）. 南宁：广西美术出版社.

作者简介：

张福银，四川大学文学与新闻学院博士研究生，研究方向为品牌符号学、传播学、文化科技。

Author:

Zhang Fuyin, Ph. D. candidate of College of Literature and Journalism, Sichuan University. His main research fields are brand semiotics, communication and culture technology.

Email：zhangfuyin@stu. scu. edu. cn

"物导向本体论"下物叙事的突围

——兼评瑞安与唐伟胜的《物导向叙事学》

李卓耘

A Possible Breakthrough of Object-Oriented Narration under "Object-Oriented Ontology": A Review on *Object-Oriented Narratology* by Marie-Laure Ryan and Tang Weisheng

Li Zhuoyun

作者：Marie-Laure Ryan；Weisheng，Tang（唐伟胜）

书名：*Object-Oriented Narratology*

出版社：University of Nebraska Press

出版时间：2024 年

ISBN：978-1-4962-3924-2

自维多利亚时代以降，工商业的发展导致物品在文学中大量出现①。20 世纪 80 年代，讨论人－物关系的理论大量出现，旨在修正人类中心主义和二元对立的观念，构成了"物转向"的学术思潮。其中，具有代表性的思想家和理论包括本内特（Jane Bennet）的"新唯物主义"（New Materialism）、布朗（Bill Brown）的"物论"（Thing Theory）、雷·布拉西耶（Ray Brassier）和昆丁·梅亚苏（Quentin Meillassoux）的"思辨实在论"（Speculative Realism）、哈曼（Graham Harman）和布莱恩特（Levi Bryant）的"物导向本体论"（Object-Oriented Ontology）等。这些理论尽管侧重点不同，但均

---

① Freedgood 有针对性地分析了维多利亚小说中的物，提出 19 世纪出现的商品世界中，事物开始"要求可见性"，随之形成了新一阶段的现实主义风格（Freedgood，2006，p. 4）。

聚焦现代人类与非人类和谐共存的可能，为人类认知与实践发展提供理论支撑。哲学转向反映了社会思想领域的变化，塑造了相应的文学形式与内容。这意味着，除了传统的情感、主题分析，文本中物的存在方式和价值意义更为重要（Freedgood，2006，p.12）。例如，比尔·布朗的《物质无意识》（*The Material Unconscious: American Amusement, Stephen Crane, and the Economics of Play*，1997）继承并拓展了詹明信（Fredric Jameson）的"政治无意识"（political unconscious），将物质细节提高为再现日常生活、文化、历史和作家思想的媒介，使其成为再现"无意识"的标记。正如海德格尔关于"上手"的论述，物品不再履行工具作用时以其原本面目出现；小说中的物出现于那些尚未服务于象征作用的时刻。

在这一背景下，玛丽－劳尔·瑞安（Marie-Laure Ryan）与唐伟胜合著的《物导向叙事学》（*Object-Oriented Narratology*，2024）以丰富的研究案例说明物叙事讨论的广度和深度，为文学文化的跨地交流提供借鉴。该书之名呼应了格雷厄姆·哈曼（Graham Harman）的《面向对象本体论》（*Object-Oriented Ontology*，2018），将传统叙事学从"某人在某个场合为某个目的讲述某事"（Phelan，1996，p.8）的人类中心表达转向物的研究，较已有的研究成果更全面、系统地总结了物的不同叙事功能，阐述物书写背后的情感与文化意义。该书在论述思路上由点及面，以丰富的案例充实了文学研究的视野。在文本选择上包括了从19世纪到后现代的西方小说，在题材上从心理小说讨论到自然生态小说。值得关注的是，合著者唐伟胜比较了中国古代诗词中的人物关系与西方的物理论，展示了东方和西方的思维与叙事传统的异同，是叙事学跨文化对话的可贵范例。具体而言，该书第一部分概述物的哲学讨论和物叙事的理论进展，梳理出分别作为客观存在、对象客体、主体的"物"。接着，从叙事学家费伦的叙事理论框架中获得灵感，该书第一章将物的叙事功能分为"模仿、结构、策略、主题"四类，并分别阐述分类依据和文本特点。第二章结合小说文本，探讨了物在不同主题的文学中如何发挥单个或组合的叙事功能，兼论文学中人物关系的哲思主题。第三、四章分别讨论自然文学中人与非人的区隔关系和异质性的审美体验，以哥特文学为例说明物对人的主体性威胁和恐怖效果，大致可视为情感的正负反应。从第五章起，研究关注一般物品与人类生活的深度纠缠，涵盖日常审美价值、对人类思维的模拟形态、物的过度人性化和去人性化、恋物癖和垃圾现象、物的多模态、跨媒介叙事方法等多个侧面。其中，第八章由中国学者唐伟胜完成，从博物、感物、观物三个层面介绍中国传统思想中人与物的关系，与瑞安的分析相互补充。

为实现引介、评论和进一步评述的目的，本文追溯了该研究的叙事学理论渊源和物导向的哲学背景，以叙事中的物导向理论为暗线，作为对作品的反思和补充整理其思想脉络，并针对其逻辑局限性引入了齐泽克的理论体系。齐泽克基于黑格尔和拉康思想指出的核心要点是：并不真正存在某个撤出经验世界的"实在"物保持着与现实的静态对立，所谓的"自在"（In-itself）状态只是主体的回溯性建构，实则铭刻在主观的过剩、空隙、不一致中。这一立场摒弃了现实与先验的直接二元关系，也拒绝了忽视人类意识特殊性和能动性的万物扁平论，对于理解"物叙事"的独特价值和突围机制尤其关键。笼统而言具有后现代反思性的"物叙事"真正关注的不再是人与物的客观对立，亦非经验与超验的抽象对立，而是再现唯一具有普遍性的主体化过程——在物叙事中，人与物的关系需要创伤性的遭遇，从中暴露主体化过程，即人与物在历史偶然性中相互影响的动态过程。

一、物导向叙事的理论框架与物的四种叙事功能

美国芝加哥大学布朗教授首先从新物质主义的角度追问文学如何挖掘"物的意义"（sense of things）。中国学者唐伟胜在2017年响应这一文学现象，指出国内学界对物的关注主要集中在"物的社会含义和物与人的叙事互动"两方面，而对物本身如何在叙事中呈现则关注较少（唐伟胜，2017，p. 28）。玛丽-劳尔·瑞安和唐伟胜在2020年合作的论文中，通过分析奥罕·帕慕克和萨特的小说，将物叙事分为"万物有灵论和拟人化、万物互联、美学维度、多样性"五类（Ryan，唐伟胜，2020，p. 140）。作为物叙事分析的出发点，这种分类概述了物从哲学进入文学的不同特点，但各子类有重复。比较而言，该书对物的叙事功能进行了更为全面、清晰的分类。

瑞安的叙事理论框架受到了詹姆斯·费伦叙事研究的启发。费伦旨在研究特定叙事中角色与进程之间关系，书中写道，"人物是由三种成分构成的文学元素，分别是模仿的（mimetic）、主题的（thematic）和综合的（synthetic）"：具体而言，"模仿（角色就像一个可能的人）、主题（角色是超越个人和观念的，有时代表群体，有时代表一个想法）和综合（角色是一个人为的构造）……我区分了角色的维度及其功能，其中'维度'表示角色在每个领域中有意义的潜力，'功能'表示这种潜力的实现"（Phelan，1988，p. 134）。《物导向叙事学》延续了这一叙事功能的分类，瑞安进一步将原本较为模糊的"综合性"分为影响情节发展的"策略功能"（strategic function）

和连接不同情节片段的"结构功能"（structural function）。下文将详细介绍"模仿、策略、结构、主题"四个功能的阐述和案例分析。

模仿功能包括对象的表征模式，即物的表现形式。这一功能使读者在脑海中形成物体的形象，可以独立于其他叙事功能发挥作用。费伦将模仿的维度和主题区分出来，目的在于澄清文本中部分特征与后续的阅读和理解并不相关，以纠正阐述时过度主题化的刻板印象（p.13）。模仿功能是让对象真实可信，例如通过人物的性格、特征和身份地位的共同作用，使其成为真实合理的人。瑞安结合费伦的思路，关注"除自身之外似乎没有任何意义"的对象，挖掘出小说中同样独立的物品。例如，海明威的《白象似的群山》（"Hills Like White Elephants"）中，"女孩点了一杯饮料"这一细节既没有推动后续的情节，也没有在主题上发挥作用。另外，大量小说中常常出现室内环境描写，例如窗帘等，这些细节同样缺乏象征意义，但反而因此增强了读者的关注，制造出身临其境的现实感。罗兰·巴特（Roland Barthes）将文学作品里存在无意义的细节称为"现实效应"（the reality effect）。例如，福楼拜的小说《一颗简单的心》（*Un Coeur Simple*，1877）中，奥本夫人客厅里的晴雨表就具有"抵抗意义"的作用，属于纯粹模仿的功能体现（Ryan & Tang，2024，p.50）。

策略功能抓住了物体在情节中的作用，即物如何决定人的生活。物的叙事策略功能可以在全局叙事或对个体的、相对自主的情节发挥作用，而分辨的标准在于是否因其本身的物质属性影响情节。策略功能要求物作为纯粹客体，通过它的物质性来影响人物。如果信件、书籍和笔记影响叙事的原因是它们所说的内容，而不是它们作为物质的存在，那么它们只是作为交流工具的媒介。辨析策略功能须祛除媒介的工具地位，起到叙事策略功能的物几乎都无法实现工具功能：《三个火枪手》（*The Three Musketeers*，1844）里，人物为求财而行动，相比于作为交通工具的马来说，钱并未参与交易，而是起到推动情节的策略作用：一个没有生命的物体突然变得有生命，或好或坏——甚至是一个角色的生命（阿拉丁神灯，或进行伦理判断的动物）；物体作为关键线索出现在犯罪现场（被当作真品的赝品，或伪文物，或纪念品等）；内含神秘力量的物品（冒险故事里的圣杯或《指环王》的指环）；伴随着各种副作用和灾难的发明（征服世界、毁灭人类文明的机器人）；承载记忆或历史的物品（Ryan & Tang，2024，p.61）。在这些例子中，物本身并不涉及主题功能，而是在故事进程、情节结构上发挥作用。

同属于策略功能但有所不同的是"结构功能"，这种物作为叙事动机而连接起不同的情节片段。也就是说，这种物并不涉及以其物质性影响人物从而塑造情节的作用。最典型的例子是 18 世纪英国盛行的流通小说体裁（it-narrative，object narrative or novel of circulation）（Ryan & Tang，2024，p.62）。这类小说是流浪汉小说的衍生作品，用一个旅行的物体或一个见证许多人物来来去去的物体代替旅行的英雄。这些物品维持静态，流转于不同人手中，特点是能够被私人占有，但又因转移过程呈现出共享的特点。衣物、别针、手表、器物、宠物等都可以作为此类物品，最典型的就是为了流通而发明的货币。书中举例，托马斯·布里奇斯（Thomas Bridges）的《纸币历险记》（*The Adventures of a Bank-Note*，1772）创作于 18 世纪英国使用纸币之后，由于财产和婚姻、生活和性关系的紧密结合，钱的流通就能够展现多层面的社会生活。此类小说大多采用拟人化手法，让物以第一人称视角讲述故事，使其具有感知和思想能力。这些物要么视角受限，只能获悉与自身遭遇相关的信息；要么取代第三人称全知视角，发表统揽全局的评论（Ryan & Tang，2024，p.63）。此外，不仅物的退场能够中断叙事片段，而且转移物品也可以使叙事过渡到其他故事片段。这种风格可以进行道德批判，不过若要唤起读者情感投入与参与，则需要格外关注各角色和片段的组合效果。

18 世纪后，读者愈加关注聚焦的角色和体验，流通小说便因其特点和局限性逐渐淡出文学视野。不过，这种体裁并未彻底消失，20 世纪的后现代作品在复归时更显著地结合了结构功能和主题功能。物不仅仅作为连接片段的中性纽带，物自身的媒介性质、功能目的也加入了意义的编织，主题的表达随之更为丰富而复杂。瑞安在第二章详细分析了安妮·普罗克斯（Annie Proulx）的《手风琴之罪》（*Accordion Crimes*，1996），手风琴在模仿、策略、结构和主题功能上起到了融合的效果（Ryan & Tang，2024，p.66）。小说用枚举的方式详细说明了手风琴的制作过程和物质性特点，以模仿功能开头奠定了物的独立存在。随后，手风琴的出身和独特性皆被抹除，作为商品进入市场流通，经历了售卖、偷窃、赠送、寻回的波折过程，最终作为垃圾遭到丢弃。连接着不同的情节片段的手风琴发挥了结构功能，而此处，结构功能紧密连接着主题功能：手风琴最早由 19 世纪早期的德国人发明，随着移民渗透到西欧、北美和南美的民间传统，在那里聚集了不同的种族社区。于是，消费领域之外，手风琴还起到反思文化霸权的中介作用。以上，模仿、策略和结构这三种功能实际上不同程度地与主题交织，充当着现代"物"世界棱镜的多个侧面。

上述作品分析阐释了物的四种叙事功能，需要注意的是：叙事功能的不同分类之间并非严格区分彼此，而是开放、流动的。例如，对模仿功能的讨论里，瑞安暗示罗兰·巴特的现实效应沿用了结构主义思想，将真实感受的来源限定在文本内，而如此理解并不充分。原因是，物的现实效应依赖于读者的生活经验作为背景，例如文本内的晴雨表也可以指向资产阶级老式沉闷的生活氛围①。费伦之所以称自己的研究为人物的"综合修辞理论"（a comprehensive rhetorical theory of character）（Phelan，1989，pp. 206 - 207），正是出于读者不同阅读经验的考虑而保留了研究的开放性。如是，意义的生产和解读方式并不固定，读者背景共识的缺席和变化都能反映在叙事功能的变化上，这一重要议题开启了费伦后期的研究重心②。瑞安在书中举了莎士比亚悲剧《奥赛罗》（Othello，1603）中的手帕一例，引布斯（Lynda E. Boose）佐证了这一现象："手帕的意义……很可能隐藏在伊丽莎白时代的仪式和习俗中，但后来丢失了。"（Ryan & Tang，2024，p. 361）可见，"物导向叙事学"作为叙事进程的理论依据，需要落到具体的创作和阐释语境，保留一定古今对话的开放性。

二、西方与中国传统文学的物叙事比较

《物导向叙事学》的主体部分对物的叙事功能进行检验。瑞安从单个物品的形式功能过渡到小说文本的主旨阐释。随着西方工业化和商品化的进程，物叙事中的人类意志逐渐退场，物逐渐成为叙事中的能动主体，反映为人类中心主义的危机。人和物的主客体逆转激发了人类对现代生活秩序的深刻反思和伦理意识。该书的合著者唐伟胜从博物、感物、观物三个层面阐述了中国传统思想的人-物共同体的理念，指出中国古代诗词中，人与非人共享的情感网络传达了人与物自然生息、协调发展的价值观。不同文类、不同文化的物叙事主题都以反思人物关系为共同着力点，以和而不同的方式突出了同

---

① 美国学者卡瑟尔（Terry Castle）在 1987 年的著作《女性气温计：18 世纪文化与"暗恐"的发明》（Female Thermometer: Eighteenth-Century Culture and the Invention of the Uncanny）中特别提出，18 世纪的科学话语经常将人体想象为一架异常敏感的机械装置，人类情感如同气温计，对外界环境的变化十分敏感，激情会像水银飙升那样骤然爆发。在这种解读下，《包法利夫人》里的温度计不是纯粹模仿的（mimetic），而是具有多种功能的。

② 在《阅读人物》（1989）之后出版的《作为修辞的叙事：技巧、读者、伦理、意识形态》（Narrative as Rhetoric: Technique, Audiences, Ethics, Ideology，1996）中，费伦从五个维度讨论读者对叙事进程的作用；在 2005 年出版的《为了生存的叙事：人物叙述的修辞与伦理》（Living to Tell about it: A Rhetoric and Ethics of Character Narration）里，费伦进而提出了"不可靠叙述""双重聚焦"等重要叙事理论。

一时代主题。

    随着商业社会中的物更全面地渗透进人的物质和精神生活，人－物关系在现代和后现代文学中，从特殊的象征物逐渐扩展至一般生活用品。无论是囤积还是丢弃物品，人都试图依赖物品应对自身的情绪，内含了建构与批判两重立场，使物叙事具有思想的复杂深度和矛盾态度。该书第五章将自传体小说《我的挣扎》（*My Struggle*，2018）和《阁楼》（*The Mezzanine*，1986）进行比较。前者的作者是挪威作家卡尔·奥夫·克瑙斯嘎尔德（Karl Ove Knausgaard），他希望实现原始直接的、不加隐喻或修饰的描写，目的是让无价值的日常世界产生意义。其中，人和物的关系嵌入了叙事者对生命和死亡的理解，由于他并不知道父亲是否已经去世，逐渐认为物品承载了死者尚未消失的痕迹，而要避免其困扰就必须打扫房间、清除物品。后者的作者尼科尔森·贝克（Nicholson Baker）只关注每天重复发生的一系列例行或偶然事件，同样呈现出去情节化的倾向。借助大型商业建筑中的自动扶梯，小说展示了人物对物体运作机制的迷恋，用自动扶梯的形态模拟人物的思维方式。这两部小说关注的都是日常无差别的物品，在写法上均以物为依托引出人物的思想意识。

    如果说上述例子中人的意识还牢牢掌握着物，以下小说的叙事模式则让物更具主体性，让人因依恋物而表现出惰性的一面。奥尔罕·帕慕克（Orhan Pamuk）的《纯真博物馆》（*The Museum of Innocence*，2008）里，人对物的情感投射导致了囤积、恋物的现象。伴随着"收藏家的骄傲"（Pamuk，2009，p.496）的是"物体逐渐脱离人的存在，成为具有独立意义的在感知对象"（Ryan & Tang，2024，p.134）。"博物馆"的"纯真"之美同时象征着恋物主体的物－人倒置结构。瑞安还选取奥泽基（Ruth Ozeki）的小说《形与空之书》（*The Book of Form and Emptiness*，2021）展现商品泛滥下人的囤积欲，以物的遭遇充分讽刺了人的社会。小说涉及全球变暖、森林火灾导致的空气污染、堆积的垃圾、无家可归的贫困人口以及引发骚乱的总统选举等议题，并相应提出了改善方式。然而，所有方案又遭到了小说的质疑。例如，小说中的日本女性作家创作小册子，提出心态平和需要整洁的环境，倡导整理、丢弃家里的物品。然而，图书销售和发布会获得的是商业上的成功，大批家庭主妇的追捧反而让作者反思自己是否提出了具有误导性的唯一标准。再比如，人幻听物的哀号，这一现象是否构成病症、是否需要介入治疗成了书中悬置的问题。出人意料的是，结局描写的不再是人的状态，而是垃圾场的空间，暗示丢弃的物品并不会消失，而仅仅是转移了。物的命运和人类社会的组织形式密不可分，而物叙事在批判人的同时也预示着人的遭遇，其双重性可谓消费社会的最佳隐喻。

物与人的深刻纠缠是人类共享的经验。随着现代化的铺展，中国在社会意识变迁的时间、具体方式和意识形态方面有所不同，但也强烈地回应了物的重要性。特别的是，该书第八章讨论的是中国古典文学中的人物关系，合作者唐伟胜（2018）从博物、感物、观物三个层面总结了物的三种叙事功能，在另一文中（尹晓霞，唐伟胜，2019）提到分别对应物的文化符号、行动者和本体地位。首先，博物叙事记录不同事物，尤其是遥远的、奇怪的动植物，以及具有不同文化风俗和外貌特征的人。博物叙事者试图突出事物的奇异性，文本总是短小精悍、弱叙事性，没有其他主题，读来更像是百科全书的条目（唐伟胜，2017，p.161）。十五六世纪的大探险时代的旅行者例如马可·波罗、约翰·曼德维尔爵士，就常用遥远地区的动物、植物和文化文物的样本来编写故事。中国此类出名的作品有"上古三大奇书"之一的《山海经》（约前453年—前221年），被誉为"现代生态叙事的起源"（Fu，2021，p.27）。而晋代的文人墨客热衷于讲故事，尤其是奇事，其背后原因或许是文人对战争和社会动荡感到失望，遂抽身赴文学想象。其次，感物是中国传统文学中的写作技巧。艾略特的"客观对应物"主张寻找"客观的相关物"来表达情感；与西方相比，中国传统感物中，主体与客体距离最小（唐伟胜，2017，p.171），人和非人物处于同一个情感网中且都有知觉，仿佛可以相互交流情感。唐伟胜将马致远的词《秋思》和刘长青的《逢雪宿芙蓉山主人》翻译为英文，阐述诗词中植物、动物和人的情感共鸣，表现出中国古代文人与事物进行情感互动的信念。最后，观物传统中，作家试图将自己置于事物中。观物始于道教倡导的"无为"，倡导人们顺应道法自然，道即宇宙的最高和最终法则，并且是永远撤退的、不可接近的。这一思想后来在宋朝被儒家理想主义者发展和修改，以倡导屏蔽人类的情感和欲望来追求"理"，即普遍真理。唐伟胜将道家《逍遥游》的"北冥有鱼，其名为鲲"与西方生态哲学家莫顿（Timothy Morton）的"超物体"（hyperobjects）联系起来，因为"鲲之大，不知其几千里也"体现的异常体积超出了常人的认知，"超物体"和"道"的精神具象化展现出了中西方的共通之处。

唐伟胜的中西文学对话卓有成效，充分说明不同文化对于人和物的关系早有关注。值得深入分析的是，道家是中国诸多思想流派中具有先验性的一脉，"道"与实在物即同一维度。《老子》中"天地不仁"区分了道与感性事物的隔阂，而"大智若愚"的圣人境界内含了辩证综合的思维（冯友兰，

2013，p. 183)，在万般变化中赋予变化规律以普遍性，通过避世来取消自我欲望，追求与神秘整体的合一（p. 48)，到达"及吾无身，吾有何患！"（《老子》第十三章）的境界。然而，参照物导向本体论的观点，实在物永远撤出而不可即，似乎"道可道，非常道"也说明了"道"的实在维度是"不可能的"。齐泽克对物自体的批判回应了其中的矛盾：我们不能通过撕开主观表象、孤立"客观现实"来达到"自在"（In-itself)，仿佛它就"在那里"（out there)——独立于主体（Žižek，2015，p. 191)。哈曼提到莫顿称自己的物导向哲学是"非现代的"，齐泽克的定调是该理论"试图用描述事物'内在生命'的前现代本体论来补充现代科学"（p. 177)。当下物导向的叙事已经站在现代门槛之后，在意识到人与物的分离之后应当提出不同的思想策略。物导向体系中实在物的绝对撤离只是重申了实在与感性的想象性分离，并未有效地突破现代性的困局。完成超越恰恰需要回归感性和符号系统的"表象"，也就是齐泽克对黑格尔和拉康的阐述，这点在下文稍做展开。

目前，中国传统叙事中的人－物关系与哲学思想的批判尚有极大空间。唐伟胜的比较研究以三个创新的概念引领行文，但并未明确相应概念的具体辨析，对中国诗词文化中的人物关系理论化不足。这引出的问题是：是否能够从中国传统文献的诸如"天人""道""气"等概念中抽象出清晰的理论表述？更重要的是在西方哲学的发展基础上，现代化之后的中国学界应如何重新理解古代思想并生成有特色的人－物关系？回到文学，在广义"后人类"阶段涌现的"物导向"思想和叙事应当有何不同的意义和价值？本文尝试回归其哲学脉络，通过借鉴哈曼的"物导向本体论"受到的批判和发展提供一种突围的路径。

三、"物导向"背景下的叙事突围

"物转向"（turn to things）的思潮意在引发人们设想一个生机勃勃的"物世界"，对物的工具化、客体化观念提出了挑战（莱兹拉，王钦，2017，p. 6)。在讨论"物导向"哲学立场之前，有必要先提到其背景"后人类"（posthuman）的概念。蒋怡（2014，p. 111，注释 1）辨析了"后人类"（posthuman-ism）和"后人文主义"（post-humanism）两个不同的概念，西方学者曾使用前者暗示人类是进化过程中的一个阶段，似乎人类眼中的世界最终会让位于物的世界，具有末世论的色彩。瑞安梳理发现，与此相关的激进后现代立场为了避免人类中心主义，甚至提出必须取消人类语言（Brassier，2007，p. 73)。另一种较为温和的观点认为所有生物在内在价值上平等，不区分人与物的本体，列维·R. 布莱恩特（2011）将这类观点称为"扁平本体论"（flat ontology），暗示共时性上的多元平等关系。不过，其泛灵论（animism）倾向并未克服主客之间的分离，反而忽视了人类意识的特殊性，导致对认知中主客体区别的简单抹除。当理论界把"后人类"的概念转为"后人文主义"，挑战神本位的西方人文主义更多表现为"人类中心主义"。蒋怡将"后人文主义"分为"工具性后人文主义"（instrumental post-humanism）和"批判性后人文主义"，前者继承人文主义精神对理性意识的乐观态度，期望用非人类的事物改造、驾驭人类肉体（蒋怡，2014，p. 114），而后者对工业、机器和人的未来保持警惕（p. 117）。似乎工具和批判又指向了物对人施加的影响，而影响本身是中性的，区别只在于人们利用过程中的评价标准。

就共性来说，这一思潮突出的是物与意识的疏离感，与海德格尔的"上手状态"（Vorhandenheit/present-at-hand）经验相似。由于陌生感的冲击，人的意识才能从工具习惯中退一步，重新观察自己认知并使用物的方式。文学中，空间便是这样一种物的存在。哥特小说常常夸大物的能动性来制造恐怖氛围，造成主人公精神焦虑甚至崩溃的效果。瑞安在第四章中以爱伦·坡的《厄舍府的倒塌》（"The Fall of the House of Usher"，1839）为例，分析物的能动性、无限性何以成为邪恶力量。主人公罗德里克紧张不安，直到玛德琳夫人的尸体从棺材里跳出来，让罗德里克和叙事者彻底崩溃。小说用大量篇幅描绘厄舍府的周围环境，布置它的物品，不单起到"以景写情"的作用，更是与人物精神衰弱的病症互为因果、彼此加强。罗德里克有严重的"神经性躁动"，而叙事者反复使用"黑暗""阴郁""荒凉"和"丑陋"等词描述他的生活环境，物质力量的入侵进一步加剧了他的精神崩溃（Ryan&Tang，2024，93）。这种人和物的相互影响在逻辑上难以分辨先后，恰合物叙事的研究视角。空间环境对人的影响，正如瑞安引用简·贝内特（2010）所说的，"事物拥有的独立的时刻……会影响其他身体，增强或削弱它们的力量"（Benett，2010，p. 3）。坡的叙事者同样认为物对人拥有神奇的能动性，因为"非常简单的自然物体的组合……拥有这样影响我们的力量……仅仅是（物体的）不同的安排就足以改变，或者可能消除它给人悲伤印象的能力"（Poe，1995，p. 930）。瑞安总结说，"去人性化意味着物的异质性过强，导致人与周围世界脱节而感到痛苦"（Ryan&Tang，2024，p. 134）。最有趣的是，瑞安的表述中物的"去人性化"和"过度人性化"似乎是同一件事的两面，两种表述中的物都离人的认知愈发遥远，成了难以预料的、恐怖而邪恶的"邻人"。同一机制在瑞安分析到萨特的《恶心》时，越发触及人与物的关系核心。

针对这部作品，需要阐释的是叙事的特殊写法，以及异质性触发恶心、痛苦的原因。小说中，主人公对环境能够粗糙地进入自己的感知感到害怕，而更令人震惊的是开头所写的内容。他竟然在自己身上发现了"物"的特性，叙事口吻充满自我客体化的意味："我的手有点新奇，它们以某种方式来握烟斗或餐叉，或者说餐叉正以某种姿势被握着。"（萨特，2023，p. 8）。与大多数讨论物的作品不同，在这部作品中，物品延伸为身体，人与物的疏离蔓延为人的意识与肉身的疏离——物和"我"的肉身都外在于意识的感知，"恶心"正是想排斥这种感受却又无法消除的尴尬具象。此处，"主体－我们"（we-subject）的本体共在（Ryan & Tang，2024，pp. 87－90）实现了，却是以共同客体化的方式完成的。正是在这一背景下，齐泽克评价物导向本体论体系中没有主体的位置："主体恰恰是一个非实体的实体，完全可以简化为它与其他实体的关系（subject is precisely a nonsubstantial entity fully reducible to its relations to other entities）。"（Žižek，2015，p. 177）在这个意义上，"物导向"的"object"确实可以理解为"客体导向"的本体论。

哈曼（2002，p. 197）在追溯自己的理论脉络时指出英美哲学缺少本体论的讨论，欧陆哲学传统的关键思想节点有亚里士多德、莱布尼茨、康德的物自体、德国唯心主义（黑格尔、费希特、谢林）、胡塞尔、海德格尔、德里达等人。海德格尔的名言之一是"存在并不意味着在场"，意思是即便物品去工具化了，其所谓的"真实"也不会出现在感官领域。哈曼坚持物导向本体论中，物可以与其他物发生关系而不必然受到影响；也允许非对称关系，只与其他物的特性发生关系而非其"本质"（Harman，2018，pp. 134－135）；"德里达从未考虑的是物导向本体论的思路：符号确实有一个最终的意义，它的本质就是不出现"（p. 206）。这一点表明哈曼的思路与海德格尔的相近之处。然而，当哈曼不断重申事物"实在"是无限地从人类的理解或其他存在中撤出（pp. 22－27）时，"实在"不免沾染了泛灵论的色彩，仿佛事物之实在是一种具有主动性的实体。

不过，这种思路在再现动物意志方面可以成为生态文学有效的策略。瑞安书中第三章引用了阿恩·纳斯（Arne Naess，1973）的"深层生态学"（Deep Ecology）来阐述"生物球形平均主义"（Ryan & Tang，2024，pp. 95－100）。"浅层生态学"指那些否定"对抗污染和资源枯竭"而确保"发达国家人民的健康和富裕"（p. 69）的精英中心化倾向。"深层"则针对人类社会的精英－底层等级关系，希望"生态圈中的所有生物和实体，作为相互关联的整体的一部分，在内在价值上是平等的"，从而修正"我们作为个体在更大事物中的位置的看法"（Devall & Sessions，1985，pp. 67－69）。与动物拟人化不同，瑞安选取了巴斯（Bass）的自然主题小说，其中对物的书写极大程度保留了神秘的异质性。比如，《天鹅》（"Swans"）中的叙事者一厢情愿地认为自己的音乐能够引发天鹅共情，但最终面对人类死亡的肃穆氛围，天鹅只是"一如既往地沉默"（Ryan&Tang，2024，p. 211）。这个场景中的"沉默"既是动物的存在方式，也是人的认知结果，恰恰表明人类意识的局限性。人－物界限蒙上了不确定的灰调与不和谐的感受。面对这一解读的僵局，哈曼坚持任何"局部表现"都不直接是其本身，人类无法以任何互惠的方式与之互动（Harman，2018，p. 233）；唐伟胜分析观物传统时也认为，"只能通过间接的暗示来接近（物），无论是在艺术中还是在科学中"（2011，p. 28）；内拉特（Frédéric Neyrat）甚至因作者的主观而质疑文学中的现实"并不完全对应以物为导向的本体论"（陈海容，2022，p. 188）。

似乎，问题并不是"思辨实在论者质疑人类能否获取客观实在的真相"，或是"思辨实在论将现实简化为物质"（p. 188），而是哈曼因超验视角而过快忽视的问题：人与物的关系究竟是人的意识投射到物，还是物的世界影响了人的意识和感知？当哈曼认为实在物撤出感官时，何以有动力关注"间接影响"的具体过程？哈曼在分析"事件"内部的不同阶段和决定性因素时（以美国南北战争为例）（pp. 114－131），以回溯性的方式论证了其中的关键要素和时刻。但是，抽象出的单个因素和事件已经是人为设定的结果：哈曼的实在物难道是原初存在的吗？是否其中早已包括了人的干涉和认知结果？经由黑格尔、拉康、齐泽克的阐释，这一点得到了更加坚定的阐述：认知的方式和视角本身就已经自带"污点"和"障碍"。齐泽克综合了黑格尔对于历史必然性和偶然性的辩证思路，提出主体性对于历史偶然性中某处的认同并回溯性建构了随着自我设限而产生的"主体"（普菲弗，2022，p. 163）。自我设限的认同才让主体的意识分裂成误认下处于内在的"我"和外在的"物"。齐泽克指出布莱恩特从拉康性化公式的"女性"出发，主张"必须坚定地捍卫客体或实体的自主性，拒绝将客体还原为其关系"，所以他认为主体是"非实体的"（nonsubstantial）。所有实体都存在自我的盲点、自身晦暗的地方，而关键概念"撤出"（withdrawl）是所有实体的结构（Žižek，2015，p. 181），这不是人的认知局限的结果，而是本体论上的所有物的构成特性（a constitutive feature of all objects），正如拉康画上线的主体"$"（p. 180）。

不同的是，齐泽克进一步阐发"撤出"的方式，是取消其超验实体的维度。那个主体的盲区不仅是作为"他者"的实体，更是主体自身的认知框架。齐泽克引用了德国社会学家尼克拉斯·卢曼（Niklas Luhmann）的《生态传播》（*Ecological Communication*）中的表述："一个系统看不见那些无法看见的事物，更无法预见它的无能之处。"（Žižek，2015，p. 183）这段话说明视野"后面"的内容是不可见的，因为对于一个可视界面来说，并不存在"后面"。总之，齐泽克试图说明康德意义上先验的"物自体"是又一个预设的实体，在这个问题上，物导向本体论并没有将其真正的位置解释清楚。事实上，主观和客观是无法完全剥离的，所谓本质的"自在"（In-itself）恰恰"将自身铭刻于主观的过剩、缺口和矛盾之中"。换句话说，主体就是表象，因为主体在实体性（substantiality）面前以行动中介（agency）显现出来（p. 187）。在人与动物的寓言中，天鹅的沉默令人震惊是因为这超出了人对动物拟人化的阐释框架。在这种陌生的感知中，动物看似成为主体，但这并不意味着真正存在超验的甚至是邪恶"邻人"般的本质。相反，震惊切断了人类认知的惯性，是自我反思、修正的契机。毕竟，主体的生成和改变之所以可能，正是因为主体本质构成的匮乏为各种关系的介入敞开了空间。

由此，已然深入资本主义末期的"物叙事"，其突围的关键方向之一是回归并反思意识建构"自我"的过程，检查偶然性和异质性被整合到特定解释中的方式。这一机制使人们一度忽视、压抑这些陌生之"物"。主体的视角本身不仅铭刻了"外部"的一切基础，还包含了主体自我设限的选择过程。文学能够再现这一主体化的过程，物叙事，即人与物的关系的"自动重复"或创伤性遭遇，展现出独属于这一过程的普遍性。至此，人与物的关系不再只是"实在物"之间的绝对疏离，而是处于不断互动、生成的过程，在偶然性的基础上不断设定着新的必然性。

结　语

瑞安与唐伟胜的《物导向叙事学》是"物叙事"领域的新作，对文学文化的研究和创作具有极高的借鉴价值：在叙事层面细化并发展了费伦的功能分类，卓有成效地结合小说案例分析了四种叙事功能的作用和互动；在文本选择上涵盖了不同历史时期和中西文化的文类特点，涉及客观事物与人的关系、人与自身的关系等多视角的作品，具有从文化反思上升到哲学思辨的视野广度。本文尝试加以补充评述，通过考察物导向哲学的理论脉络进行批判，引入齐泽克对意识与物的阐释思路，意在破除"经验和超验"的简单对立，在人－物关系所在的唯物主义内部纷争中指出两者之间回溯、重构并相互影响的动态机制。"物叙事"阐释可以沿着共同体的文化基础、主体对偶然事件加以必然化的认同方式、主体对共同体环境的反向作用（包括习惯的重复和偶然的"行动"）的方向突围，让"物导向叙事"嵌入现实的微观政治中并开展行动。

引用文献：

陈海容. 新物质主义"新"在何处——评《文学与唯物主义》. 外国文学，2022，1，183－191.

冯友兰（2013）. 中国哲学简史（涂又光，译）. 北京：北京大学出版社.

蒋怡（2014）. 西方学界的"后人文主义"理论探析. 外国文学，6，110－119＋159－160.

普菲弗，杰夫（2022）. 新唯物主义：阿尔都塞、巴迪欧、齐泽克（陈慧平，译）. 北京：当代中国出版社.

莱兹拉，王钦（2017）."关系"中的对象：思辨实在论、新唯物主义与政治哲学. 现代中文学刊，5，4－10.

瑞安，玛丽－劳拉；唐伟胜（2020）. 人类化的物与怪异的物：论物在叙事中的主动作用. 江西社会科学，1，134－141＋255.

萨特，让－保尔（2023）. 恶心（桂裕芳，译）. 北京：人民文学出版社.

唐伟胜（2017）. 思辨实在论与本体叙事学建构. 学术论坛，2，28－33.

尹晓霞，唐伟胜（2019）. 文化符号、主体性、实在性：论"物"的三种叙事功能. 山东外语教学，2，76－84.

Barthes, Roland (1989). "The Reality Effect". In *The Rustle of Language* (Richard Howard, Trans., Francois Wahl, Ed.). Berkeley: University of California Press, 141－148.

Bennett, Jane (2010). *Vibrant Matter: A Political Ecology of Things*. Durham: Duke University Press.

Boose, Lynda E. (1975). "Othello's Handkerchief: 'The Recognizance and Pledgeof Love.'" *English Literary Renaissance*, 5 (3): 360－374.

Brassier, Ray (2007). *Nihil Unbound: Enlightenment and Extinction*. London: Palgrave Macmillan.

Brown, Bill (2003). *A Sense of Things: The Object Matter of American Literature*. Chicago: University of Chicago Press.

Bryant, Levi R. 2011. *The Democracy of Objects*, Ann Arbor mi: Open Humanities.

Devall, Bill (1985), and George Sessions. *Deep Ecology: Living As If Nature Mattered*. Layton UT: Peregrine Smith Books.

Freedgood, Elaine (2006). *The Ideas in Things: Fugitive Meaning in the Victorian*

Novel. Chicago：University of Chicago Press.

Fu，Xiuyan (2021). *Chinese Narratologies*. New York：Springer.

Harman，Graham (2011). *The Quadruple Object*. London：Zer0 Books.

—— (2018). *Object Oriented Ontology: A New Theory of Everything*. London：Penguin UK.

Neyrat，Frédéric (2020). *Literature and Materialisms*. London：Routledge.

Ozeki，Ruth (2021). *The Book of Form and Emptiness*. New York：Viking.

Pamuk，Orhan (2009). *The Museum of Innocence*. (Maureen Freely，Trans.). New York：Vintage Books.

Poe，Edgar Allan (1995). "The Fall of the House of Usher". In *The McGraw-Hill Book of Fiction*，edited by Robert DiYanni and Kraft Rompf，930－942. New York：McGraw-Hill.

Phelan，James (1989). *Reading People，Reading Plots: Character，Progression，and the Interpretation of Narrative*. Chicago：University of Chicago Press.

— (1996). *Narrative as Rhetoric: Technique，Audiences，Ethics，Ideology*. Columbus：Ohio State University Press.

— (1988). "Narrative Discourse，Literary Character，and Ideology". *Reading Narrative: Form，Ethics，Ideology* (James Phelan，Ed.). Columbus：Ohio State University Press，132－146.

Ryan，Marie-Laure and Tang Weisheng (2024). *Object-Oriented Narratology*. Lincoln：University of Nebraska Press.

Žižek，Slavoj (2015). "Afterword：Objects，Objects Everywhere". In *Slavoj Žižek and Dialectical Materialism* (A. Hamza & F. Ruda，Eds.). London：Palgrave Macmillan，177 - 192.

作者简介：

李卓耘，四川大学外国语学院硕士研究生，主要研究领域为英美文学与西方文论。

Author:

Li Zhuoyun, M. A. candidate of College of Foreign Languages and Cultures, Sichuan University. Her research mainly focuses on British and American literature and Western critical theory.

Email: 13228139352@163.com

聆听叙述的交响：评《叙述声音研究》

占林怡

Listening to the Symphony of Narrative: A Review of *Narrative Voice*

Zhan Linyi

作者：刘碧珍

书名：叙述声音研究

出版社：中国社会科学出版社

出版时间：2022 年

ISBN：978－7－5227－1123－2

《新唐书·魏徵传》中有一句流传千古的警世名言："兼听则明，偏听则暗。"引申至学术领域，只听得见有形之声，却罔顾文本中的非实体的无形之声，岂不也是憾事一件？叙述声音就是这样一种区别于纯粹声学概念的非实体的声音，它实际是一种隐喻的表达，将能被感知到的作者意识这种无形的概念具象化作"声音"的一种本体隐喻。譬如中国自古以来的章回小说，往往都虚设了一位说书艺人的形象，模拟说书时和听众交流的语气发表自己的评注，这即是一种叙述声音。

在叙述学研究领域，叙述声音并非一个全新的概念，早在 1961 年，布斯（Wayne Booth）在《小说修辞学》（*Rhetoric of Fiction*，1961）中就引入了"声音"这一概念探究小说中的作者声音。但国内外的众多研究切入角度各异，加之西方文论翻译后国内学者理解的不同，叙述声音这一概念始终未被准确定义，存在众多模糊之处。从为何要研究叙述声音来说，叙述声音贯穿叙述的始终，"倾听"叙述声音势必会影响对文本叙述的理解。同时，叙述声音与作者意识有关，而人的意识具有复杂性，因此叙述声音的发送与接收也必然是个复杂的过程。加之伴随着当下听觉叙事研究在国内的兴起与发展，在听觉叙述的范畴下重构"言说－倾听"场景（刘碧珍，2022，p. 7），关注叙述声音很有必要。在这些背景下，刘碧珍教授的《叙述声音研究》一书应运而生，以专著的体量抽丝剥茧般地对叙述声音这一概念进行系统全面的分析，聆听叙述的"交响"。

由于叙述声音是一个无形的抽象概念，作者在本书中借助了大量文本论证分析叙述声音的发出、接收、构成及功能等。全书包含导论及六个章节。在导论部分，作者首先指明叙述声音是一种本体隐喻，在引经据典分析隐喻的本质和目的之后，指出为了进一步理解叙述声音，需要分析声音（sound）和叙述声音（narrative voice）这一对喻体和本体之间的关系。由于声音与语音概念的混用，"声音"的含义进一步延伸和扩大，文本中非实体的声音成为一种隐喻，由此构成了叙述声音概念存在的前提。作者接着梳理了国内外对叙述声音的研究现状，表明对叙述声音进行更综合而深入研究的必要性，进而指出本书的研究内容——叙述声音及其研究价值。

第一章为叙述声音理论的溯源和概念辨析，西方文学理论中早已引入"声音"这一概念作为叙事学术语，但不同学者对其有不同的定义和理解，作者结合西方文学理论和中国文学理论，对照分析并溯源叙述声音这一概念。第二章是对叙述声音的来源探析，从叙述主体和受述者两个角度探究叙述声音的发出与接收，叙述主体包含作者和叙述者，从两个层面分别探析主体与叙述声音之间的内在联系。受述者即指读者，但并非所有读者都善于"倾听"，刘碧珍教授结合接受美学和读者反应批评等理论分析受述者和叙述声音的关系。第三章梳理叙述声音的构成和分类，叙述声音的构成要素比较复杂，涉及文体、语气和意义等的融合，同时其在文本中呈现各异的样态，作者在此处分类辨析，帮助读者进一步厘清和理解这一概念。第四章论述叙述声音的特征，叙述声音是对外部世界的模拟和超越（p. 18），故首先从其与自然声响的相似性发掘其特征，再从其作为人的意识必然有其个体差异性的角度，分析其区别于自然界声音的独特之处。第五章论述叙述声音的三大功能，分别是构建文本世界、体现作者意识和反映社会时代特征。最后一章，作者在后经典叙事学框架下，对叙述声音做突破媒介和学科界限的研究，联系新媒介、教育和法律叙述，观照和解读叙述声音与现实生活的种种联系。全书的各个部分紧密结合，逐步深入，对叙述声音这一概念做了一次条分缕析、抽丝剥茧的梳理和辨析，体现了作者对经典叙事学命题的再思考。

一、追根溯源：叙述声音的理论脉络探究

叙述声音从叙述学角度来说即是作品中所呈现的反映"叙述主体与行为

关系的话语迹象"（p. 22），作为叙述学的基本术语，叙述声音早已获得广泛的研究和关注，但这一概念涉及范畴很广，较难对其进行定义。叙述声音到底是什么？众说纷纭。许多学者对于这个概念都有着不同的理解，因而梳理这一概念的发展脉络，对其追根溯源，对我们理解叙述声音这一概念有着重要的意义。

刘碧珍教授首先梳理了西方叙述声音理论的几个代表人物，并评述其各自观点，由此构成对叙述声音这一概念理论发展脉络的探寻。她的评述涉及布斯、热奈特（Gerard Genette）、巴赫金（Mikhail Bakhtin）等重要叙述学家。布斯率先在《小说修辞学》一书中引入了"声音"这一概念，他研究下的"作者的声音"即"作者在小说文本中介入的痕迹"（p. 24）。尽管他从未对声音进行严格定义，却在《小说修辞学》中用大篇幅讨论了作者的声音的作用。刘碧珍教授在此部分细读并梳理了《小说修辞学》中布斯的主要观点，并结合鲁迅、哈代等国内外作家作品阐述作者声音的作用，印证布斯所强调的小说创作与作者的介入息息相关的理念。但刘碧珍在此处同样指出了布斯在研究中存在过分强调作者声音而忽视读者主观能动性、疑似未能摆脱新批评遗风等问题，明确《叙述声音研究》一书将避免过分强调作者，而是着眼文本，并与现实世界进行广泛联系，以不落窠臼。

西方理论界还有学者从结构主义视角解读叙述声音，如热奈特借用语言学的范畴表达其对故事、叙事、叙述之间关系的关注。他提出的 voix 一词在国内被翻译成语态（此词法语意思为声音），导致此前学界鲜少注意到热奈特对叙述声音的关注。作者在此处对于热奈特《叙事话语》（*Narrative Discourse*）一书梳理品评，条分缕析地展现了热奈特定义的四种叙述类型、叙述层概念等理论，接着总结指出尽管热奈特的理论存在过于以文本为中心、理论难以应用迁移等局限性和模糊性，但其理论对于叙事学发展的重要作用仍然不可忽视。而巴赫金与后世的兰瑟（Susan S. Lanser）则更多从意识形态角度理解叙述声音，其概念近于思想、观念等。"声音"一词是巴赫金复调小说和对话理论的核心概念，刘碧珍认为，尽管巴赫金的学说似乎有"泛化'声音'之嫌"（刘碧珍，2022，p. 44），但其理论提醒后人以开放的视野关注文本内部与其外的叙述声音。受巴赫金影响，兰瑟将声音作为"意识形态的表达形式"（兰瑟，2002，p. 26）开创了女性主义叙事学理论，将声音"与社会身份、叙述形式联系起来"（刘碧珍，2022，p. 46），她突破了女性主义理论与叙事学等理论的界限，对于叙事学从经典走向后经典起到重要作用。刘碧珍教授结合张爱玲的小说进一步论证，指明叙述声音有时候也常是时代背景下的身份与权力的象征。笔者认为，近年来流行的"大女主文学""女性作家叙事"亦印证了这一观点，女性群体们在文学作品中发出自己的"声音"，彰显了女性主体地位的提升和女性自我意识的觉醒。

刘碧珍通过对西方声音理论的梳理，进一步提出自己所研究的叙述声音是"读者从文本中感知到的作者意识"（p. 53），指出其研究将会在前人的基础上进一步深入。为了避免研究自我设限，刘碧珍进一步观照了中国的叙述声音理论，分别考察了中国古代叙事思想中有关声音的理论以及现当代文学作品中呈现的叙述声音思想。她从叙述思想形成的先秦两汉时期，逐步梳理至我国古代叙事艺术繁荣以及叙事思想不断走向深入的明清时期，形成了一个纵观历朝、把握历史脉络的提纲挈领般的认识。尽管中国的叙事思想未曾对叙述声音提出概念化的具体论述，但其中蕴含的思想与后世的研究结论不谋而合。例如明清时期，评点盛行，金圣叹的评点已经体现出朴素的叙述声音思想，甚至具体到了人物塑造、叙事文法等细致处。他在评点中常常删去一些书籍中作者过于冗余的诗词评述，反对作者声音对文本的过度介入，他的这种叙事观念十分具有前瞻性，与现代叙事理论暗合。

在西方理论与中国思想的两相观照下，刘碧珍教授进而总结叙述声音是一个复杂的概念，涉及多重维度的分析，而该书的分析即是在前人理论脉络下的进一步明确、开拓和深入。

二、条分缕析：叙述声音的来源、构成与特点

人们倾听声音的模式分别是：因果倾听、语义倾听和还原倾听（希翁，2013，pp. 311-312），基于此理论，刘碧珍教授将因果倾听解读为对声源的识别，即探寻叙述声音的发出方。为更准确地理解叙述声音概念在具体叙述交流中的意义，她结合因果倾听的模式，既探寻声音的源头，又解读叙述声音与接收方的关系。从自足的文本内部来说，叙述声音的发出主体是叙述者，而这是一个"虚拟的拟人化的概念"（刘碧珍，2022，p. 73）。但若将视野放置于更开放的交流情境下，叙述声音的发出与接收又同样与现实中的作者和真实的读者息息相关。

就叙述声音的发出而言，首先从作者（隐含作者）与叙述声音的关系角度来看，刘碧珍指出"作者是叙述信息的发出者……叙述行为的出发点"（p. 73）。她结合莫言获诺贝尔文学奖时的演说中对自己"叙述主体"身份的强调以及中国传统文论中"知人论世"的观点，表明理解真实作者对于解读文本的重要性。德里达（Jacques Derrida）认为声音是意识，是最接近自我

的作为意识的存在（德里达，2010，p. 101）。而作者往往以各种形式在文本中发出自己的"声音"。此部分刘碧珍结合具体文本分析了作者介入叙述的各种方式，讨论隐含作者是真实作者在小说中呈现的部分自我，并指出作者的"发声"往往回应着时代之声，反映作者对现实的思考。其次从叙述者这一叙述声音研究的关键角度来说，刘碧珍按照叙述人称和叙述层次，结合文本深度分析了叙述声音的差异，表明叙述者在文本中存在形态的动态性。

叙述声音看似作者操控的产物，实际上其最终的效果与声音的接收方读者有着千丝万缕的关系。刘碧珍结合认知叙事学、接受美学等理论，分析受述者与叙述声音的关系。受述者可以分为理想的读者和真实的读者，理想的读者是作者写作时预想的读者形态，由于真实读者个体性差异以及读者会利用既往经验解读文本等原因，二者存在差异。为进一步分析受述者对声音的接收，刘碧珍探讨了社群概念，指出作者的创作应考虑读者的认知水平及其所在社群的规范，这对读者接收叙述声音有着很大影响。因而读者应当学会构建性阅读（托多罗夫，2011，p. 223），以便更好地接收叙述声音。

叙述声音虽然是一个相对复杂、难以准确定义的概念，但其毕竟由文字构成，因此在文本的字里行间，我们总能捕捉到其迹象。它"与叙述话语相互依存"（刘碧珍，2022，p. 112），为了进一步准确把握这一概念，刘碧珍结合虚构性叙事文本对叙述声音的构成与分类做了梳理。首先是叙述声音的构成。刘碧珍结合修辞叙事学家的观点，分别从文体、语气、价值观等方面对其进行梳理。叙述声音的表层结构由文体元素构成，"从表层看，文体是作品的语言秩序、语言体式"（童庆炳，1994，p. 1）。从遣词造句中可以发现众多叙述声音的迹象，如从隐喻式的标题、意象、题记、人物的命名甚至修饰性词语中都可以发现作者意识的痕迹。作者结合大量具体文本阐述了这一观点。如在意象部分，以《红楼梦》中的典型意象——化为通灵宝玉的顽石举例，作者指出顽石的入世又出世暗合作者曹雪芹自己对人生沉浮的特殊感受，进而阐述创作者会采用象征性意象传递其叙述声音、暗示人物性格与命运、小说主题等。笔者联想到斯坦贝克（John Steinbeck）的著名小说《人鼠之间》（*Of Mice and Men*），其从标题就开始隐喻小说主题和人物命运走向，人和鼠的愿望都落空了，"鼠"的意象象征着大萧条时期底层的可怜人，也暗示着他们关于土地的美梦最终将走向破灭的悲剧命运。

除遣词造句外，小说的细节与闲笔甚至是整体框架布局中，均可见叙述声音的迹象。所谓闲笔，指的是作品主线之外的一些补充信息，这些信息并非无用或无意义的叙述。闲笔可以调整叙述节奏、丰富和扩大文本内容，更能反映作者的情感和审美偏好。例如刘碧珍所列举的中国古典小说中穿插的诗词歌赋，汪曾祺等现代作家在小说中将风俗文化、神话等融入作品。闲笔实际上也蕴含着作者意识的种种迹象，留待细心的读者观察，遑论谋篇布局、整体架构中体现的作者意识。刘碧珍在此处同样结合丰富的文本，证明叙述结构形成的过程即作者选择的过程，故而必然体现作者的取舍、思考与意识。笔者对此深感赞同，不同作者有不同的文风、文笔，文本中也蕴含着作者的习惯、思想和意趣，作者意识穿插于行文之中，使得读者在万千文本中体会不同作者在谋篇布局中的用心与差异。

语气也呈现着叙述声音的差异，如果将叙述声音看作一种腔调，"不同文本的语气和腔调不同，其叙述声音也必然不同"（刘碧珍，2022，p.142）。刘碧珍在此处旁征博引，以大量国内外文本为例，尤为值得注意的是以方言写作的作家，他们为了突出自己的民间立场，采用夹杂乡土气息和某地特殊"味道"的语言写作，给读者呈现了独特的腔调与语气，其中蕴含着"独特的地理、空间……时间与记忆……"（p.143）分析完语气后，刘碧珍不满足于仅从文体要素分析叙述声音，而是将其放置在交流情境中，关注文内之意和文外之意，分析言语与意义的融合。刘碧珍分析了作者有意识地将言语与意义融合的几个原因，进而阐述了字面意义与言外之意的区别。由于叙述话语的开放性，叙述声音具有多种多样的表现形式，可以依据众多不同的标准进行划分，刘碧珍在此处以叙述声音的功能为划分依据，将其分为信号音、定调音与标志音，前者相对明确，而后两者则相对模糊，共同构成留待读者倾听的广阔音库。

在对叙述声音的构成和分类进行归纳之后，作者对叙述声音的特征展开研究，通过与自然声响的比较，把握其与自然声响的相似性及其作为人的意识迹象的独特之处，因为其"作为一种意识是对外部世界的模拟，同时又是一种超越"（p.18）。叙述声音与自然声响的相似处首先是模糊与清晰，即指叙述声音的隐与显。"语言表述的多义性必然造成文本声音的丰富性"（p.173），而多重叙述声音的共存与混响正反映了文本的张力。模糊与清晰既在于作者的遣词造句，又关乎读者的感知选择与能力。第二重相似处是独唱与和鸣，即叙述声音的单一与复调，多重叙述声音形成复调，正如自然声响中的和鸣。第三是感知的差异，关乎叙述声音的可靠性与不可靠性，此处刘碧珍结合不可靠叙述理论进行文本细读，指出不可靠与可靠的交织，才构成了叙述文本的迷人之处。第四重相似性是叙述声音的呼应与回响，文本中的迹象不断叠加，会使得叙述声音愈发清晰，后面出现的声音会强化和呼应前面的声音，仿佛"余音绕梁"，让人意犹未尽。最后一重相似性即叙述声音的无声亦有声，相对的无声只是一种叙述策略，关乎作者的选择。分析完上述相似后，刘碧珍继续指出叙述声音的独特之处体现在个体差异性、自我呈现性与相关性上。它在交流中反映出与作者、读者甚至时代相关的个体独特性，并且，它能在描绘他者中呈现自我，它是作者与读者交流对话的结果。此部分探究不同叙述声音的关系及在文本中的呈现形态，为后续阐述叙述声音与作者、文本和世界等的关系奠定了基础。

三、回归实际：叙述声音的功能与现实

在对叙述声音的理论、来源、构成、特征以及不同叙述声音关系做了系统性梳理并结合文本展开探讨后，刘碧珍回归叙述的实际功能，阐述了叙述声音的三重功能及每个功能的具体实现路径。这些功能既和文本生成有关，即包括内在结构布局等，还包括与外部现实世界的社会、政治、历史、经济与文化的联系，以及作者和读者之间的关系。

叙述声音第一个功能是建构文本世界。首先，叙述声音会引导叙述。文本中的叙述者往往是一个虚拟的人格，尽管有时不在场，它的形象依然可以由声音在叙述中构建。叙述声音贯穿文本始终，可以启动情节，奠定叙述基调，预示情节的发展甚至结局。刘碧珍在此处基于《三国演义》以词开篇又以词结尾的特点，论述了叙述声音在描述《三国演义》中分分合合的故事时传达出的洞悉世事的沧桑与洒脱。其次，叙述声音能够塑造人物，其既可以塑造与评价人物形象，如曹雪芹让刘姥姥甫一出场就呈现出市侩的形象特点；亦可以展现人物对世界的感知，赋予人物超脱纸上的生命，使人物立体鲜活起来；还可以表现人物的主体意识。"人物是虚构的生灵，在故事世界他们有生命，有自己的情感、思想，有时甚至具有清晰的主体意识。"（刘碧珍，2022，p.216）人物尽管是作者虚构的形象，却并不是受作者操控的提线木偶，他们也有主体意识。此外，叙述声音能够构建时空，能将读者带入一个独特的、似真似幻的世界，令读者与人物一同经历悲欢离合。叙述声音在时空中留下的痕迹，既会体现在人物塑造上，又会影响故事发展，并给这一虚拟的世界投射一定的文化色彩。最后一重体现是叙述声音表现声音，无论是描摹自然之声，还是呈现人物之声，叙述声音都在展示这种种声音所反映的特定的环境与文化。

叙述声音的第二个功能是传达作者的声音。海德格尔（Martin Heidegger）曾提出"独一之诗"的概念（海德格尔，2004，p.30），他认为

伟大的诗人都只出于一首"独一之诗"来作诗。叙述声音的确可以体现作者的情感和价值观，而其价值取向就是作者著书立说来源的"独一之诗"。刘碧珍此处结合沈从文的小说分析了这一观点。她将沈从文的小说分为以《边城》为代表反映人性美和以《八骏图》为代表揭露城市丑恶两类，这两类小说都体现出沈从文重建和坚守民族道德规范的价值观，他的"独一之诗"即对人性的普遍观照。笔者认为，这正如中国古话"文如其人"，从作者的"独一之诗"中，我们可以一窥作者的精神面貌和气质。例如鲁迅先生忧国忧民，其文正如其人，呈现出对现实的犀利批判。基于以上论述，刘碧珍教授指出，"叙述声音也会帮助作者进行身份建构，在一定程度上表现真实的作者"（刘碧珍，2022，p.234）。

第二个功能还体现在立身与立文。首先是叙述声音对于作者身份与形象建构的作用。叙述声音可以帮助作者建构一个隐含作者的形象，同时也可以帮助读者自行想象和建构作者形象。刘碧珍尤其以非虚构文本中关于作家安妮宝贝的几篇人物评论文章为例，指出"安妮宝贝"将笔名更改为"庆山"，反映出其心境的转变和精神面貌的变化。其次是性别意识，无论女性作家的立场如何，她们选择著述已然是一种女性意识觉醒的体现。

最后一个功能即叙述声音能够回应社会时代之声。它位于社会地位和文学实践的交界处，体现社会、经济、文化等的存在情况。叙述声音展现经济状况，例如巴尔扎克的作品中常有银行倒闭清算、债务诉讼等描述。中国改革开放后，《乔厂长上任记》《开拓者》等作品都贯穿着改革开放这条经济主线。叙述声音也体现着政治历史的发展，反映着社会现实，如鲁迅的大多数作品；叙述声音更体现着道德与文化，作者在讲述与构建的过程中既凝结其自身的气质禀赋，也给作品打上了时代文化的烙印。笔者观察到，随着"脱贫攻坚"工作取得显著成果，当下的许多文学作品亦回应时代之声，反映出决胜"脱贫攻坚战"背景下百姓脱贫致富、欣欣向荣的生活面貌。

刘碧珍对叙述声音的现实功能做了结合文本的细致梳理，有助于发现其对现实的意义和价值。在此基础上，她立足于叙述学发展至后经典叙述学阶段的特征，使对叙述声音的关注突破媒介与学科的界限，观照现实中的非虚构性叙事文本，如微信叙事、教育叙事与法律叙事，解读叙述声音之于现实生活的关系与意义。微信叙事属于跨媒介叙事，而后两者属于跨学科叙事，都属于广义的叙述。作者结合现实世界的例子，分析跨媒介叙事中的载体与特质，指出"微信叙事是社会'再部落化'的产物"（p.285），反映出人际交往在当下的频繁。教育则是人的社会化过程，作者通过分析教科书与日常教学活动中的叙述声音，指出教育叙事中的叙述声音的根本目的是激励受教育者，帮助其启迪心智、养成健全人格。而法律叙事较为特别，作者基于叙述者的身份立场分析，以及探讨叙述声音中法与情的权衡与取舍，得出法律叙事的声音最终是为了"倡导和弘扬社会公平与正义"的结论。作者回归现实，探究了叙述声音与日常生活的关系，彰显其研究契合时代的现实意义。

总之，刘碧珍教授在该书中为我们呈现了一个系统又全面的叙述声音研究，从理论溯源到对叙述声音内涵的梳理，再到思考其与现实的联系与意义，体现出作者对叙述声音这一具有丰富内涵且长期未被学界明确定义的术语的多维度理解和深入思索，其研究是对经典叙事学命题的重新思考。同时，在叙事艺术繁荣发展的当下，叙述声音更是以多种多样的姿态出现在人们生活的各个角落，对这一概念的研究有助于当下的人们理解社会文化现象、呼应时代之声。

引用文献：

托多罗夫，茨维坦（2011）. 散文诗学：叙事研究论文选（侯应花，译）. 天津：百花文艺出版社.

海德格尔（2004）. 在通向语言的途中（孙周兴，译）. 北京：商务印书馆.

刘碧珍（2022）. 叙述声音研究. 北京：中国社会科学出版社.

希翁，米歇尔（2013）. 声音（张艾弓，译）. 北京：北京大学出版社.

兰瑟，苏珊·S.（2002）. 虚构的权威：女性作家与叙述声音（黄必康，译）. 北京：北京大学出版社.

童庆炳（1994）. 文体与文体的创造. 昆明：云南人民出版社.

德里达，雅克（2010）. 声音与现象（杜小真，译）. 北京：商务印书馆.

作者简介：

占林怡，四川大学外国语学院硕士研究生，主要研究方向为英美文学。

Author:

Zhan Linyi, M. A. candidate of College of Foreign Languages and Cultures, Sichuan University. Her research mainly focuses on British and American literature.

E-mail: zhanlinyi2023@163.com

致　谢

　　本书在编辑过程中，得到了四川大学中央高校基本科研业务费期刊资助项目与四川大学外国语学院的支持，特此感谢！

著作权使用声明